旅じまい

尾高修也

作品社

「旅じまい」目次

カバー・扉装画＝尾形光琳作　酒井抱一模写
「光琳百図」より

旅じまい

序章　上京

昭和十五年、一九四〇年の秋、森本信吉は結核療養のため、東京から茅ヶ崎へ転地することにした。すでに二人目の子が生まれ、家族は四人になっていた。借りた家は、海辺の高台の一軒家だった。松の木が茂る砂地の庭が広かった。

朝から晩まで海辺の砂と向きあう毎日になった。一日中松林を渡る風の動きが見えていた。門前の石段をおりると、下の砂地は一面の西瓜畑だった。西瓜の大きな葉が見渡すかぎり広がっていた。

風が強いと、家じゅうが砂でザラザラした。そのことで妻の佐千代に少なからぬ苦労があった。彼女は前の年に生まれた女の子の世話をしながら、しじゅう砂と戦わなければならなかった。夫の信吉のためには、食材を手に入れる苦労もあった。特に、毎日卵を一個ずつ、病身の夫に食べさせなければと、ろくに手づるもない土地で気をもんでいた。いつの間にか牛乳も手に入りにくくなっていた。

信吉と結婚したのは四年前のことである。その四年で世の中はずいぶん変わってしまった。四年前は、東京の街にまだ十分物が出まわっていた。むしろ景気がよくて、モダンなデパートが軒並み賑わっていた。中国と戦争になってからも、あれは戦争景気というものだったのか、街の賑わいは一向に変わっていなかった。

茅ヶ崎の高台の、砂地の家へ来るころからすべてが変わった。世間の空気があきらかに戦時色を帯びてきた。東京も物がなくなり、だいぶ淋しくなっているらしい。息子の敬一が生まれた年はまだ十分に豊かで、昔ふうの乳母が、彼をていねいに育ててくれていた。その二年後、娘の和子が生まれるころになると、一般に物の不足が言われ始め、いつしか頼れる乳母も見つからなくなっていた。

森本信吉は、兵庫県姫路市から上京して十年になる。男が五人もいる旧家のきょうだいの末っ子だった。上の四人はすでに家業に従っていたが、信吉だけは旧制高校で学び、三年後大学進学のため東京へ出てきた。以来、故郷の姫路は一年一年と遠くなりつつあった。大学を卒えて茅ヶ崎まで来てしまうと、家業からいよいよ遠く離れて、その先に何もない海と空の世界と向きあう毎日になった。

信吉の上京は昭和六年である。そのまま大学の英文科へ進み、十九世紀の英文学を学んできた。が、いま茅ヶ崎で読んでいるのは、同時代のアイルランドの作家ジェイムズ・ジョイスの『ユリシーズ』である。『ユリシーズ』はすでに邦訳が出ていたが、信吉はもっとくわしく読み込むために、まだまだ勉強しなければと思っていた。彼はパリのシェイクスピア書店から出た本の一九二八年版を手に入れ、聖書や神話や伝説や過去の文学作品などが至るところに隠れている文章にかじりついていたのだ。同時に信吉は、邦訳本の一行一行に当たりながら、翻訳上の疑問点について鉛筆でこまかく書き込んでいた。それが毎日の仕事になった。

ジョイスの難解さに否応なくからみとられる毎日だった。広大な海と空を前にして、海の彼方の先端的モダニズムの文学がすべてになった。信吉はあらたに独自の精密な読解をもくろみ、自分を追い込むようにして、ダブリンのブルーム氏の一九〇四年六月十六日と向きあっていた。ほとんど動かずにいるそんな日々、たまに東京へ出るのがひと苦労だった。茅ヶ崎駅まで歩く二キロの道がいよいよ遠くなった。

信吉が上京した昭和六年、東京は関東大震災後の復興がようやく成り、前年に「帝都復興祭」が行なわれて、花電車が走ったりしていた。満州事変が起きるのは、入学した大学の夏休みが終わったばかりのころである。翌年には満州国が建国される。国際連盟が日本軍の満州撤退勧告案を四十二対一で可決、日本は国際連盟を脱退する。

それでも、国内は社会に十分活気があった。第一次大戦後の成長期が長びき、モダニズムが広がっていた。消費社会が大きくなり、風俗のうえでも「モダン」が喧伝された。特に震災後の東京は一変し、モダン都市の新奇な眺めを現わしつつあった。

信吉の学生時代、大学文学部の青年たちは、国際関係のニュースなどろくに届かない世界に生きていた。むしろそれを十分楽しむことを許されていた。英文科の仲間は中国のことなど何も知らなかったし、国文科の友達で中国問題に関心をもつ者もめったにいなかった。いつも本郷の下宿屋街で、同じ顔の相手と文学の話をし、議論をした。当時それが学生の本分にはちがいなかった。

信吉は大学院へ進んで間もなく結婚することになる。人より早い結婚だったが、姫路の本家の意向によるものであった。四人の兄はすでに皆結婚していた。一人残った末っ子のために、家同士の結婚が何の支障もなく運ばれた。旧式の結婚式のあと、東京へ戻った新婚夫婦は、はじめて郊外へ出て、新開地世田谷で暮らし始める。信吉はいったん故郷へ呼び戻されたあと、今度は都心から遠くへ、新開地のほうへ出ていくことになったのである。

世田谷には、当時名の知れた詩人や作家がすでに何人か住んでいた。文学青年たちも多かった。信吉は彼らと知りあい、新興住宅地の小さな酒場を飲み歩いた。そのつきあいのなかで、そのころ衆目を集めていた小説家を見かけることがあった。その前衛的モダニズムの作家は、眼光鋭く睥睨《へいげい》するように文学青年らを見まわしていた。信吉の新居の隣町には、近代詩の花形詩人が、自分で設計した急勾配の屋根をもつ大きな家で暮らしていた。

世田谷の家で長男敬一が生まれた。信吉の文学仲間は、子供が出来たばかりの新婚家庭を覗きにやって来た。彼らもまた、中国との戦争のことなど話題にもしなかった。ただ文学を愛して、風来坊のように生きたがっていた。そのなかで、早めに身を固めた信吉は、好奇心をもって見られ、からかわれた。妻の佐千代の若さも人目を惹くようだった。

結婚後、信吉は大学の人間に戻っていった。指導教授との関係で、学究の道が定まる時が来ていた。本郷の大学へ顔を出すことが多くなった。

ちょうどそのころ、戦争のニュースをよく知らなかった信吉のところへ、とつぜん召集令状が舞い込んできた。彼は驚き、覚悟して丸坊主になり、徴兵検査を受けた。黙って半裸の若者たちの列に並び、辛抱強く待った。が、彼は貧弱な体を手荒く扱われ、検査官に笑われた末に召集解除とされた。結核が疑われたのだった。

長い戦争の時代が始まっていた。すでにその前年に、日中両軍の偶発的な衝突があり、やがて全面戦争に向かうことになる。翌年、ナチスのドイツがポーランドへ侵攻し、世界大戦が始まってしまう。独伊と三国同盟を結んだ日本は、昭和十五年に大々的な式典をあげて紀元二千六百年を祝い、ナショナリズムを強めていたが、信吉の一家が茅ヶ崎へ移り住んだのはちょうどそのころである。

満州事変から九年たち、世間の空気が変わっていた。近衛文麿首相のもと、「新体制」の運動が進められていった。それは一種の革新運動であるらしく、中国との関係だけでなく、もっと強大な相手に立ち向かうために、政治経済の建て直しをはかろうとするものであった。「国民精神総動員」ということもしきりに言われた。

そんななかで、信吉の一家には女の子が生まれ、やがて四人の家族は茅ヶ崎へ引越すことになる。紀元二千六百年の東京ははるかに遠ざかった。信吉は相変わらず「新体制」とも「国民精神総動員」とも一向に無縁のままだった。世田谷の文学仲間のことは、たまに夫婦で噂話をするだけになった。

生まれたばかりの和子はよく泣いた。家で泣くので外へ連れ出し、小川沿いに歩いて浜辺へ出、親子二人坐って海を眺める。広い相模湾から波がまっすぐに押し寄せてくる。その波が激しくくだけると、和子はまた大声を張りあげて泣いた。波音におびえ、全身をふるわせて泣き叫んだ。信吉はただ困惑して、女の子をそのまま家へ連れ帰らなければならなかった。

信吉は幼い和子をもて余しながら、二年前に亡くなった妻佐千代の父望月氏の葬儀を思い返していた。望月氏は娘を嫁がせたと思うと、いくらもたたずに寝ついたのだった。信吉夫妻はあわただしく姫路へ駆けつけた。望月氏は旧制姫路高校のドイツ語の教授だったので、簡素な葬儀が終わるころ、裏小路の家へわざわざ東京から勅使がやってきた。当時まだそんなしきたりが残っていたのだ。信吉にはほとんど違う時代へ飛び込む思いがあった。東京の暮らしともドイツ語の教室ともまるで違っていた。

信吉は高校の恩師の娘と結婚したのであった。とはいえ、そもそも彼は結婚前に望月の家のことをよく知らず、また佐千代の顔も知らないままだった。彼はただ教室で恩師の教え子だったにすぎなかった。

数年のあいだ何度もたてつづけに郷里へ往復したが、茅ヶ崎へやって来るとそんな動きも少なくなった。姫路の人たちの感触は次第に薄れ、関西の旧世界がきれいに遠のいていく。ここでは自分の過去からも都合よく離れていられる。すべてが遠のいたあとの明るい空所が、ただ松風の音とともにひらけている。

パリで出た『ユリシーズ』という部厚い本が一冊、机の上にのっている。紙質があまりよくない大判の本である。装本がまた決してよくない。綴じ目がすぐにゆるんでくるのがわかる。毎日くり返し読んでいると、いずれページがばらばらになってしまいそうである。

それでも信吉は、新聞もラジオもない家で、当分その本と向きあいつづけるつもりだ。ほかのことをするつもりもない。病人のための避難所がここにある。だが、じつのところ、砂ぼこりが立つ海辺が結核患者にいいとも思えない。それにこの時代に、ここの高みで暮らす男が人の目にどう映っているのかがわからない。自分で想像してみても、男の姿は一向に目に見えてはこない。

ドイツが戦争を始め、日本もドイツと同盟関係になると、ドイツの敵国イギリスの英語を勉強する暮らしは妙なことになってくる。何を疑われても仕方がない。それを覚悟して暮らす男が、徴兵検査で笑われたおかげで、海のむこうの戦場からもすっかり遠ざけられてここにいる。

昭和九年、森本信吉が大学を卒業した年、今度は妻佐千代の弟の望月浩司が上京し、大学の国文科へ進んだ。彼は早くから詩を書いていて、上京後国文科の勉強を始めるより早く、東京のモダニズム近代詩の世界へ飛び込もうとした。萩原朔太郎の最後の詩集『氷島』が出たのはその年だった。

『氷島』は、その前の詩集『純情小曲集』のなかの「郷土望景詩」十篇につづくものとされている。『純情小曲集』は、それまで故郷前橋の両親の家で暮らしていた朔太郎が、妻子とともにはじめて上京した四十歳の年の詩集である。作者はそれを「私の出郷の記念」だと言い、「かなしき郷土よ。人々は私に情《つれ》なくして、いつも白い眼でにらんでゐた。」と序文に書く。『氷島』の序文ではこう書いている。「著者の過去の生活は、北海の極地を漂ひ流れる、佗しい氷山の生活だつた。（略）著者は『永遠の漂泊者』であり、何所《いづこ》に宿るべき家郷も持たない。著者の心の上には、常に極地の佗しい曇天があり、魂を切り裂く氷島の風が鳴り叫んで居る。」

朔太郎は故郷の上州を、自然が荒く古い文化のない「荒寥地方」だと言い、なおこう書く。「私が日本的なものと融化しないで、過去に長くエトランゼとして生活したのは、ひとへに全くその郷土の環境的事情であつた。古い伝統のない地方に育つたものが、非伝統的な新しいものに帰依するのは当然である。」「その伝統のない環境が、自分を大胆な自由人にした。」（「我が故郷を語る」）

浩司の郷里は広島だが、姫路で暮らして旧制高校へかよっている。卒業後上京した彼の「出郷」には、おそらく朔太郎のような葛藤はなかったと思われる。関西の伝統世界から抜け出すことに特別な思いはなかったはずだ。彼は朔太郎のように長男ではなかったし、とにかくまだ十分に若かった。朔太郎らが切り開いた世界をまっすぐに目指すことができた。

朔太郎の詩に頻出する「暗鬱」「暗愁」「寂寥」「憤怒」といった言葉を彼がどう思っていたかはわからない。が、彼は郷土への激しい愛憎を詩にうたったりはしていない。その種の暗い感情が彼にふさわしかったとも思えない。彼はただ古い伝統の地を出るべくして出て、「非伝統的な新しいものに帰依する」道へ躊躇なく入り込んだのにちがいなかった。

望月家は土地持ちの旧家でもなく、引越しの多い学校教師の家にすぎない。次男の浩司はその家で、気持ちのやさしいひ弱な子供のままでいられた。戦争がつづいているのに、自分が兵隊になることなど考えたこともなかった。長男が活動的で友人も多かったのに対し、浩司は家で静かに過ごすのを好んだ。家のなかでは、末の妹の佳代子と仲がよかった。浩司は佳代子の文才を喜び、くわしい日記を書かせ、本を次々に読ませた。二人の間柄は、五人のきょうだいのあいだでやや特別なものになっていたらしい。

　浩司が上京するとき、何か心残りがあったとすれば、まだ女学校に入ったばかりの佳代子を関西に置き去りにしてきたことだったかもしれない。彼は佳代子に手紙を書き送りながら、東京の文学世界へひとりで解き放たれていった。東京は一匹の青い猫の影に蔽われた近代詩の都だった。憂鬱《ブルー》な風が吹き通る「おほきな都会」に違いなかった。「おほきな感情」をもつ群集が浪のように流れる街路を彼は歩きまわった。近代詩の空間をひとりでさまようのは誇らしいことだったから、しばらくは大学のことなど忘れていたのにちがいない。

　浩司はそのうち、信吉夫妻の世田谷の家へも顔を出し、そこの文学青年たちをも知るようになる。世田谷はまだ隙間だらけの田舎だったが、下北沢に近い信吉の住まいの隣町には、晩年の萩原朔太郎が自分で設計した洋風の家で暮らしていた。妻と別れたあとの母と二人の娘との暮らしだった。暮れ方になると家を飛び出し、毎晩飲み歩いているらしかった。当時最大の人気作家横光利一の噂を聞くこともあった。浩司はそんな世田谷へんの話を広島の佳代子に書き送っている。

　大学を卒業してから彼が住んだのは、下北沢から少し西へ行った吉祥寺で、そこにも郊外の文学青年世界があった。隣りの三鷹には太宰治が住んでいた。太宰を慕う青年たちや太宰と親しい評論家がいた。浩司はそれらの人々と時に議論をすることがあった。が、その後彼らとのつきあいを深めるということはなかったらしい。彼はむしろ仲間をつくるより孤独を愛し、ひとりで詩を書きつづけていたらしいのである。

浩司のひとり暮らしは長くなっていた。そのうち広島の家から結婚の声がかかるようになる。兄をはじめきょうだい三人はすでに世帯をもち、次は浩司の番だった。義兄の信吉が姫路からの声に素直に従ったように、結局浩司も広島の母親の願いをあっさり受け入れたのだ。太平洋戦争が始まり、中国の大連にいた従妹の一家が引き揚げてきていた。浩司はその従妹と結婚する運びとなった。

いとこ結婚ではあったが、お互いによく知っていたわけではない。遠く離れた家同士のつきあいも、まだないも同然だった。従妹は満州で伸び伸びと育ち、性格も強かった。彼女は新婚家庭にはるかな外地の風をもたらした。はじめ浩司はそれを喜んだのではなかったか。妹佳代子との親しさとは違うあらたな関係に刺激され、それを楽しむ気になっていたのではないだろうか。

吉祥寺に新しい家を借り、二人だけの暮らしが始まった。姉の佐千代が時どき長男敬一を連れてやってきた。森本信吉の一家はすでに茅ヶ崎を引きあげ、目黒の奥のほうへ引越していた。佐千代は何より東京へ帰ることができたのを喜び、郊外住宅地の暮らしをまた一からやり直すつもりになっていた。

浩司は幼い敬一が来ると面白がり、可愛がった。まだ五歳だが、はね返るような才気があって面白い、と言った。それは彼が妹の佳代子に見ていたのと同じ種類の才気だった。

「楽しみだよ。これからもっと面白くなる。俺にはそれがわかるんだ」

と、彼は佐千代に言ったりした。

その時期、浩司は萩原朔太郎を敬愛する三好達治ら雑誌『四季』の人たちを知り、彼の詩がいくつか『四季』にのるようになっていた。上京後はや十年になろうとしていた。浩司は東京文壇のモダニズム世界にようやく一歩踏み込めたところだった。


森本信吉は結核を進行させながら、太平洋戦争と敗戦後を何とか生きのびた。十年ものあいだ食料難がつづき、妻の佐千代はもっぱら食料を手に入れる苦労を重ねていた。戦後しばらくして、画期的な結核治療薬がアメリカから入ってきた。信吉はその薬のおかげで生きのびることができたのだった。

信吉が上京して東京の暮らしが定まるまで、二十年ほどかかっている。はじめはたびたび住まいが変わり、学校教師の人生が始まってからも、東京に落着けるかどうかはわからなかった。戦後になって大阪の学校の話を受け、家族も関西へ引越すはずだった。が、結局信吉だけが数年間、単身赴任することになった。信吉があまり移動しなくなるのは、その後何年もして、息子の敬一が高校生になるころからである。

そのころ敬一は、父親のように教師になりたいとは思っていなかった。むしろ父親と同じ道には進みたくなかった。学校の世界に自分を閉じこめるのは何とかして避けたかった。大学は経済学部を選び、卒業後会社勤めを始めた。が、敬一にはそれがひとつの解放だった。たまたま日本経済は高度成長期に入っていた。

ところが、十年もたつうち、敬一はやむなく道を変えていた。そうせざるを得なくなった。何かに背を押されるように経済界を離れ、マスコミの仕事をするようになった。敬一はまた解放され、これが二度目だと思った。いろいろとものを書き、小説も書いて、文学の畑へ入り込んでいった。そして、いまの文学教師の仕事が始まった。思いがけなかった。結果は、父親とおのずから和解するかたちになっていった。そう思わされた。

教師の暮らしで敬一も、父親同様たびたび移動した。大学のキャンパスが一部埼玉へ移り、東京からかよえなくなり、キャンパスの近くで暮らし始めた。その後も何度か住まいを変えた。敬一はずっと家族をもたずに来て、そのうち埼玉のひとり暮らしが長くなっていた。五十から七十までの二十年だが、敬一自身、そんな長さがまた思いがけなかった。その年月、毎年変わる学生たちと一緒に埼玉の田舎で生きてきたのだった。

戦後すでに六十数年が過ぎている。敬一の記憶は、父親がひとりでジョイスを読んでいた茅ヶ崎の海辺の家までさかのぼることができる。そのへんから人生の記憶がはっきりしてくる。

近年その記憶がしばしばよみがえるようになった。引越しをするたび、移動が多かったことを思い、父親の人生が思い返された。そして今度また、埼玉の暮らしにけりをつけ、東京へ帰ることを考え始めていた。

第一部

第一章　喪失

この新開の土地で二十年が過ぎようとしている。森本敬一は、七十歳を前にして、その年月にひと区切りつけるつもりになっていた。すでにその気で動きだしてもいる。この土地から引越すつもりである。五十から七十までの二十年はそう長いとも思えない。が、そろそろもういいだろうと思うようになったのである。

だが、いざマンションを引き払う段になると、引越しの作業にすぐにはとりかかれずにぐずぐずした。ひと月前、売りに出したマンションの部屋を見にきた中年夫婦が買いたいと言い、売買契約もさっさとすんで、敬一はあとひと月のうちにすべてを片づけ、出ていかなければならないのだった。

そのひと月をどうやり抜こうか。どう動きだせばいいのか。引越しの運送会社を呼ぶまでに何をどうすべきか。敬一はこの二十年のあいだに、また物がたまりすぎたのに驚く思いがあった。３ＬＤＫの部屋のどの隅にも物があって隙間がなかった。敬一はずっとひとりで生きてきて、それだけ物がたまるとはほとんど信じがたかった。自分の住まいを見まわしてみて、ひとり暮らしがひとりでに膨脹したような眺めだと思った。

こちらへ来てからすでに二度引越している。余分な物はそのとき処分している。埼玉へ引越したときと合わせて三度、物をたくさん捨ててきたつもりだった。いまのマンションは、住んで十五年になる。敬一は現在、その十五年分の物を前にして、すぐには動きがとれないという思いになっていた。

二十年前、東京から埼玉へ越してきたとき、さっぱりと身軽になって、新開の土地で暮らすことを喜ぶ気持ちがあった。見馴れぬ埼玉の土地は広かった。町はどこもそれなりに賑わっていて、皆新しく見え、町と町がずいぶん離れていると感じられた。それでも敬一は、その隙間だらけのようなところを動きまわるのが心楽しい気がしていた。

十五年前、いまのマンションも真新しかった。広い畑地のまん中につくられた「××タウン」の二十二階建て「タワー」だった。そのてっぺんに昇ると、田舎の眺めが広々として、果てしがなかった。眺めがかすんでいるときは、ただとりとめのない広がりがあるだけだった。が、「タワー」正面の足もとには「アウトレット・モール」が平たく伸びていて、五階の敬一の部屋までおりると、低層のモールの建物が急に大きくなり、週末の賑わいなどがすぐ目の下に迫ってきた。

敬一は大学で長く文学の教師をしてきた。二十年前、東京から埼玉へ引越したのは、大学のキャンパスが半分埼玉へ移ったからだった。このマンションへ来てからは、大学へ自転車でかよった。畑地と森の広い眺めのなかへ自転車で乗り出していく毎日になった。

はじめのころは、広々とした畑のなかでよく道に迷った。ついうっかりして、方角が違ってしまうことがあった。畑道をひとつ間違えると、とんでもないほうへ行ってしまう。特に夜になると厄介だった。ろくに外灯もない闇のなかを、手さぐりするように進んだ。足の下の闇を踏みつづけるのが心もとなかった。冬など大学から帰るのが遅くなると、闇を怖れる気持ちで畑道へ入り込んだが、二十二階建ての「タワー」は、すぐ近くにならないとはっきり見えてこないのだった。

十五年たち、何組かの夫婦が部屋を見にきた。三十歳くらいも若い人たちだった。敬一はそのひと組に五階の住まいを明け渡すことになった。だが、すでに大学の授業は終わっていても年度末の仕事が多くて、引越しの荷物をなかなかつくれずにいた。全部ひとりでやるつもりだった。が、そうは言ってもわれながら近年動きが鈍く、何でもひと思いにはやれなくなっている。そのひと思いの勢いが、なかなか出てきにくいのを感じる。

階下にフィットネス・クラブのジムとプールがある。引越しの仕事をあとまわしにして、時にそちらへおりていく。部屋を売ることを決めてから、クラブのほうも脱会の手続きをとった。あとひと月、そこへもせいぜいかよいたい。ふだん運動は怠けがちなので、この際まとめて体を動かしたいと思うようにもなっている。

ジムやプールには、マンションの住民のほか、このへんの地つきの人たちも来ている。敬一は彼らの世間話を黙って聞いているのを悪くないと思っていた。彼らの言葉がどこか遠い地方の言葉のように聞こえ、それが面白くもあった。クラブの白い無機質な空間のなかで、不思議に田舎びた言葉が聞こえてくると、ふと耳をそばだてる気持ちになった。土地の言葉は、日ごろマンションの外でもまず耳にすることがなかったのである。

七十歳は大学の定年の年である。敬一はそれを機に埼玉を引きあげて、新しく東京に買ったマンションへ引越すことにしていた。が、そちらはまだ空っぽのままだった。すぐには動かずに、大学へ自転車でかよう日々が完全に終わるまで、埼玉にいつづけようと思っていた。

その最後の日々、一面の菜の花畑から早春の香りが立ち、敬一は自転車を漕ぎながら、自分の体力がここまで残ってきたことをふり返る思いでいた。

連日よく晴れるので、純白の富士山の眺めが大きかった。冴えざえとした遠い冬山の量感が迫るような朝があった。敬一は春までのひと月、雪の山の眺めのあるこの地の冬の光を、十分に浴びて暮らそうとあらためて思った。

敬一がここへ引越した年の正月、父親が八十一歳で死んだ。年始に行くとすでに衰えていて、新築マンションのパンフレットなどを見せても、興味を示す様子もなかった。

父親は昭和のはじめ、一九三一年に姫路から東京へ出てきて大学生になっている。兄が四人もいて、すでに四人とも家業に従っていた。末男の彼だけが大学生になることを許され、英文学を専攻し、大学院生のときに結婚している。母親も父と同じころ上京して、東京の女学校で寄宿舎の生活を送っていた。

とはいえ、二人は東京で知りあったわけではない。二人の結婚話は姫路で進められていた。父は故郷へ呼び戻され、江戸時代から変わらぬ暗い大きな家の客間で、はじめて女学校出の母と向きあったのである。

敬一が生まれたときも、父親はまだ大学院生だった。郷里では歳の離れた長兄の伯父が晩年の祖父に家をまかされ、父のためきちんきちんと仕送りをしてくれていたらしい。姫路でいくつも会社をつくっていた祖父が、なぜ末の息子の文学部進学を認めたのかはわからない。

結婚後両親が住んだのは、東京西郊の新開地世田谷だった。文学好きの青年たちが、そのころ中央線沿線や世田谷の私鉄沿線に集まっていた。世界恐慌の時代でもあり、無職の文学青年が増えつづけていたのにちがいない。

この二十年、敬一も父親の昔を再現するように、埼玉の新開地で暮らしてきたことになる。文学教師の田舎暮らしだった。生家は下北沢に近いあたりだが、そのへんの記憶は何も残っていない。父親の近くにいたはずの文学仲間のことも、くわしい話は聞いていない。ただ、当時の流行作家の風貌などを、父がふと思い出して話すことがあった。ごく短いふた言、三言にすぎなかったが。

両親が結婚したころ、母親の弟の浩司さんも東京へ出てきていた。彼は大学の国文科へかよいながら詩を書いていた。学究の道を進み始めていた父親より、もっと純粋な文学青年だったらしい。彼は文学と芸術のモダニズムの動きのただ中へ飛び込んできていた。遠い西の国から、いかにもまっすぐに、東京のモダニズム世界へやってきた青年だった。

現在の敬一の部屋には両親が残した物も詰まっている。そのなかにはすっかり茶色くなった戦前の写真もいろいろとある。若い両親が「銀ブラ」をしている写真がある。街頭写真師が撮ったものらしい。両親はどちらも着物姿で、父親は中折れ帽子をかぶり、指に煙草をはさんで斜め左のやや高いところを見ている。母親は大きな毛皮のショールに顔を埋め、右側から寄り添うように歩いている。春先か晩秋の、明るい風の吹く日のスナップ・ショットにちがいない。「モボ」でも「モガ」でもないが、それでも若い両親は、西の郊外から出てきてモダニズムの銀座を歩く姿になっている。それは遠い西の国から来て世帯をもった新婚夫婦の姿でもある。スナップショットが街路の明るい光をとらえている。

それが敬一の生まれる前の光か、生まれたあとの光かはもうわからない。だが、いま埼玉の暮らしを切りあげようとするうち、それが自分を照らす遠い小さな明りのように見えてくる。たぶん実際以上に遠い、日本の戦前社会の明りである。敬一は引越しの雑事のむこうにそれを透かし見るようにしながら、同時に戦後の自分自身のことをも思っている。戦前ののどかさが消えたあとの世界を生きてきたといった思いがある。絶えざるあわただしさの記憶が、まだまだ片づいていないのを感じる。

浩司さんの記憶が始まるのは、敬一が四つ五つになってからである。叔父さんの吉祥寺の家へ母に連れられて行ったことがある。浩司叔父はすでに従妹の女性と結婚していた。その家のことでは、大きな書き物机の前に坐らされたこと、窓の外の木々の緑が揺れていたことを憶えている。そしてそこで何か絵を描いたり、お話をつくったりしていて、それを覗き込む浩司さんの体の気配を思い出すことができる。背後で面白がって笑う若い叔父さんの明るい声も憶えている。

それより前のことだったか、浩司叔父の別の住まいが高い崖の上にあって、そこへ行ったとき、下の線路を電車が通って大きな音をたてるのに驚いたことがあった。敬一は思わず「うるさいなあ」と言った。偉そうな調子だったのかもしれない。すると、叔父の妻になったばかりの人が、「それじゃあ、お引越ししましょうか」と言い、まわりの女性たちがどっと笑った。はじめて会う男の子を囲んで面白がっていたのがどんな女性たちだったのか、いまではもうわからないが。

ともあれ、浩司叔父も敬一の家も、地方から出てきてよく移転している。敬一自身、太平洋戦争が始まる四歳の年までに、三度も引越しを経験したうえ、戦時中は学童集団疎開に加わり、ひとり家族から離れて信州へ移動しなければならなかった。

戦後もはや六十年が過ぎた。いままた敬一は埼玉から東京へ帰ろうとして、引越しの荷物をどうつくろうかと思いわずらっている。特に転々としてきたわけではないが、それなりに移動の多い人生だったと思わずにいられない。時代がそれだけ激しく動いたということだろうか。それにしても、引越しはこれでもう終わりにしようと、いつしか自然に思うところまで来てしまっている。

敬一の埼玉暮らしの二十年のあいだに、両親の世代の親族は次々に亡くなっていった。母親の末の妹の佳代子さんも昨年亡くなり、もうすぐ一周忌が来る。敬一は佳代子叔母の遺品の古い日記帳をもらっていた。叔母は若いころ五、六冊日記を書いていたらしいが、そのうちの二冊が敬一のところへまわってきた。昭和十九年と二十年の日記帳である。

佳代子叔母は戦後上京し、しばらく一緒に住んでいたことがある。敬一が中学生になったころのことだ。彼女はよく浩司叔父のことを話してくれた。きょうだいのなかで佳代子さんと浩司さんは特に仲がよかった。佳代子さんは浩司さんのことを、ずっとコウちゃんと呼んでいた。作文が得意で文学好きなところが兄とよく合ったのにちがいない。佳代子叔母は敬一と二人になると、コウちゃんのことを生きている人のように話した。

浩司さんは戦争が終わる前の年、昭和十九年に亡くなっている。戦争で死んだのではない。敬一の父親は結核のせいで召集解除になっていたが、浩司さんも同じで、壮年男性が減ってがらんとした「銃後」の世界で、二人とも結核患者として生きていたのだ。郊外の文学青年世界もすっかり淋しくなっていたはずである。浩司さんはまだ三十前の歳で急死している。おそらく結核のせいではない。

父親のほうは結核療養のため、その後家族とともに転地している。世田谷から茅ヶ崎海岸へ移り、一年ほどでまた東京へ戻っている。太平洋戦争が始まる直前の秋のことだ。新しい家は自由が丘に近い新興住宅地の建て売り住宅で、玄関の板の間がまだペンキ塗りたてだった。幼い妹がとつぜんそこへ走りだし、素足の足跡を一直線にぺたぺたとつけたのを憶えている。

佳代子叔母の日記帳には「ひとり居の記」とか「たたかひ」とかいう題がついている。はたちを過ぎた末っ子娘の「私の心の帳面」である。当時佳代子さんは広島で母親と二人で暮らしていた。それがなぜ「ひとり居」なのかといえば、彼女にとって昭和十九年が衝撃の年であり、母親と暮らしながら「ひとり」を痛感させられたからである。心がつぶれるような衝撃が二つ重なったのである。一つはコウちゃんの突然の死であり、もう一つは許婚《いいなずけ》だった潜水艦乗りの青年の戦死であった。

青年は佳代子さんと見合いをしてから半月もたたずに出陣している。彼の船が出たあとで、二人ははじめていいなずけの関係になったのだった。佳代子さんは青年少尉の死までの一年近いあいだ、彼を待ちつづけ、日記のうえで毎日のように青年K・Sさんに語りかけている。はじめのうちは直接彼に手紙を書き送り、彼のほうからも長い手紙が届いた。彼もなかなか筆まめで、一度に三通まとめて届くこともあった。マレー半島のペナンへ寄港したときの、ドイツ潜水艦歓迎式の写真を送ってくれたりもした。アラビアのほうまで行って帰投した基地からの便りだった。

だがその後、艦から基地への通信が途絶えてしまう。佳代子さんはそのことを彼の家から知らされる。そして日がたつにつれ、もうだめかもしれないという思いが増してくる。祈るように「K・S様」と書きつづけながら、やがて戦死の報を待ち設《もう》けるような思いにさえなってくる。そして、昭和十九年五月十八日の日記に「遂に来た」とひとこと、そして「K・Sメイヨセンシス　ブクン　ケンチヨ」という電文が一行書き写してある。

佳代子さんがまだ彼の便りを待ちつづけていたころ、兄のコウちゃんは東京からの手紙にこんな詩を書いて送っていた。「潜水艦乗りの未来の奥さんへ」という題がついていた。

愛する妹
お前の手紙を見ると
おれはなんとなく気持がいいよ
――私も結婚に体当りして……とか
（略）
はっはっは
なんといふ無邪気だ
お前の屈託のない、
愉快な、女らしいあかるさが眼に見えるやうだ
幸福になれ
K・Sさんは少尉から中尉になる
印度洋をいま帰って来つつある
幸福がお前の胸にだかれに来るよ
潜水艦から
まっすぐお前のところへやって来る
おれは式には帰れないが

ここにゐてはるかに祝福しよう。

「ここ」というのは吉祥寺だが、浩司さんはこの詩を広島へ送って二ヵ月ほどでとつぜん亡くなるのである。そして、「式には帰れないが」と言った兄のところへ、広島から妹がはるばる駆けつけることになる。

佳代子さんはその後の日記に、亡きK・Sさんや浩司さんへの思いをめんめんと書き綴っている。そのなかに兄嫁のことが出てくる。兄嫁は中国の大連育ちで、二人はいとこ同士だった。その関係は結婚後どうなっていったのか。兄嫁は詩を書くいとこを相手にどんなふうに暮らしていたのか。東京での二人の生活がなかなか安定しなかったらしいことがうかがわれるのである。

佳代子さんは夫を失った兄嫁に対し、「自分はなぜ素直に同情できぬのであらうか」と書いている。浩司さんの死後、ますます気持ちがかよい合わなくなったということらしく、「かうなつては、どこまでくひ違つてゆくか、救ひがたい思ひがする。」とも書く。おそらく浩司さんの死に対する妻の思いと妹の思いが違いすぎていたのである。

敬一の母親はまた少し違っていた。弟の嫁に対し、彼女は日ごろ「あの人は大陸育ちだから」としばしば言い、ただそれだけだった。浩司さん夫妻の暮らしを特に心配する様子もなかった。弟に死なれた打撃はあっても、その後の佳代子さんの激しい思いとはあきらかに違っていた。

佳代子さんに二つの衝撃が重なった年、昭和十九年の翌年の日記帳の題は「たたかひ」である。戦局が押し詰まって、敗戦の年になり、ようやく「たたかひ」という表題が生まれている。彼女は心の痛みをこらえ、死者への思いをふり払うように、「決戦の年」の覚悟を語り始める。自分もお国に身をささげよう、それは当たりまえのことなのだ、と書くようになる。「敵愾心がむらむらと起るやうになった。敵がにくい」

だが広島は、昭和二十年の春になっても空襲がなかった。東京はすでに半分焼け野原になり、皇居の宮殿や大宮御所にも焼夷弾が落ちていた。佳代子さんはそれを知り、実際にそんなことがあり得るものだろうかと思う。「陛下も罹災者の一人におなりになったと思ふと、もう自分などうなっても文句は言へないといふ気がする」と書いている。

その年、佳代子さんは工場へ動員され、機械部品検査の仕事に励むようになる。彼女がはじめて触れた世間というものがそこにあった。その驚きを語る文章がくわしい。毎日工場へ出ていると、人間のきめが粗くなるようだ、と彼女は感じていた。毎日が急に忙しくなり、亡きコウちゃんのこともK・Sさんのことも、五分とつづけて思ってはいられない、と彼女は嘆くように書いている。

その日記は大学ノートの最後のページまでぎっしり書き込まれ、七月十七日で終わっている。広島に原爆が落とされる二十日ほど前までの記録である。

敬一は佳代子叔母の日記を読みながら、たくさん出てくる人名や地名に意外に馴染みがあることに気づき、不思議に思った。が、考えてみれば、それはすべて昔佳代子さんから聞いた名前なのだった。人名も地名も、漢字を見るのははじめてのものが多く、なるほどこんな字を書くのか、と思いながら読んでいった。佳代子さんは中学生になったばかりの敬一に、原爆以前の広島の話をずいぶんくわしく話してくれていたことになる。

特に浩司叔父のことでは、敬一はほかのだれかから話を聞いたという憶えがほとんどなかった。佳代子さんからは「潜水艦乗りの未来の奥さんへ」の話を聞き、詩のことばまで憶えていたのに、ほかのだれかがそんな話をしてくれるということもなかったのだ。

浩司さんが亡くなったのは、敬一が当時の国民学校に入ってすぐのことである。五月にK・Sさんの戦死の知らせが届き、六月に浩司さんが急死している。そのあいだ、佳代子さんの日記はほぼ空白に近い。打撃の大きさがわかるのだが、特に浩司さんの死について、彼女はひとり広島から駆けつけて遺骨を持ち帰ったというのに、具体的な記録を何ひとつ書き残していないのである。

佳代子さんはひと月余り吉祥寺にいて、兄嫁を助けて働き、兄の死を見届けたはずである。だがそのとき、ほかの親族は何をしていたのか。敬一は両親が浩司さんのことを話しあったり、あわてて吉祥寺へ駆けつけたりしたという記憶がないのが不思議でならない。佳代子さんの日記帳の空白と同じように、敬一の記憶もなぜか空白のまま現在に至っている。

七十歳の敬一は、引越しのため、物の始末を始めながら、時どき手を止めて外の田舎を歩いたりし、あらためて記憶の空白のことを思った。浩司さんのことを何も語らなかった大人たちの顔をひとつひとつ思い浮かべてみた。一般に、まだ無名のまま夭折した文学者のことは語りにくい。何も語らずにすますのはむしろふつうのことかもしれない。佳代子さんだけは折りにふれコウちゃんの話をし、日記にも哀惜の思いをたっぷり書き込んでいる。だが、その日記にも彼女の話のなかにも浩司さんの死の場面はなかった。そのことが最近しばしば心にのぼるようになった。なだらかな記憶のなかに、あらたなつまづきの石といったものが生まれていた。

敬一は外の陽光を浴びて歩き、農家の無人販売所で野菜を買ったりしながら考えていた。そして知らず知らず、浩司さんは自死だったのかもしれないという思いに誘われていった。前にも一度そう思ったことがあった。いまあらためて、その考えがすとんと腑に落ちるように感じられた。記憶の空白にそれがうまくはまり込むのを疑う気になれなくなった。

佳代子さんの日記をもう一度調べてみた。浩司さんの死の前後の記録は何もないが、広島へ遺骨を持ち帰ってから、少しずつ亡兄を思う気持ちを漏らし始める。彼女は兄からもらった手紙の束を何度も読み返している。それを読みながら、過去の特別な時間のなかへ引き戻される思いになっている。二人のあいだには、「気持が強くふれ合って、火花が散るやうに感じるところ」があったと思う。それがいまも自分を支え直してくれるようである。

それに対し、兄嫁とはどうしても気持ちがふれ合わない、と嘆くような調子で書いている。そして、「兄の結婚は、成功だったのか、さうでなかったのか」と書くに至る。気性の勝った兄嫁に対し、この世の中では暮らせないのではないかと案じられるほど「孤独な匂ひを身につけてゐる兄であった」という文章もある。「清らかで世の汚れに染まぬ兄の上に、『世間』といふものが無遠慮にのしかかって、無慈悲におしつぶしてしまったやうな気がする。」

「世間」ということばが何を指しているのかはわからない。が、たしかにこれらの文章を読む限り、浩司さんの自死が自然に想像できてしまうのだ。

だが、翌年になって東京でのことをふり返る場面で、「看病」という言葉がはじめて出てくる。佳代子さんはひと月以上東京にいたのだから、広島から駆けつけたとき浩司さんがすでに亡くなっていたのではないようだ。たとえ自殺をはかったのだとして、薬を呑んでも死にきれていなかったということかもしれない。ふだん病気のときコウちゃんは、佳代子さんが行けば「どんな苦しい時でもすぐ治るやうな気がするらしく、殆ど迷信のやうにそれを信じて居」る人だったが、今度ばかりは「いつものやうに持ち直してはくれ」ず、はっきりした意識があるのかないのかわからないままだったという。そのほんのひと月前には、亡父の七回忌に故郷へ帰って、元気に父の思い出話をしていたコウちゃんだったのに。

その父という人は、敬一が生まれた翌年に亡くなっているので、祖父ではあるがたぶん会ったことはない。教師としても学究としても、ごく真面目に生きた人だったらしい。下級武士の家に生まれ、清廉かつ謹厳実直で、佳代子さんは「清貧」という言葉を使っている。が、祖父自身は特にそんなつもりもなく、ただ無欲に、無頓着に、心のままに勉強をつづける人だったのだろう。第一次大戦後のドイツへ留学し、ベルリンで一年半暮らし、ゲーテを研究していた。

敬一の父親の遺品のなかから、望月浩司さんの昭和十五年ごろの詩のノートが出てきた。ノートの表題は「抒情詩（様式的練習）」である。最初のページに「とつぜん下界が見えはじめる」と大きく一行、その次のページには、「病人予後」という題の、俗謡ふうのモダニズム詩が書かれている。

時計の針に
　腰かけて
ふわりぷわりと
　一廻り
駅前広場や
　並木道
青空　ほう
　しろい月
おれの飼つてた
　猿たちも　おや
檻からでて来て
　虱とり
ほう　日向ぼつこの
　虱とり
「おれあ
　おりなくていいんかな」

「ええ　ほんとにもう
　おりなくてもよろしいのよ」

昭和のはじめ、西洋の先端的な詩風が次々に入り込んでくるが、浩司さんはしばらくその波に揉まれたあと、新しい抒情詩を目指した雑誌『四季』の人たちに近づいていく。ノートの後半の詩の数々は、抒情詩とはいえ十分奔放な夢想の産物である。「おれ」の死をうたったものがある。「おれ」が死後の世界を歩くという散文詩もある。「おれ」のいる現世が、冥界のように見えてくるという詩も少なくない。

佳代子叔母は戦後あらためて見合い結婚をし、一女をもうけるが、間もなく離婚している。亡きK・Sさんやコウちゃんを思う気持ちが強すぎたのにちがいない。あるいは、彼女のなかに戦争の時代があまりにはっきり生き残っていて、戦後の新家庭をうまくつくれなかったということかもしれない。コウちゃんと二人でつくっていた共通の感性にとって、婚家先は肌合いが違いすぎていたということでもあったのだろう。

K・Sさんのことでは、佳代子さんは彼の死後もくり返し「K・S様、私の夫」とか「たった一年の心の妻」とか、日記に書きつづけている。あげくに、「私は誰かと結婚するかもしれない。何といふ変なことだらうか」と書くようになる。戦争が終わってからの結婚が、何か「変なこと」のまま、ずっと変わらなかったのかもしれないのである。

広島の家は川むこうの郊外だったので、原爆の被害はほとんど受けずにすんだ。にもかかわらず、結局戦後四年ほどで家を畳んで、祖母と佳代子叔母が上京し、敬一の家で暮らすことになる。叔母は女学校以来の洋裁の技術を生かして働き始める。

二冊の日記の時期に、佳代子さんの若い生命は激しく燃焼しつくしたというふうに見える。K・Sさんとコウちゃんがつづけて亡くなったあとの、悲嘆の思いがたっぷり書き込まれた日記を読むと、若い娘の心と体の燃焼のさまを見る思いがする。戦争の時代ならではの激しいものが、若い娘の全身を貫いているのがわかる。

それに対し、戦後の佳代子叔母の姿は、多分に淋しいものに見えた。戦後間もなく結核を病み、長く病気をかかえていたからでもある。文才豊かに日記にたくさんの言葉を吐き出していた娘時代の勢いは、いつしか消えていた。ただ戦時中の喪失体験に染まったままの姿が残った。叔母は特に寝込んだりすることもなく敬一の家で暮らし、茶卓を前にしてひとり洋裁のデザインを考えたりしていた。かつては自身のことを反省して、「わがままで高慢だ」と日記に書くこともあった佳代子さんだが、戦後は特にそんな性質をあらわすこともなくなっていた。

彼女は長姉にあたる敬一の母とのあいだで、多分に相性の悪さのようなものを感じていたのではなかろうか。歳もだいぶ離れていた。母は女学校時代にひとり上京して寄宿舎で暮らしているので、妹と一緒に育ってはいない。彼女はすでに戦前に成人し、結婚して、東京で戦前の家庭をつくっていた。戦後になって佳代子さんの境遇を気の毒に思い、時にそれを口にしながら、それでも佳代子さんと気持ちが嚙み合っているようには見えなかった。浩司さんに対しても、彼女は特に親しく思うこともなかったらしい。彼の晩年に多少異常なふるまいがあったと、思わず漏らしたことがある。あまり同情のない調子だったが、母親としては、思春期の敬一が浩司さんに似てくるのを心配していたのかもしれない。

佳代子叔母は敬一の家に二、三年いてから、札幌の次姉の家へ引越していった。次姉は戦時中に東洋史の学徒と結婚し、戦後北海道大学で教えるようになった夫に従い札幌で暮らしていた。佳代子叔母はその後十数年のあいだ、東京で暮らしたり札幌で暮らしたりした。それから姉たちの家を離れ、東京で洋裁の仲間と一緒にアパートを借り、やがて原宿近辺のデザイナー世界でひとりで暮らすようになる。

そのあいだ、彼女の結核は完治していなかった。五十代になり、あらためて療養所へ入り、そこで知りあった男性と二度目の結婚をする。相手は八歳年下で、詩は書かないが、育ちのよい純心さと善良さをもつ人だった。コウちゃんに通じるものがあったのにちがいない。

その後三十年足らずでその人が亡くなり、昨年佳代子さんも亡くなった。四年ほど入退院をくり返し、夫の葬儀にも出られなかった。八十二歳だった。

敗戦直後の数年というもの、東京の森本家にはいろんな人が来て住んだ。祖母と佳代子叔母が来る前の数年がいちばん混雑していた。なかでも、望月家の長男修造伯父の一家が台湾から引き揚げてくると、広くもない家が人でいっぱいになった。

はじめにまず、母を亡くしたばかりの二人のいとこが来た。それから修造伯父が、後妻の光子さんとともに来て、ほどなく新夫婦のあいだに女の子が生まれた。まだ若い光子さんと先妻の二人の子はなかなか親しくならなかった。二人は敬一の三つ四つ年下の兄と妹だった。

修造伯父は化学畑の研究者で、製糖会社に勤めて台湾に赴任していた。家族と台北で暮らしていたが、戦局が押し詰まると、早めに妻子を日本へ引き揚げさせ、ひとり残って研究をつづけた。砂糖キビからアルコール燃料をつくろうとしたりしていたらしい。

光子さんは台北生まれで、工業学校教師の娘だった。女学校を出て、大学の研究所で働いていて、伯父と親しくなった。敗戦間際、台北が米軍の空襲にあい、はじめて内地同様の疎開の騒ぎがあった。伯父が光子さん一家の疎開を助けて、二人の親しさは深まったらしい。先に日本へ引き揚げた妻子との関係をどうするつもりだったのかはわからない。おそらく離婚の考えがあったのにちがいない。

修造伯父はまず、光子さんが引き揚げた福岡へ帰ってきた。妻子は二年も前に妻の郷里の信州へ引き揚げていた。が、彼が信州を訪ねることはなかったようだ。

翌年四月、信州の町に大火があり、家を焼かれた妻子は広島へ逃れていく。いとこたちはそのころの追い詰められた母親の姿を見ている。彼女は宮島の海を西へ行く船を見つめながら、「あれは福岡のほうへ行くんだわね」と、ぼんやりつぶやくことがあった。修造伯父は広島へやってくることがあっても、すぐまた福岡へ戻っていたのだ。彼女は結局、夫の故郷の海に身を投げることになるのである。

修造伯父と光子さんが来てから、敬一の家は一段と混雑し、騒がしくなった。伯父と光子さんは新婚早々よくいさかいを起こした。気の短い伯父とゆっくりした光子さんの調子が合わなかった。光子さんは内地の戦後の荒い空気に戸惑ってもいたのだろう。女の子が生まれてからは、赤ん坊の泣き声に、伯父の怒鳴り声と光子さんのすすり泣きが加わって、時に騒然とした。

敬一の母親はよく嘆くようになった。狭い家のなかで、彼女自身光子さんとうまくやるのがむずかしかったし、修造伯父には失望していた。もともと彼はスポーツマンの好男子で、学生時代には水泳のオリンピック代表になりそこねたという人だった。母親は、佳代子さんが浩司さんを慕ったように、すぐ上の修造さんに敬愛の念をいだいていたのだ。戦後の暮らしのなかで、その思いはあっけなく崩れていった。彼女の失望はあとまで長く残りつづけた。

それでも、幼い敬一や妹にとって、日ごろきわめて実際的で機敏な修造さんは魅力的だった。彼はいかにも理科の人らしく、乏しい資材を工夫していろんなものを手作りした。たとえば、廃材で小さな木の箱を組み立て、それにニクロム線を這わせてパン焼き器を作り、パンを焼いて食べさせてくれたりした。伯父さんの活気ある笑顔が頼もしかった。いら立って怒声をあげるときとは別人のようだと思った。

敬一の父親は、すでにそのころ家にいなかった。大阪の旧制高校へ単身赴任していたが、彼は戦時中も「東亜学校」というところで、大学へ進学する中国人留学生たちに英語を教えていた。戦後彼が大阪に仕事を得て留守をしていたあいだに、母方の親族が出たり入ったりしていたことになる。

修造伯父の二人の子は、やがてキリスト教系の寄宿学校へ預けられ、夏休みなどに遊びにくるだけになった。そのうち、伯父と光子さんも借家を見つけ、赤ん坊を連れて引越していった。そのあとに広島からやってきたのが望月の祖母と佳代子さんである。父親が東京の学校に職を得て帰って来、彼が勉強できる静かな環境がようやく整ったところだった。

一緒に暮らし始めた佳代子さんは、結核患者として安静を心がける毎日だった。それでも、はじめての東京暮らしのなかから、自活の道を探ろうとしていた。じっとそのことに思いをこらす姿があった。多分にひっそりとした動きだったが、何かを始めている様子がうかがわれた。

そんな日々、佳代子さんは中学生になった敬一を相手に、ふと快活にふるまいながら、過去何年かの彼女の日記帳を見せてくれることがあった。それらはすべて広島時代のもので、上京してからは日記を書くのをやめていた。広島で結婚していたころも、もはや日記は書けなくなっていたはずだった。

佳代子さんは、「わがはたち」という題の日記帳を大事そうに手に取って、「こんなのもあるのよ」と言って見せてくれた。そして、コウちゃんという人のことを話した。それは、ものに感動しやすい、すぐに涙ぐむ、やさしすぎるような兄貴がまだ生きていた彼女の戦時中の話だった。彼女はいっとき快活に、消えてしまった戦争の時代に飛び込むような調子になった。

佳代子さんは窮屈な東京暮らしのなかで、時に原爆被災前の広島の豊かな自然を思うらしかった。K・Sさんの墓参りに行った花盛りの山あいの村のこと、彼女のいとこ一家が住んでいる広島湾の小島のこと、まるで緑の洪水のようだったそこの初夏の眺めなどを、ありありと思い描くことがあるようだった。

浩司さんが亡くなり、彼の妻が広島へ引きあげると、叔父の吉祥寺の暮らしの跡は何もなくなった。幼い敬一が訪ねていき、窓辺の大きな机に向かって坐らせてもらった家がどこだったかもうわからない。叔父のまわりにいたはずの詩人たちもすべて消え、もはやどこにも見えなくなっている。

浩司さんは佳代子さんに向かって、「文学はつらいぞオ」と、妻には言えない言葉を漏らすことがあったという。彼が亡くなる少し前のことだったらしい。それがどんな場面で、どんな調子で言われたものかはわからない。彼は日ごろ詩の言葉で頭をいっぱいにしながら、自分が詩を書くせいで妻とのあいだがおかしくなっていくことを、「つらい」と思うことがあったのかもしれない。

敬一は浩司さんの詩が雑誌『四季』にのったことがあるのをぼんやり憶えていた。ある日思い立って、図書館へ『四季』の復刻版を調べにいった。昭和十七年から十八年にかけて、三篇の詩がのっていた。驚いたのは、そのうちの二篇が妻に寄せるオードだったことだ。昭和十七年十一月号の「めのなかに」は、こんな歌うようなスタイルの、明けっぴろげの、単純すぎるような頌詩である。

夜あけの早いあかるみが室内にやわらかく充ちて来る
この人の寝顔をわたしは見てゐていいのかしら
覗いてゐることではないかしら

悪いことではないかしら
わたしはめをそらし
その次にめをつむり
そのめの上にこの人の手をとつてやわらかいそのてのひらを
わたしの両眼の上におしあてた
わたしのまぶたの上に
この人のてのひらのやわらかいぬくみがある
わたしの手のなかに
この人のてのひらのやわらかいぬくみがある
さうしてゐると
わたしのめのなかに
この人のやわらかいぬくみが入つて来るのだつた

いとこ同士、東京で暮らし始めたころの思いかもしれない。女性への渇望を単純化させ、純化させる思いで歌っているように見える。それ以前の、大阪のノートに書き込まれたたくさんのシュールレアリスムふうの難解な詩や、冥界の暗がりをさまようような詩とはまるで違っている。男は朝まで起きていて、眠る女から目を離すことができない。もうひとつの「夜」という詩でも、男は夜じゅう起きて隣室の女の寝息をうかがっている。女性存在に対するあらたな好奇心と欲望によって、過去の暗い複雑なイメージ世界から素朴な明るい場所へ浮かび出、ようやく自分の純粋さと折りあいがつき、ほっと安らいでいるようでもある。

そのころ浩司さんが出した葉書が二枚出てきて、敬一はまた驚いた。親族に向けて、彼はぜひ吉祥寺へ遊びにきてほしい、と書いている。「御馳走しますよ。この頃めきめき料理の腕前をあげ、愉快限りなしです。」とあり、もう一枚には「ひとりで空家で論文の構想にふけってるのも乙なものですよ。」とある。なぜか妻の姿のない家で料理をしたり、論文を書こうとしたりしていたのである。

どちらも昭和十九年三月の消印が押されている。彼が六月に亡くなる三月足らず前の葉書である。

第二章　姫路の家

この一週間、森本敬一は本や書類や食器類を段ボール箱に詰める仕事をつづけてきた。父親が死んだときも、父の家へかよって同じようなことをした。そのときはまだ、自分自身、いずれ過去を整理するときが来るとも特に思ってはいなかった。わずか十五年でそのときが来たのだと思った。

まず本棚の本を段ボール箱に詰めていった。そのあと大きな本棚五つがからになったところで、次のことを考えるつもりだった。本は過去に一部処分したので、今回は残りの全部を新居へ運ぶことにした。段ボール箱は見る見る増え、積みあがっていった。

父の家を始末した十五年前、大量の本は古本屋を三軒呼んで次々に運ばせ、書斎も納戸もきれいにからにした。大学へ引きとってもらう本も、十箱ほど段ボール箱に詰めて送った。ほかに父の音楽の趣味に関するものを何箱かに収め、衣類や食器の一部とともに敬一のマンションへ運ぶと、親の家の始末はあらかた終わった。粗大ゴミがたくさん残された。あとは、晩年の父が書き残したものや書信類を、大きな紙袋に入れて埼玉の家へ持ち帰るだけになった。

かつて父が結婚をし、東京で一男一女をもうけ、英文学の勉強にいそしんでいたころ、幼い敬一は何度か両親に関西へ連れていかれた。太平洋戦争が始まる前、敬一の最初の記憶といえば、戦前の特急「燕」の食堂車の記憶だった。あるとき、ウェイトレスがテーブルに近づき、とつぜん大きな音をたてた。運んでいたグラスがトレイの上を滑って床に落ちたのだった。そのけたたましい音と、近づくウェイトレスのあわてる気配が記憶に残ることになった。

のちに母親が面白がって教えてくれたが、二歳のころの敬一は、食堂車の食事のことを自己流に「ジュジュー・マ」と呼んでいた。「ジュジュー」は制服のウェイトレスが滑るように近づいて来るさまを言い、「マ」は食べもののことを指していた。ウェイトレスがグラスを滑り落としたときは、たぶん彼女の「ジュジュー」の勢いがよすぎて、その制服の気配が敬一の頭上にかぶさるように迫っていたのにちがいない。

城下町姫路の旧市街の本家は、おそらく江戸時代から変わらず、がらんと大きくて暗かった。そこの黒光りする薄暗がりに大ぜいの人がいた。黒々としたへっついが並ぶ寒い台所や、穴にもぐるような狭い風呂場や、真暗な便所がいちいち不気味だった。総二階の階上も、部屋が多くてどこまでも先へ行けた。

東京の家とは違い、家のなかの大人たちとのあいだには距離があった。祖父や祖母や長兄の伯父のいる場所が遠く感じられた。台所のそばに小さな部屋があり、夜は時にそこの明るい電灯のもと、母と二人きりになることができた。そこにひとりでいたこともあった。狭い明るい部屋をひそかに心地よく思ったりしたが、それは数年あとのことだったかもしれない。敬一はそのとき絵本を読んでいて、つまりもう字が読めるようになっていて、暗い大きな家とはそこだけ違う電灯輝く狭い場所が、いっとき自分ひとりのものになったのを喜んでいたのだ。

そのうち戦前の鉄道の旅も途絶えることになる。太平洋戦争が長びき、やがて敗色が濃くなった。戦争のはじめのころは、敬一の一家はまだ姫路や広島へ旅をしていた。が、すぐに長旅ができなくなる。敬一は、最後の旅から帰ってきたときのことをよく憶えている。

久しぶりに東京の家を見たときの記憶である。荷物が多かったからだろうが、私鉄の駅から家まで大した距離でもないのに、一家が人力車を連ねて帰ってきたのだ。白ペンキ塗りのベランダのある家が庭木のむこうから現われると、その簡便な建て売り住宅がいかにもなつかしく思えた。姫路の古めかしい町家とはまるで違う眺めに、敬一は吸い寄せられるように見入っていたのである。

帰ってきたその家のあたり、目黒区から世田谷区への一帯が、その後敬一の少年時代の土地になった。中学校を卒えるころまで、そこをひとりでよく歩きまわったものだと思う。当時の郊外の土地は広かった。まず幼稚園に入ると、旧制七年制高校の広いキャンパスを大まわりして、毎日いやになるほど歩いてかよった。小学校は電車にひと駅だけ乗り、あとは歩いた。中学校は、駅とは反対側の旧ゴルフ場のむこうまで、かなりの距離を歩くことになった。

昭和十九年の秋、東京の空にB29が現われ始め、十一月二十四日には編隊が来て、最初の空襲があった。生徒たちは空襲警報が鳴るたびに下校しなければならなかった。電車が止まり、歩いて帰ることがあったが、教育実習中の「教生の先生」が家まで送ってくれたりした。ひどく長い道だったが、そんな日はひとりではないので退屈しなかった。いつB29が現われるかわからない空が青々と晴れ、郊外はのどかで、カサコソと落葉を踏んで歩きつづけた。教室で退避訓練をするよりずっと楽しい気がした。その日の朝、「これがきょうのおやつよ」と母が言って見せてくれた、もらい物の大きな甘柿の輝きを思い浮かべながら歩いていた。

教室では、授業らしい授業ができなくなっていた。生徒も次々に田舎の縁故を頼って疎開していき、クラスの人数は半分になった。すでにその年の八月には、二年生から上の生徒は学童集団疎開に出発していた。学校は空っぽになり、残った一年生は広い校舎を駆けまわることができた。敬一らは、それまで近づけなかった三階へあがって、五年生や六年生の教室をこわごわ見てまわった。学校のなかに、思いがけないがらんどうの別世界が出来ていたのだった。

その学校は、戦争の時代の厳しさがそのまま教育方針になっていた。「マジメ」という片仮名書きの一語が、校訓としてかかげてあった。敬一は一年生の秋にそこへ編入学したのだが、それまでいた区立の小学校とは違ういかめしいような雰囲気に驚いた。区立の学校は生徒が多く雑然としていて、戦時の教育というものも行き届いてはいなかった。担任の先生は女性で、戦時の心構えをさとすでもなく、もちろん生徒にビンタをくらわすこともなかった。が、転校した学校では、教師はいつでも生徒を叩く準備ができていて、緊張感の違いがすぐにわかった。区立の小学校では、国旗をかかげて全校生徒が整列するといったこともなかった。生徒が多すぎ、校庭は狭く、そんな大がかりな儀式はできなかったのにちがいない。

米軍機が毎日のように現われるようになった。空襲への備えに追われて、軍国少年の教育もどこか力が抜けたようになっていた。大きな校舎はすでに空っぽだったが、どこの命令か、コンクリートの外壁全体が黒白まだらに塗られることになった。その迷彩模様は変に巨大で醜かった。が、そんなことをしても、間もなく艦載機の機銃掃射を受け、ある日登校すると、壁に弾痕がたくさん残っているのに驚いたのだった。

学童集団疎開は、敬一ら一年生の問題にもなっていた。翌年の新学期からクラスがなくなるというので、一年生の疎開の話を聞くため、母親が何度か学校へ出かけていった。敬一は家を離れてひとり遠くへ行くのは、むしろ心楽しいことのように思っていた。

家の庭には、杏の木の根もとに、大きめの防空壕が掘ってあった。そこへ真先に運び込まれたのは、父親の書棚の部厚い洋書類と何冊かのレコード・アルバムだった。が、やがてそれらは壕の湿気で表紙の厚紙がふやけ、染みだらけになった。四人家族が空襲警報のたびにそこへ飛び込んだが、戦争前とは違い、手伝いの女性たちはいなくなり、すでに四人だけだった。敬一の集団疎開行きが決まれば、それが三人になるわけだった。波が退《ひ》くように東京から人がいなくなりつつあった。

三月に入ると、東京の下町一帯が焼かれる大規模な空襲があった。敬一は父親のあとから防空壕を出、東の空が盛大に赤く染まっているのを見た。見たこともない空の赤さだった。庭木のむこうの夜空一面がべったりと赤く、さすがにこれはただごとではないという思いに体がふるえた。遠い下町の空の赤さがこちらへ攻め寄せてきそうで怖ろしかった。

その後ひと月半ほどで、敬一ら新二年生の出発の日が来た。集合場所の新宿駅まで、母親が送ってきてくれた。駅の地下道を歩きながら、クラスの友達がとつぜん大声で泣きだした。その声がすさまじく響き、敬一はそんな激しい声が仲間うちから湧き起こったのに驚いた。彼がなぜ泣くのかわからなかった。地下道は黄色い光に照らされていたが、見送りの親と別れてプラットフォームにあがると、そこは灯火管制で真暗だった。泣いていた子も闇のなかでは泣きやんだ。たった二十数名の新二年生は、ふくらんだリュックサックを背負って、長いことプラットフォームにしゃがみ込んでいた。

疎開学童用の列車の旅は、戦前の関西行きの旅とはまるで違っていた。臨時列車なのに一般の客も窓から乗り込んできて、すぐに身動きがとれなくなった。夜が明けるまで、ぎゅう詰めの混雑に声も出せない思いでじっとしていた。疎開先は松本市郊外の浅間温泉だった。臨時列車は途中停車が多くて、松本まで十三時間近くもかかっている。

敬一にとってそれは、東海道の特急列車の旅ではなく、山国へ分け入るはじめての旅だった。夜が明けてから、敬一ははっきり旅の違いを知らされて、窓の外を眺めつづけた。東京の大空襲が信じられないような、ひっそりとした山の町の眺めがあった。そこに天長節の日の丸がひるがえっていた。山国の日常の朝の気配が静かだった。車内も一般客の大人が次々に降り、静かになっていた。

汽車がひどくのろのろしたり、長く停まったりするたびに、山の自然の気配が濃くなった。木々や草や土の匂いが窓辺に感じられた。そんな山地へ入り込んだ先に、何が待っているのかわからなかった。姫路や広島へ行くときの、行く手に親族が待ち受けている旅ではなかった。浅間温泉という名が何を意味するのかもわかってはいなかった。

敬一の父親は郷里へ疎開しようとはしなかった。七歳の敬一を集団疎開に参加させることにしたとき、両親は姫路や広島近辺への疎開は考えないことに決めたらしかった。

父親はすでに「東亜学校」で教えるのをやめていたから、東京を離れられないというわけではなかった。が、彼が四人の兄とは別の道を選んだからには、空襲が激しくなっても、東京にとどまるのがむしろ自然なことだったのにちがいない。

東京では、三月の下町大空襲のあと、五月に山の手方面の空襲があった。かなり広く焼かれたのに、西の郊外の家は被害がなかった。あたり一帯、住宅地がそっくり焼け残った。だが、その後姫路が、城を残して丸焼けになった。森本の本家も分家もいくつかの工場も、すべて焼け失せた。そのことを、疎開先へ母が面会に来たとき、静かな調子で話してくれた。

姫路が焼けてしまってから、敬一は森本の家のことを少しずつ知るようになった。江戸時代には「米屋」という屋号をもち、両替商を営んでいたという。明治になってから、士族の家から婿入りした祖父が、新時代の産業世界に野心をいだき、会社をいくつもつくった。電球製造や合成樹脂の製造を始め、水力発電の会社や銀行の創業にも関わった。父の兄たちは、それぞれ祖父が始めた仕事のあとを継ぐことになった。

父親はといえば、中国人留学生の学校で英語を教えたあと、敗戦直後の一時期、連合軍占領下でGHQの仕事をしていたことがある。手紙の検閲の仕事だった。進駐軍は日本人の通信をすべて検閲していた。父は毎日たくさんの手紙を読み、問題がある箇所を英訳したりしていたのだ。中央郵便局の大きな部屋に、知的失業者や大学生アルバイトが何百人も集められていたらしい。アメリカ人上司に監督される巨大な検閲工場といったものだったのだろう。封書を開封したあと、透明なテープを貼り、検閲済みのスタンプを押して配達された。敬一はよく光る透明テープを美しいと思っていた。父はたまに、「きょうは面白い手紙があったよ」などと母に話すこともあったが、愉快な仕事ではなかったはずだ。給料がばかによく、食料難の時代に栄養豊富な昼食もついていたが、父はその仕事を長くはつづけなかった。

そのころ、親子四人で渋谷へ出て、アメリカ映画を見せてもらったことがある。それが敬一がはじめて見た映画というものだった。闇のなかに白々と明るい光の世界が現われた。白い女の子が走っていた。映画館を出ると、米軍の暗緑色のバスやトラックが、目の前の道をふさぐように大きく見えた。父が「そっちへ近づくんじゃない」と、神経質になるのがわかった。敬一も坂道を駆け登るアメリカの車の馬力を怖ろしいもののように感じていた。

当時父は、それまでの英文学研究からアメリカ文学のほうへ切り替え、「アメリカ英語」の研究を始めていた。戦前の大学でウォールター・ペーターの唯美主義論を書いたりしていた学徒の転換だった。彼は新聞や週刊誌をはじめ、手に入るアメリカの印刷物を片端から調べているらしかった。敬一が中学へ進むころには、父が家で何を勉強しているのか、おおよそのことはわかるようになった。敬一も学校ではじめて英語を教わったが、先生は英語の発音のためには口のあけ方から勉強しろと言い、口を大きくあけて口のまわりの筋肉をほぐす練習をさせた。授業のはじめに皆で声を出しながら、精一杯口を動かす練習をさせられた。父が家でやっているのも、こんな言葉の研究なのだろうと、漠然とわかってきた。

一方、姫路の家は、時代の急変に苦しんでいた。工場をすべて焼かれたあと、二つ三つ残っていた会社のなかで合成樹脂の会社が倒産した。戦後の猛烈なインフレを収めるためにアメリカから特使が来、極端な緊縮財政が指示されて、つぶれる会社が続出した。森本家の会社は、合成樹脂の電話器の大量注文が取り消されたため倒産したのであった。合成樹脂製の電話器は、そのころがはじめてだったらしい。

その会社の社長をしていた長兄の伯父が、何ヵ月か、東京の末の弟の家へ逃げてきていたことがある。当時姫路では、森本の合成樹脂のことを「万年漆器」と呼んでいた。その「万年漆器」の伯父さんは根っからの阪神タイガース・ファンで、敬一は彼に連れられて、後楽園球場へ巨人・阪神戦を見にいったりした。黒っぽいユニフォームの阪神の有名選手を敬一ははじめて見、巨人の応援を我慢して、自分の声を一所懸命抑えていた。かつて姫路の古めかしい家の奥にいた立派な顔の伯父さんが、ただの阪神ファンとしてすぐ隣りに坐っているのが何だか妙だと思った。

そのころ、敬一は小学校のクラスの学級新聞を毎週ひとりでつくっていて、家で退屈していた伯父さんはそれを面白がってくれたりした。彼が姫路へ帰ってからも、敬一は謄写版刷りの小さな新聞に帯封を巻いて、伯父さんのところへしばらく送りつづけた。送ってくれと言われていたからだ。

そんなやさしさの印象しかない伯父さんだったが、祖父からまかされた会社を倒産させたことを、ずっと悔やんでいたことがわかる手紙を、敬一は父親の遺品のなかに見つけた。敗戦後三十年、祖父の三十三回忌を無事に終えたことを伝える手紙だった。あとは生涯の「残務整理」につとめるつもりだが、二十五年前の「不祥事」だけが心残りだ、「慚愧《ざんき》の念」に耐えない、御先祖に申し訳がない、という意味のことが達筆で綴られていた。

祖父は姫路の街が焼かれる一年前、昭和十九年まで生きて亡くなるのだが、長兄がそのあとを継いでいたのは、敗戦前後の五年足らずのあいだのことだった。半分江戸時代のサムライ、半分近代人起業家というべき祖父から、長兄はその烈しい性質をほぼ抜きとられたような姿で、敗戦時の苦しい時期を耐えていたのである。

会社倒産後、東京へ逃げてきていた伯父は、毎日何ひとつすることがないのに、いら立ったり、不運を嘆いたり、感情をたかぶらせたりすることがまるでなかった。憔悴《しょうすい》の様子もうかがわれなかった。彼はありがちなそんな姿を見せる人ではなかった。いま思えば、すべてを奪われたまま、所在なさに耐えていたはずだったのに、子供の敬一が察知できそうなものは何ひとつなかった。伯父さんの立派な温顔は、どの瞬間も変わることがなかった。憂いの色のうかがわれないおだやかさがすべてのように見えた。

伯父はもともと、弟たちとは違う温和な性格だったというが、単にそれだけではなかったはずだ。そもそも時代が四人の弟とは違っていたのだ。彼の悠然たる惣領らしさは、姫路の家と同様、遠い封建の世にそのままつながっていたのではないだろうか。あれはそのまま遠い昔を見せてくれていたのではないか。そして伯父は、やがて封建世界へ呼び戻されていくのではないか。その思いは、伯父と会うことが少なくなるにつれ、少しずつ強まっていった。

姫路では、次兄の伯父が経営していた会社も苦しんでいた。何とか倒産を免れようと、何年ものあいだ、規模を小さくしてしのいでいた。敬一が戦後はじめて姫路へ行き、その会社を訪ねたのは、大学生になってからのことである。姫路の街は幼少期の記憶とは一変していた。大きな城だけが変わらずにあり、駅前からそこへ向かって広い直線道路が出来、伯父たちの家も焼け跡に建った簡単な現代家屋に変わっていた。

その一軒に祖母がひとり端座していた。薄暗い戦前の世界から、変に明るい何もない場所へ放り出されたという姿だった。皺ばんだ白い顔に大きな耳が目立っていた。すっきりと持ちあげられた顔は、揺るぎなく立派に見えたが、彼女はほとんど言葉らしい言葉を発しなかった。ただ、時にうつむくようにするとき、広く窪んだ眼窩の端のほうに、生きもののような涙が押し出されてくることがあった。

次兄の伯父の会社はそのころすでに苦境を乗り越えていた。それが敬一の目には、何か奇妙な発展というふうに見えた。郊外の工場へ行くと、三兄の伯父が迎えてくれたが、工場の入口にはチューインガムの大きな自動販売機が一台据えてあった。伯父はその使い方を説明しながら、自分でコインを入れ、チューインガムを手にして、さっと食べてみせたりした。戦後の束京の街を米兵たちが歩きながら噛んでいたあのチューインガムが、伯父の会社の機械のなかにぎっしり詰まっていたのだった。

自動販売機は、戦時中船のモーターなどを作っていた会社の戦後の新製品だったのだが、すでにその前に会社が始めていたのが、国の造幣局や金融機関へ納める硬貨計算機の製造だった。戦後五、六年して硬貨が発行されることになり、会社はいち早く硬貨計算機をつくり、納入に成功していたのだった。

敬一が大学の四年間に姫路まで行ったのはそのときだけである。京都や大阪へ行くことはあっても、なかなかその先までは行けなかった。関西の旅は、父親の郷里へ行くまでもなく、京大阪を歩くうち満たされたようになる。そこに足をとられたように、その先へ行けなくなってしまう。そしてそのまま何年もが過ぎてしまう。

そのあいだに、姫路の会社はそれなりに大きくなっていた。敗戦後森本家は、農地改革で六十町歩の土地を失い、会社の倒産があり、その後も事業を極小にせざるを得なかったのが、次兄の伯父のもと、十年ほどで再生のかたちが出来あがりつつあった。

世間では経済の高度成長の騒ぎが始まっていた。だれもがせわしなく奔走し始めた。そのなかで姫路の祖母が亡くなった。祖母が生きた古い時代は、産業社会の煙霧のなかに消えていった。長兄の伯父も会社の経営から退いていた。敬一は東京で就職し、森本の家とは関係なく経済界の成長騒ぎに巻き込まれることになった。

敬一の会社勤めは九年つづいた。その後半は、一年一年と息苦しい思いが増していた。こんなことをいつまでつづけるのかと思うようにもなった。敬一は道を変えようと思い始めた。経済成長の勢いがいよいよ極まった大阪万国博覧会の年、敬一は奔流からはじき出され、押し流されるように、彼ひとりの場所へ流れ着いていた。

姫路の伯父たちは会社の経営に忙殺されつづけた。煙草などあらゆる自動販売機を手がけ、コインロッカーの製造も始め、金融業の機械化の動きとともに社業は全国的に広がった。次兄の伯父が経営者として長く力をふるったが、四兄の伯父がそれを助け、敬一のいとこたち何人かが加わるうち、戦後も五十年が過ぎていた。

そのあいだ、敬一の父は大学で教えながら、外国の言語と文学に深入りしつづけた末に、八十一歳の年に死んだ。そこであらためて、敬一は姫路の家と寺とに向きあうことになった。まず父の遺骨を寺の墓地に納めなければならなかった。東京で葬式をすませたあと、敬一は遺骨をかかえて姫路へ向かった。

そのとき次兄の伯父は、すでに九十歳近いのに、てきぱきと納骨の世話を焼いてくれた。そのあと昼食に誘ってくれ、ビジネスマン向けのランチをとりながら、彼は問わず語りに森本家の「血」のことを話しだした。

「わたしのおやじ、君の祖父という人は、ずいぶん古い武家の出でね、古武士的な性格だったけれど、実業人として時代を見る目があった。だから、いろいろと先端的な事業に手を出した。しかし、よけいなことは何ひとつ言わないサムライでね、親としては、まあいうならば薄情なところがありました。むしろ酷薄といってもいい。じつはそんな血が森本の家には流れている。

兄貴だけは違っていましたがね。どうやらわたしのなかにもそれがあるようだ。この歳になってそう思います。経営者として、それを利用してきたところもあったかもしれない」

変化の激しい半世紀を生きた人の、ちょっとした告白といった調子があった。それまでほとんど会っていなかった伯父が、そんなかたちで身内の親しさを表わしたようでもあった。敬一はそれを思いがけないことのように思った。

そもそも敬一は、父親と向きあってランチを食べたり、酒を飲んだり、まともに話しあったりしたことがなかった。「薄情」というなら、その血は東京の家にまで流れ着いていたというほかない。古武士でも何でもない病身な父親だったのに、よけいなことは何も言わない人だった。むしろ、日ごろ語るべき言葉がいつも足りないというところがあった。

四百年くらいは関係のある寺に、五人の兄弟の墓があった。五基の墓石が並んでいた。父親の墓にはすでに母親の骨壺が入っていた。そこへ父親の骨壺を入れる時に問題が生じた。関東と関西では骨壺の大きさが違い、関東のほうがだいぶ大きいので、骨壺を二つ並べて入れることができなかった。石を削ってもらうことになり、次兄の伯父がそれをうまくとり計らってくれた。遠くでひとり生き延びていた五男坊が、おかげで無事に墓所へ迎え入れられたのだった。

その一年後、亡父の一周忌と亡母の十三回忌のため、敬一は再び姫路へ向かった。今度は家の仏壇から両親の位牌をとり出し、かばんに入れて運んだ。半日大学へ出る日だったので、位牌はまず大学へ持っていった。

そのあと姫路へ行くのに、敬一は東海道新幹線でまっすぐ行くのではなく、わざわざ信州をまわって行った。学童集団疎開の疎開先の信州である。

戦後三十年のころ、疎開仲間が大ぜいで疎開先再訪の旅をしたことがあった。その後また二十年が過ぎた。その二十年のあいだに、敬一は今度はひとりで何度か疎開先を訪ね、昔世話になった人たちと会うことをくり返した。当時疎開学園の「寮母」をしていた人たちなどと会っていた。

疎開先は、はじめ松本市の浅間温泉だったが、松本にも空襲の危険があり、やがて伊那谷の寺へ再疎開した。敬一はあらためて、浅間温泉や伊那谷の寺を訪ね、松本でも伊那谷でも元寮母さんたちと会った。伊那谷の寺ではいまの住職夫妻と話したが、戦時中兵隊にとられていた住職は、疎開の子らのことを知らなかった。敬一は寺のそばの畑のなかの宿屋で重い蒲団をかぶって眠り、その翌日には、戦時中傷病兵がたくさんいた村の温泉へ泊まりにいったりした。

今回は、特に人と会う予定はなかった。村まで行かずに飯田の町に一泊し、名古屋へ出て姫路へ行くつもりだった。近年鉄道で飯田へ行くのが不便になり、長距離バスでまっすぐ伊那谷へ入った。飯田の城あとの高みにある旅館に泊まった。天龍川や松川の谷を見おろす広い眺めがあった。窓から見渡せるそちらが昔の疎開先だった。天龍川のほうにも、松川のむこうの丘にも、すでに六十代になっている元寮母さんがいた。が、今回は連絡をせずに、旅館の窓からそちらをゆっくり眺めて去ることにしていた。飯田の町に泊まるのは戦後はじめてだった。

天龍川を少し南へ下る天龍峡まで行ってみた。昭和二十年、戦争が八月に終わっても疎開学童はまだ東京へ帰れず、十一月はじめまで村にいた。ようやく帰れるときが来て、最後に遠足に行ったのが天龍峡だった。

電車で行ってみると、かつて信州の見おさめのつもりで見た五十年前の風景が、ほぼ残されているのがわかった。新しい橋が出来たりしていたが、その橋の下に、奇岩と絶壁と赤松と奔流の風景が、古い時代の景勝地らしさをそっくり残していた。

敬一は昔の絵葉書を思い出していた。遠足のとき買って帰ったやや不鮮明な色つき写真のひと揃いだった。東京へ引きあげてから、敬一はそれを何度も眺めた覚えがある。その一枚一枚に、「今日も決戦、明日も決戦」とか「その手ゆるめば戦力にぶる」とか、戦時中の標語が小さな文字で印刷してあった。一組の絵葉書の紙の袋には「慰問のお便りを」と、ひとこと大きく刷り込んである。戦地の兵隊さんに絵葉書を書き送るようにとすすめているのである。いま橋の下へおりていくと、それらの言葉をまとわされた戦時中の景勝地が、いまの世に間違いなく現われ出るようで、不思議な戸惑いをおぼえた。こんなところがあったのか、と思った。

飯田へ戻って長距離バスで名古屋へ出、もう一泊した。昔のように鉄道の飯田線を使うのはむずかしかった。現在の伊那谷は、結局バスの旅にしかならないのだ。両親の位牌を運んで関西で法事をする身には、何十もの駅に停まりながら豊橋まわりで行くというわけにはいかなかった。

だが、バスで行くとなると、敬一にはこのへんの地理がよくわからない。ここらの山村からは、戦時中たくさんの人が「満蒙開拓団」として旧満州の国境地帯へ向かったはずだ。全国から三十万人以上が送り出されたが、なかでも長野県民が最も多かったという。敗戦時のその人たちの悲劇を敬一も知っている。伊那谷は彼らがいなくなったあとへ、疎開学童たちがどっと入り込んだことになる。もっと南のダム湖のへんには、戦時中捕虜収容所があったはずだ。連合軍の捕虜たちがダム工事に従っていたというが、急行バスに乗っていると、そのダム湖がどのへんかもわからずに過ぎてしまう。

姫路の寺には比較的若い親族が集まってくれた。東京の母方の親族は、神戸の有馬温泉に一泊してから来ていた。

法要のあと、庫裡で会食をした。敬一の隣りに坐った住職は、戦後の生まれらしかった。いとこたちは皆、姫路や神戸に住んでいて、何人かは森本の会社で働いていた。五、六年前に本社の社長を継いだ次兄の息子の康夫さん夫妻をはじめ、皆二人ずつ夫婦の顔が並んでいた。

「僕ひとり東京育ちで、女房もいませんが」と、敬一は皆に向かって話した。「じつは子供のころ、僕にも関西へ引越すチャンスが二度ほどあったんです。一度目は戦時中の疎開のときです。うちが姫路を頼って縁故疎開をしていれば、僕もこちらの人間になっていたかもしれない。二度目は、父が大阪の旧制高校の口にありついたときです。父は当然一家で大阪へ引越すことを考えた。僕は小学校の先生に、転校するかもしれないと話した覚えがあります。でも、どういうわけか、父はそのまま単身赴任をつづけ、僕もこちらの人間になりそこなったんです。いま関西弁をしゃべっている自分がいたはずだったんですが」

過去にいとこ同士のつきあいが少なかったので、敬一はあらためてそんな話をした。そのあと、会食の話題は父親たち五人兄弟のことになった。五人に共通する奇妙な性質あるいは習癖について、一人が言いだすと、次々に声があがって騒がしくなった。

兄弟五人はお互いに馬鹿丁寧な言葉をつかい、馴れ馴れしい気安さをあらわすことがめったになかったのだ。兄弟同士ふだんも敬語をつかいながら、お互いのあいだの距離を少しでも縮めることを怖れているかのようだった。父など電話で話すときも、相手にお辞儀をせんばかりのしゃべり方なのがおかしかった。

一年前に次兄の伯父が話してくれた森本家の「血」のことも、いとこたちは日ごろ思うところがあるのかもしれなかった。彼らはだれも本家では育っていないが、あの古めかしい大きな家に伝わっていたもののことを知っているはずだった。敬一も、本家の人々のあいだを、時代離れのした冷えた空気が流れていたという記憶をもっていた。それが武士の時代の冷たさだったのかどうかはわからない。が、次兄の伯父の言う「薄情」や「酷薄」といった性質は、遠い過去の匂いのように、親族間を漂い流れているのかもしれないのである。

それでも、いま法事の宴席のいとこたちは、父親たち五人兄弟のことで笑いあっている。彼らの奇妙な性癖については、皆似た思いをいだき、いちばんあとに生まれた者同士たまに会うと、知らず知らずその思いを笑い話にしているのである。

四兄の息子の辰雄さんは、大学が東京だったので敬一とも親しかったが、彼は自分の父親のことを話して笑い、それから敬一の父親のことも言って笑った。彼が学生のころの話である。

「夏休みなんかでこっちへ帰ってきてもね、おやじは僕の顔をよう見とらんのですよ。ただいまって言って坐るでしょう。三ヵ月ぶりくらいですよ。すると、まだ何も話さんうちにおやじが言うには、お前いつ東京へ帰るんだ、ですよ。人の顔を見たとたんに、早く帰れって言わんばかりの挨拶なんですよ。そんな言い方せんでもよさそうなもんにとつくづく思ってね。でも、それは敬一さんのところも一緒やったんやないですか。うちとおたくは、よう似とったんと違いますかね。ほかの兄弟より歳も近かったし、どっちもきつうて」

敬一はそれに応えて、また少しくわしく話した。

「じつは僕は今回、信州をまわってこちらへ来たんですが、信州は僕が学童疎開で暮らしていたところで、いまも忘れられない土地です。戦時中、姫路へ逃げてくる代わりに伊那の谷なんかへ入り込んで、そこの人たちの世話になったわけです。そこで姫路が丸焼けになったことを面会に来た母から聞かされました。ああ、焼けちゃったの、と驚いて言った自分の声をまだ憶えていますよ。汽車の切符も簡単に手に入らなかったあの時代に、十時間もかけて何度も面会に来てくれたのは母でした。父のほうは、たとえ病身でなくても、そんなことをする人ではなかった。僕がどこへ疎開したのかもはっきり憶えていなかったのではないか。僕らは松本の浅間温泉のあと、伊那谷へ再疎開したのですが、のちにおやじと話していて、疎開先が二ヵ所だったことを彼が知らないのがわかって驚いたことがある。まあ、おやじの場合は学者馬鹿ということで、ちょっと特別かもしれませんが、たしかに五人のうち下の二人は性質が似ていたようですね」

法事が終わり、住職から両親の位牌を返してもらい、敬一は康夫さんの車で二人の伯父の家へ挨拶に行った。旧市街を北へ出はずれた丘の住宅地へ向かった。昔の城下町とは関係のない明るい土地に二軒の家が近かった。次兄の伯父は一年前よりも脚が弱ったように見えた。家の廊下を伝い歩きしていたが、まだ時どき会社へ出ていて、会社ではもっとしっかり歩くのだということだった。

その姿は想像できた。会社が激しい変動期を生き延びられたのも、もっと古い時代の厳しさや真面目さが残っていたおかげだったのかもしれない。いまも真面目で地味な社風は変わっていないらしい。そのため会社は、近年のバブル経済の崩壊騒ぎで大損をするということもなかったようなのだ。

次兄の伯父と二人で長く社業を支えてきた四兄の伯父は、すでに言葉が出なくなり、色艶のよい顔がただニコニコしていた。辰雄さんによれば、あのきついおやじがすっかりホトケさんになっているのだった。敬一のほうも言葉が出ないまま、伯父さんの見たこともない笑顔としばらく向きあっていた。

敬一が姫路から帰って十日後、関西は大きな地震に見舞われた。昼ごろ、大学の事務室でなぜかテレビをつけていて、思わずそれを見ると、神戸の街が盛んに燃えていた。高架の高速道路が横倒しになっていた。その倒壊の姿はくり返し画面に出てきた。

敬一は帰宅してから関西へ電話をしてみた。神戸はもちろん、姫路も電話が通じなかった。神戸の長田区が燃えつづけていた。いとこが一人そのへんに住んでいる。辰雄さんの家は山手の阪急沿線だったが、山手のほうの被害はまだわからなかった。翌日も翌々日も、一日中電話器のボタンを押しつづけたが埒《らち》があかなかった。

数ヵ月たち、東京へ出てきた辰雄さん夫妻と会うことができた。二人は地震のあとしばらく、大阪でホテル住まいをしていたという。その日、東京での辰雄さんの仕事が終わってから、ホテルの高層階のクラブへ誘われて行き、話を聞いた。阪神淡路大震災という名前がついた地震の様子を、辰雄さんはきわめて元気に、くわしく話してくれた。

「何よりまず、それはそれはひどい音がしました。まるでゴジラのような怪物が、大きな貯金箱を両手に持って、ガチャガチャと思いきり振るような音でした。家がそんな音をたてるんですわ。聞いたこともない音でした。こちらはもう少しも動けやしません。とても動けるもんやない。家は壊れずにすみましたが、何とも怖ろしい数分間でした。じつはその朝、東京へ行かななならんので、新幹線に乗るはずでした。朝ちょうど起きるところだったんです。僕が八時ごろのに乗って、そのあと少し遅れて家内も乗って、それで一週間ほど東京暮らしをするはずでした。地震が三、四時間遅れていたら、二人とも新幹線のなかいうことになる。まったくどんな目に遭うとったかわからんのですよ」

すでに何度も話したことを話すというふうに、辰雄さんの話は整理されていた。妻の郁子さんは、そのあとこんなふうに言った。

「ともかく激しくて、何かこう違う感じの激しさいうか、ふだん馴れてるのとはまるで違ってました。家がつぶれるウ思うても、何しろケタ違いの揺れで、ほんまに手も足も出ません。ずっと地震はないいうことになってた関西に、そんなんが来たんですから。……でも、神戸から大阪へ行くと、それがまるで別世界でしたの。ほんのひとまたぎのところが、全然こわれていませんでした。ふだんつながってたところなのに、もうえらい違いで。ふつうの街ってこないにきれいやったんやって思いました」

「それで、その大阪へ避難はしましたがね、ホテル暮らしいうのも一週間ぐらいが限度ですなあ。長いことあんなところにはいられませんなあ」

辰雄さんは、また家で暮らせるようになったことを喜んでいた。鉄道がまだ全通していなくて不便だが、電気、ガス、水道が使えればホテルより家がいいと言った。

そのあと、次兄の伯父の話になった。

「伯父さんはとうとう会社へ出られんようになりました。先月からです。まだ冬のあいだは毎日会社へ出て、ひとまわりしておられましたが。そうです、毎日ですよ。必ず出勤されてましたが、やはりもういかんようです。何しろ脚が。ついこないだまで、会社へ行くとしっかりしとられたのが、とうとう歩けんようになってしもうて」

かつて倒産した長兄の会社の経営に関わっていた四兄は、その後次兄の会社の販売会社のほうの経営を担い、現在息子の辰雄さんがそこの役員をしている。彼は銀行関係の機器や自動販売機やコインロッカーなどを売るのに、車で全国を駆けまわっていた時期があった。その後次兄の会社の康夫さんと一緒に現地法人をつくるため渡米し、七、八年もロサンゼルスで暮らして最近帰ったところだった。

郁子さんはむこうで二人の子供を育てた話をし、子供がアメリカ人のようになってしまったと言って笑った。

「中学生になってから帰ってきたので、なかなか日本に馴染めなかったんですの。こちらの人の髪がみんな黒いのが気味が悪いとか言うて。別に日本語忘れてしもうたわけでもなし、こんな日本的な親と暮らしていながら、変なことばかり言うのですよ。しばらく悩んでいたと思います。ずいぶんおかしかったんです。それが最近ようやく馴れたと思ったら、あんなひどい地震で、えらいショックを受けて、……」

祖父母の時代から百年くらいもたち、江戸時代のままの本家が消えてからもすでに長い時が過ぎている。敬一はまだ会ったことのないアメリカ育ちの子供たちのことを思い、神戸が壊滅したのだとしたら、これで何かが終わったことになるのだろうか、と思った。

神戸といえば、敬一が長く愛読し、研究対象にもしてきた東京人谷崎潤一郎が愛した土地だった。地震嫌いの谷崎が地震がないことを信じ、安心して長く暮らした街だった。少なくとも谷崎の時代と彼の神戸が終わったのかもしれなかった。

翌年早々、敬一は被災した神戸を見に行った。国道二号線をタクシーで行くと、道路沿いの建物がなくなって、眺めがひらけていた。北側は六甲の山まで見通せた。運転手の話では、一見無傷のようなビルも、内部の損傷が激しいのだという。運転手も被災し、仮設住宅程度の住まいを何とか確保できたが、子供がいるのでゆっくり休めなくて、と言った。

タクシーを阪急岡本駅前で帰し、戦前谷崎潤一郎が住んだところを、歩いて見てまわることにした。まず線路の北へ川をさかのぼると、旧好文園住宅地へ出るが、そこは壊滅し、何もなくなっていた。川の護岸は崩れたままだった。急坂を梅ノ谷の家へ向かうと、その道も路肩が崩れていた。谷崎が中国趣味をぜいたくに生かして建てた家は跡かたもなかった。ぜいたくをしすぎて、その後十年も負債に苦しまなければならなかった家である。立派な瓦が重すぎ、いっぺんに崩れたらしかった。広い邸の跡はでこぼこの草地になっていた。ところどころ石の小山があるだけだった。「蓼喰ふ虫」に描かれた庭がきれいに消え失せていた。そこに立つと、埋立地のほうの遠い海が見えた。昔谷崎家の二階から木の間《こま》隠れに見えた海が、いまや地面に立っただけですっかり見通せるようになっていた。

岡本駅の近くには、谷崎が住んだ家がまだいくつもある。敬一はそこもいちいち見て歩いたが、そのへんまで下ると地震の被害は目立たなくなる。山手のほうの揺れが激しかったことがわかる。御影山手の辰雄さんの家のへんも、坂上の梅ノ谷同様、いちばん激しく揺れたところだったのかもしれない。

谷崎潤一郎という人は、子供のころから地震をこわがるところがあった。三十八歳になって関東大震災に遭い、関西へ逃げて、生涯東京へは帰らなかった。神戸は地震がないと言われていたので、彼は長く阪神間に住んで、心から安心できたのである。さいわい彼は三十年前に死んで、今度の阪神淡路大震災を経験せずにすんだのだった。関東大震災のあとはや七十年あまりが過ぎている。

谷崎潤一郎は三十代の終わりから五十代の終わりまでの二十年間、阪神間で暮らしている。関東における青年期をはっきり締めくくり、過去から解放されて彼の後半生が始まるのである。その二十年のあいだ、彼は神戸市内を転々としながら、前半生とは違う自分を手に入れていく。関西との関係でほとんど再生をはたすような思いだったのにちがいない。特に関西女性らとの関係が、二十年かけて深まっていくのである。

谷崎が住んだところはまだまだあるので、敬一は海に近い阪神沿線も歩いてみた。巨大な阪神高速道路は、橋桁が落ちたままになっていた。そのへんの町は家がなくなり、空地になっているところが多かった。谷崎が住んだ打出の家は残っていたが、石塀が崩れて庭も家も丸見えになったところへ、芦屋市が立入禁止の札を出している。

魚崎の「倚松庵」は、新しく移築復元した建物が損壊を免れていたが、管理人の話では、移築の際、鉄の梁《はり》を入れていたため助かったのだという。近くの広い屋敷は皆つぶれて、長い塀と門だけが残っていた。住吉川の護岸は大きく崩れたままだった。

谷崎一家が暮らした「倚松庵」は、事実上「細雪」の舞台だが、物語の住まいは芦屋の清水町だとされている。たまたま清水町は、今度の地震で死者が最も多かった東灘区のなかでも最多の死者が出た町に近い。「細雪」の舞台は、現実の場所も架空の場所も、どちらも地震で壊滅していたことになるのである。

暮れ方、敬一は再び山手へ登って、ＪＲ六甲道のあたりを歩きまわった。そのへんの被害も大きく、平屋建ての家がぐしゃっとつぶれたままになっていたりした。仮設住宅がたくさん並んだ一帯は、日が暮れると、外灯もないので真暗になった。なぜか人の気配がうかがわれない家の群れが暗かった。そこの暗闇を経めぐるように歩いた。

駅の近くへ出るとビルが現われ、明りが見えた。高層マンションの地下の店が開いていたが、マンションにはまだ住民が戻っていないらしかった。地下の飲食店街だけが早めに旧に復していた。敬一はそこの小さな酒場で地酒を飲んで夕食とした。ほかに三、四人しかいない静かな客が最後まで変わらなかった。

そのあと三宮の繁華街へ出た。光はいっぺんに増えたが、壊れた街が隅々まで照らされ、無残な眺めが浮かびあがった。ビルの残骸を片づけた跡が、ひとつひとつ汚い穴になっていた。谷崎が愛したトーア・ロードは、損傷ビルが手つかずのまま立ち並び、その陰気な通りはひと気がないままだった。

谷崎の時代の神戸はたしかに壊滅していた。どことも知れぬ広大な震災都市があるだけだった。それが単に醜いだけだともいえた。敬一は自分が大学で教えている日本の近代文学が、谷崎とともに終わりかけ、明治以後の近代史がまた、こんな醜い姿で終わろうとしているのだと思った。祖父母の時代からの百年が、こんなふうにとどめを刺されたということかもしれなかった。

谷崎潤一郎は、敬一にとってちょうど五十歳年上で、いわば祖父のような人である。敬一は父親世代よりむしろ祖父の世代に親しむ思いが、いつしかはっきりしているのに気がついた。長年の文学教師の仕事にも、その思いが少なからず働いてきたことを、神戸の被災地であらためて思い知らされるようだった。

ここ二十年ほど、東京人谷崎の関西との関係をたどりながら、敬一は知らず知らず自分自身の関係を考えるようになっていた。簡単に二つを重ねることはできないが、七十年も前の谷崎の体験をとおして、父親の郷里のことを考えるのがむしろ自然かもしれないと思った。自分の関西体験はごくわずかなのだから、祖父のような人の体験から、自分にとっての関西があらたに生まれ出るのを待てばいいのだ。谷崎の体験をくわしく知り、それが半分わがことのようになっていても不思議はないだろうと思った。

第三章　信濃路

引越しの段ボール箱が部屋いっぱいに積みあがっていった。運送屋が来てそれを一気に運んでいくと、マンションの3LDK全体が片づいてしまったような気がした。だが、もちろんまだまだ仕事はこれからだった。処分する家具も少なからずあり、物の始末は際限もなかった。

長いあいだにたまった書信類も、残すものと捨てるものとを分けることにした。大きなポリエチレンの袋をわきに置いて、捨てるものを次々に入れていった。一通一通ざっと読むうち、学童集団疎開の三十年後、大ぜいで疎開先を再訪したときのものがまとまって出てきた。昔の六学年にわたる生徒が集まり、再訪の会の趣意書をつくり、準備の会合を三度も四度も開いたが、そのときの書信類だった。再訪の旅のくわしい旅程表もあった。

貸しきりバスで、松本の浅間温泉と伊那谷をまわる旅をした。先生たちを含む五十何人かでバスはいっぱいになった。昔暮らした四ヵ所で「感謝の会」というのをやり、記念品を贈ったりした。旅館に贈る信楽焼きの大花瓶をいくつも運んでいった。

貸しきりバスは夜おそく新宿を出て、中央自動車道を走りつづけた。乗り込んでしばらくすると、昔の顔がポツリ、ポツリとまわりに浮かび出てきた。だれともわからぬ中年男の顔のなかから、坊主頭とどんぐりまなことといった小さな顔が現われ、や、あれだ、あれだった、とわかってきた。同時に、中年男の顔がちょっとはすかいにこちらを見ながら、やはり、ああ、という表情を浮かべる。彼らは主に当時の四年生たちである。敬一と同じ二年生の仲間は、ほかにだれも来ていなかった。

車中、先生たちの鼾が聞こえてきて、ゴーと高まったり、急に途切れたりした。中年男たちはあまり眠らずに、ボソボソとしゃべっていた。何人かがウィスキーを飲み始めた。相撲取りみたいな巨体になった黒田さんが来ていて、彼はあおるような飲み方だった。彼だけはバスの座席を二人分占領して酔いつぶれていった。

もともと彼は、やせてひょろりとした、色白の、目のまわりが青いような少年だった。いま彼の大きな、皮膚の厚そうな顔をよく見ると、目のへんの窪みの加減から黒田少年がやっと出てくる。彼を知る手がかりといえばいまやそこしかない。アルコールなしではいられない体が、だれのものとも知れぬ大きさでただ嵩ばっている。

渋滞がなかったので、翌朝五時すぎには浅間温泉に着いた。バスの窓のすぐ外に、とつぜん「花の湯」の電飾看板が現われた。それが寝ぼけまなこに飛び込んできた。バスは狭いところを曲がるのに苦労していて、その曲がり角の電飾看板に「花の湯」の名があるのが、すぐには信じられない気がした。行く手の闇は広い場所らしかった。そうだ、昔も「花の湯」の玄関前は広場のようになっていた、と思い出し、敬一はやがて心の隅まで目ざめていった。

朝早く着きすぎてしまったが、午前と午後に二ヵ所で「感謝の会」をやり、その晩は「花の湯」で泊まることになっていた。昔敬一らは五軒の温泉宿に分宿していて、ほかの宿も「亀」とか「菊」とか「藤」とかいう古風な名前だった。「花の湯」では大広間で学芸会をやったりしたので、敬一も何度か自分の宿から「花の湯」へ来たことがあった。

「花の湯」はさすがに古びていた。当時はまだ新しい、いちばん大きな旅館だった。どこまでも走っていけそうに広かった。青畳や白木の印象が明るくて、木組みも城のようにがっしりしていた。敬一の宿の倍くらいの数の生徒がそこで暮らしていた。

三十年たち、「花の湯」はすべてに時代がついて暗かった。あらゆる木肌が黒ずみ、隅々に薄闇をたたえて、寺に似てきていた。そこへ入っていくとき、敬一はその思いがけない古い暗がりに足をとられるような心地で、しばらくうろうろした。

二階の大広間へあがると、寺のようではなくなった。いまなお広い畳の部屋の明るさが残っていた。なるほど、ここだった、と思った。いまの目にも十分な広さがあった。学芸会の日、そこをぎっしり埋めていた子供たちの騒がしさが、記憶の底から浮かびあがってきた。

近くの松本市役所支所へ行き、新築の立派な会議室で「感謝の会」をした。市役所の人たちのほか、旅館主たちも出てきてくれ、当時の「寮母さん」たちも来た。贈りものや感謝状の贈呈式があった。長野県歌「信濃の国」を皆で合唱した。そのあと、昔遠い道をかよった小学校へ歩いていき、午後そちらでも同じことをした。

学校から「花の湯」へ帰ると温泉に入った。昔と同じように、先生と男子生徒が一緒に湯を浴びた。疎開学園全体の責任者だった武田先生が、体を洗いながらゆっくり話しだした。浅間の先の山に近いほうの温泉へ疎開した学校が、気の毒なことになったのだという話だった。

「あのころはね、児童の性病の心配までしたものですよ。わたしは女の子たちにしつこく言ったものです。体を洗うとき、ぺったり坐っちゃいけない、こういう坐り方はいけないよ、とやってみせました。それはほんとに笑いごとじゃなかった。実際にむこうの温泉では、そんな被害があったんだから。あそこは一般の人も兵隊さんも児童と同じ湯に入っていたし、それに湯の温度がだいぶ低いんだね。それで、女子児童が大ぜい性病をうつされたんですよ。先生が女の子を何人も連れて、ぞろぞろと医者へかよっていました。あれはほんとに気の毒だったね。じつに気の毒で、見ていられないようだった」

昔から変わらず謹直な武田先生は、裸になってそんな話をするときも姿勢を崩さず、骨張った胸を張っていた。七十歳の老教師の、一語一語はっきりしすぎるような話し方だった。

浅間温泉にも、近くの連隊から兵隊さんが湯に入りに来ることがあった。彼らが入るときは、生徒は浴場に近づくことができなかった。あとで行ってみると、湯の色がふだんとはまるで違っていた。湯垢を一面に浮かべた湯がどろりと黄色く濁っていた。夕陽が射し込んで、その濁りようがありありとわかった。兵隊さんの集団の怖ろしいような気配が残されていた。

その晩、「花の湯」の大広間で宴会が始まった。黒田さんはバスのなかだけでなく、「花の湯」

に着いてからもウィスキーを飲みつづけ、いい機嫌で「女の手紙」のことを言っていた。彼は宴席に着きながら、またぶつぶつつぶやいた。

「知らない女から手紙もらっちゃったんだ。だれだかさっぱりわかんないのよ。それがともかく会いに来るっていうんだ。これからここへ来るのかもしれない。困ったよ、まったく」

彼はわけもわからぬまま、東京から土産のケーキの箱を大事にかかえて持ってきていた。

名刺に陸上自衛隊作戦幕僚と肩書きのある別の元四年生も、ポツポツと短く区切る軍人ふうのしゃべり方で、黒田さんと同じようなことを言った。

「女名前だが、もちろん全然記憶にない。疎開のときということも書いてない。しかも、書きなぐったような鉛筆書きの葉書なんだ。返事を出すにしても、あなたはどなたでしょうかとも書けない。家の者が、かえって失礼だから、放っておいたらと言ってね」

そろそろ酒がまわってにぎやかになったころ、土地の女性らしい人がひとり飛び入りしてきた。昼の「感謝の会」に出られなかった元寮母さんだという。宴会の席であらためてその人に感謝状と記念品を贈ることになった。拍手を浴びて坐ってから、その人は敬一らの席のほうへそろそろと膝で歩いて近づいてきた。それが鉛筆書きの葉書の主の中島直江さんだった。

「森本さんはどうしてます？　きょうは来てますか」

中島さんは敬一の斜め前でとつぜんそう言った。

三十年のあいだに、寮母さんの名前も顔もわからなくなっていた。幼いころ世話をしてくれた女性のぼんやりした感触だけが残っていた。敬一は斜め前に坐った農村女性のぼってりした赤ら顔から何ひとつ探り出せずにいたから、その人の口からとつぜん自分の名前が飛び出したとき、思わずぎくりとさせられた。

中島さんも敬一の顔を見ていながら、何かを思い出す様子がなかった。彼女は、古い住所にあてて葉書を出した旧四年生の名前と敬一の名前を、ともかくも憶えていた。手がかりはそれだけだったのだ。黒田さんらも二の句が継げないような顔をしていた。何も思い出せないらしかった。中島さんは自分の旧姓も葉書に書いてはいなかったのである。

男たちのやりとりを横で聞いていた女性たちが、感に堪えたように言いだした。

「寮母さんなんていっても、あのころみんなはたちくらいだったんじゃない？」

「そうよ、そんな歳だったのよ。それをあたしたち、中島おばさんなんて呼んでいたんですものねえ」

「そんなふうに決められていたのよねえ、あのころ」

中島さんはそのあと、また意外なことを言いだした。

「別れるとき、森本さんの小さいころの写真をもらって、まだ大事に持ってます。写真館でとった白い服のきれいな写真で。……」

敬一は不意をうたれ、「別れるとき」というのはいつのことだろうと思った。何やかや話すうち、ことが少しずつはっきりしてきた。毎日彼女の世話になっていたころのことがよみがえり始めた。

伊那谷へ再疎開してから、食料事情が一段と悪くなっていた。ひと月もすると、敬一は毎日熱を出すようになった。下痢も始まった。栄養失調だった。東京から母親が面会に来て、その様子に驚き、村の医者を探して診てもらったりした。が、食料不足ではいかんともしがたかった。母は敬一を東京へ連れ帰ることにして交渉を始めた。村の宿屋に一週間も泊まって、責任者の武田先生のところへ日参した。そしてようやく許され、敬一は一時東京へ帰って栄養をつけることになった。

中島さんが敬一と別れたというのは、そのときのことだったにちがいない。彼女はもう敬一は疎開先へ戻らないと思い、写真が欲しいと言ったらしい。戦前の「いい時代」の名残りとして、母は「いい服」を着た幼い敬一の写真を何枚か、疎開の荷物に入れてくれていたのだった。敬一はひと月東京で暮らし、伊那谷へ戻ると、中島さんはいなくなっていた。武田先生と衝突して、寮母をやめていたのである。彼女は自腹で子供たちにおやつを買って与えたことがあった。それを先生にとがめられたのだという。勝手なことをして秩序を乱すな、衛生問題もある、と言われたのだろう。

中島さんはそのときのことを話しながら、「あんなことを言うのは先生が間違っている」といまでも言っている。三十年後のいま、宴会の席でひとり立ち、感謝状と記念品を手渡された相手がその武田先生なのだった。

「感謝の会」の一行は、「花の湯」に一泊して伊那谷へ向かった。中島さんもバスに乗った。バスのなかで話すうち、まるで見覚えがなかった女性が、やがてどうしても昔知っていたという人に変わっていった。

天龍川の右岸へ出た。中央アルプスのふもとの道を南下していく。山から天龍川へ注ぐ支流をいくつも渡る。急坂を下っては登ることをくり返す。地理の先生がマイクをとって説明を始める。このへんは田切り地形といい、これが大田切川、次が与田切川、地名も田切あり大田切ありです、とちょっとした講義になる。教室みたいにしんとしてくる。黒田さんもきょうは酒を飲まずにおとなしくしている。

天龍川の橋を左岸へ渡ると間もなく、昔敬一らがいた村の通りに出た。支流沿いに入ったところにある寺の緑も見えた。ちょうど日が射してきて、寺の一帯がきれいに浮かびあがった。記憶よりはるかに美しい村だという気がした。古い眺めが色彩豊かに艶立っていた。バスはなお街道を進んで村役場に着いた。元五年生と三年生は、そのあと山へ登るもっとずっと奥の疎開先へ向かった。

川沿いの寺で暮らしたのは四年生と二年生だった。越してきたとき、にぎやかな温泉町とは違い、ひどく静かなところだと思った。どこにも人がいなかった。単に静かというより、村の空気が冷たいのがやがてわかった。村の人たちに歓迎されていないらしいのが子供心に感じられた。

寺にはそれまで別の学校が疎開していて、親しい関係が出来ていたようだった。そこへ敬一らが来て、彼らを追い出したと見られていた。戦局が押し詰まってからの中央の指示に村が反発したのにちがいない。そのせいか、食料の調達がなかなかうまくいかなかった。村の小学校の教室を二つ借りて授業を始めたが、村の子供たちとは毎日別行動だった。いつも仏頂面の村の子供は体格もいいので怖ろしかった。

　敗戦を境にそれが変わった。戦時中の緊張が解けたせいもあったのだろう。村の空気があきらかにやわらかくなっていた。人々の顔に表情が動きだした。すれ違いざま村の子供に小突かれたり、学校の帰りに待ち伏せされ逃げまわったりしていたが、子供たちも変わった。朝早く寺へ覗きにきたりするようになった。目を覚ますと、破れ障子に子供の目がたくさん覗いていた。「まだ寝てる」などと言って障子の外でふざけていた。そんな親しみのあらわれを、敬一はほとんど不思議なことのように思った。

　いよいよ疎開児童が引きあげることが決まると、変化はもっとはっきりした。ある日敬一は村の通りへ出て、何か東京へ買って帰るものはないかと探して歩いた。まるで商品というもののない空っぽの店ばかりだった。ある店で若い女の人が、防寒用の耳覆いならあると言って出してくれた。真白い、ふわふわの、兎の毛の耳覆いだった。敬一は妹への土産にするつもりでそれを買った。

　女の人は、敬一が何もない店の土間へ入り込んだときから、不思議にやわらかく相好を崩していた。同じ年格好の女性がもう一人奥から出てきて、あがりがまちに二人並んで立ち、楽しげに何か言いあいながら、揃って敬一に微笑みかけてきた。東京の女性と同じ笑顔がここの家のなかにもあったのだ、と思った。彼女らの華やぎも声の甘さも、村へ来てからはじめて知ったものだった。

出発の日の前の晩、荷造りをすませてから、生徒全員が村の家に泊めてもらうことになった。たくさんの家に二、三人ずつ分宿した。敬一が世話になった家は、家族だれもが不思議なほどやさしかった。このやわらかい感触は何だろうと思った。黒々と磨き込まれた家の奥に、人なつっこいような親切が隠されていたのに驚いていた。囲炉裏端で食べた夕飯の銀シャリが、つやつやと光るのがまぶしかった。こんなにうまいものがあったのか、と思った。

三十年後の「感謝の会」は、村役場の広い会議室で行なわれた。役場では本格的な準備をして待っていてくれた。現村長、当時の村長と助役、農協組合長、寺の現住職、二つの小学校の校長、婦人会々長等々が総出で迎えてくれた。思いがけない数の参会者があった。驚いたのは、かつて村を引きあげるとき学校へ残していった生徒の作文の半分ほどが、文字のぎっしり詰まった謄写版刷りの冊子になって、各人の席に置かれていたことだ。いまの小学校の先生がガリ版を切ってくれたのだとしたら、かなりの大仕事だったことがわかる。そのほか、村名産の味噌と唐傘を一本ずつ、土産に用意してくれていた。戦後はすたれてしまったというが、もともと唐傘づくりで知られた村であった。

「感謝の会」のあと、元四年生と二年生は歩いて川のほとりの寺へ向かった。六年生は少し山へ登った先の集落でもう一度「感謝の会」をするために出かけた。敬一らのいた寺のあたりは、そっくり昔のままのように見えた。家や道が多少変わっても、全体の印象は変わらないものだと思った。村の人たちと一緒に寺の本堂で酒食をもてなされた。昔の住職は数年前に亡くなり、当時兵隊にとられていた息子さんがあとを継ぎ、前住職夫人は健在だった。彼女は山のような焼き飯を運んできながら、「丈夫にあがって」と、昔聞き馴れた大声で何度もすすめてくれた。

敬一の隣りに当時の村長が坐っていた。はじめて知る人だった。彼は時どきつぶやくような声を漏らした。老いたふるえ声が聞きとりにくかったが、「わたしはだめな村長で」と聞こえた。耳を近づけると、なおこんな言葉がつづいた。「しかし、あのころはどうしようもなかった。どんなにしても食料が集まらなかった」

そういえば、芋や野菜を背負って黙々と畑道を歩いた記憶がある。農家から出してくれる食料を受けとりに遠くまで行き、列をなして寺へ帰ってくるところだった。黙りこくった青い顔の子供たちの列である。あの食料を手配してくれていたのがこの老人だったのだ、と思った。

元四年生が昔話をしていた。裏の小川でちっぽけな鯉をつかまえ、本堂の灯明を外へ持ち出して焼いて食ったとか、蝗《いなご》を串刺しにして焼鳥のようにして食べたとかいった話だった。元村長のつぶやきは、そんな元気な昔話のあいだに紛れていった。

会食のあと、敬一らは境内を見て歩いた。立派な大銀杏《おおいちょう》が昔のままだった。村出身の老童話作家が、この大銀杏のことを書いているのを読んだことがあった。少年時代、毎日境内で遊びほうけては、銀杏の黄金色の葉叢のなかへよじ登り、暮れていく日を惜しんだという。敬一らがいたころには、木はもはやうっそうと茂りすぎていたのかもしれない。疎開学童たちはだれ一人、深い葉叢のなかへ登ろうとはしなかった。木の上に何百羽も群れていたという鶸《ひわ》の記憶もまったくない。ただ、東京へ引きあげた十一月はじめ、盛りの黄葉が頭上いっぱいに輝いていて、遠い親元へ帰れる喜びが、黄葉の明るみに包まれていたような記憶が残ることになった。

出発の少し前のある朝、全員が集まって記念の写真を撮った。本堂隣りの毘沙門堂の前の石段に並んで皆が写真におさまった。ひどく寒い朝で、敬一は大急ぎで足袋をはき、下駄を突っかけて走っていった。半ズボンから出ている脚が寒さにヒリヒリした。その朝たくさん地面に落ちたギンナンの実の匂いが漂い、鼻をつくようだった。

三十年後の疎開学童たちは、同じ石段に並んで写真を撮ることにした。めいめい昔と同じ位置に立った。三十年前の写真は、伊那谷時代に撮ったただ一枚のものだったので、だれもが写真の自分の位置を憶えていた。二年生は最前列だったから、その中央に敬一が一人だけポツンと立った。

そのあと、敬一はひとりで境内を歩きまわった。目にするものすべてに気持ちがかき立てられた。寺の裏にもまわってみた。小さい墓地の手前に、昔毎朝口を漱《すす》いだ小川の水がそのまま流れていた。境内のはずれの「教会所」の建物は閉め切ってあった。神道の出雲大社教の施設だった。昔敬一はそこで暮らしていたので中を覗きたかった。が、声をかけてもそちらは人の気配がなかった。

建物の裏手へまわり、どこか入り込めるところはないか探してみた。表のほうの濡縁のはずれに突き出ている小さな便所が見える。それは昔のまま変わっていない。当時、夜はそこに行《あん》灯《どん》型の電気スタンドを置いていたが、しょっちゅう電球を盗まれた。それが度重なるので、スタンドを使うのはやめて、以後真暗ななかで用を足すことになった。

日ごろ腕白な二年生仲間がそれを怖がり、彼が便所へ入るとき、敬一はいつも外に立って見ていてやった。すると彼はその御礼に、柿の皮を干したものをひとつかみくれた。村では軒並み干し柿をつくっていて、剝いた皮は捨てずに干して食べていた。たぶん腕白少年は、道端に干してあったものを盗んできたのにちがいなかった。敬一はそれを一口食べてみて、こんなに甘いものが世の中にあったのか、と思った。

昔何度も電球を盗まれたのだから、いまでも簡単に入り込めそうだった。敬一は外の道から板塀の隙間へうまく飛びおりた。靴を脱ぎ、便所のわきから濡縁へあがってみた。川を見おろす濡縁の位置が高い。江戸時代の陣屋跡の高みに建っている木造の小学校と背後の山地が、記憶のとおり川むこうの正面に見える。

障子を開けて中を覗いてみる。やあ、これだ、と思うがいかにも狭い。もっとだだっ広かったはずだが、全体で四十畳くらいの部屋がひと目で見渡せる。

壁に作りつけの棚のようなものがある。昔子供たちは自分の持ちもの一切をそこに置いていた。だが、いま見るとそれは神道の祭壇である。出雲大社の神がまつってある。当時祭壇の上のものはすべて片づけられ、空っぽにしてあったのである。

奥の一角の六畳分ほどが区切られ、そこに先生が一人寝起きしていたが、いまはそのむこうに土間の台所のようなものが見える。住居らしい部分が建て増ししてあるようである。もしかすると人がいるのかもしれない。が、敬一が無断であがり込んでも、人がやってくる様子がない。

この狭いところに、子供が何十人も暮らしていたのだ。男も女も、四年生も二年生も一緒だった。浅間温泉では部屋が男女別に分かれていたが、こちらへ来てからは紀律がゆるんだような雑居の暮らしになった。男の子と女の子が朝から晩まで顔をつきあわせて乱雑に暮らしていた。

敬一はあのころの世界がこんなに狭かったのかと驚きながら、子供たちの顔を次々に思い浮かべた。同じ二年生の男の友達が、日ごろ姉さんのお古らしい洗いざらしのブラウスを着ていた。それを意地悪くからかう四年生の女の子がいた。

「何よ、それチョウチン袖じゃないの。そんなの女の子が着るものだわ。あたしにちょうだいよ。レースがついてるのなんか、あたし持ってないんだから」

四年生の男の子が、敵の飛行機の絵を描いたボール紙を、小さな弓で射る遊びをひとりでしている。ふと気がつくと、彼はだれとも口をきいていない。あきらかに何かをじっとこらえながらひとりになっている。矢がボール紙に刺さる音がだんだん激しくなるようだ。とそのとき、だれかがひと声あげる。彼を難詰するひと声である。するとたちまち、わっとばかりに、同じ難詰の言葉が四方から彼にふりかかる。いじめの空気が一気に広がる。犠牲者はポロポロ涙をこぼしながら、プスリ、プスリと敵の飛行機に矢を射ち込んでいる。

雨に降り込められた暗い日に、ここの湿った畳の上に生まれる一触即発の危険な空気がいまにも動きだしそうだ。が、ここは眺めがいいので、もっと明るい日には空気が変わる。台風一過の晴れた日など、みんなの心が伸び伸びとしてくる。下の川で寮母さんたちが洗濯をするのが見える。流れが見るからにふだんより速い。時に洗濯物が流され、「中島おばさん」がそれをつかまえようと、水をジャブジャブと蹴って走る。ここの高みで子供たちが叫びだす。……

敬一はいまや古く黒ずんでいる畳の上で、十分思いにふけってから立ちあがった。そっと障子を閉め、濡縁へ出て、外の道へ飛びおりた。奥に人がいたのかもしれないが、最後まで動きの気配がなかった。隣りの寺では大ぜいの人が動いているのに、出雲大社教の家はむこうとは別で、ずっと無人のように静かなままだった。

山のほうの疎開先へ行ったバスが戻ってくるのを、村の通りへ出て待った。いま橋のきわにある旅館が、昔父兄が面会に来て泊まった宿屋と同じかどうかはもうわからない。母親が一週間も連泊していたあいだ、敬一はたしかに旅館を訪ねたことがあったが、その記憶も薄れてしまっている。だが、村の通りの空気はもとのままのようにも思える。敬一は見送りにきてくれた婦人会々長という人と一緒に歩きながら、いろいろと聞いてみた。現在の道幅は幾分広くなっているという話だった。

小さな食品スーパーの前に来たとき、呼び止められて店へ入った。若い女主人が、「うちのおばあちゃんが皆さんのことをよく憶えていて」と、人なつっこい笑顔で話しかけてくれた。隅々まで明るい店には食品があふれていた。敬一はまばゆいような思いで食品に囲まれて立った。昔兎の毛の耳覆いを買った空っぽの店はどこだったのだろう、とただいたずらに思うほかなかった。

もう少し先へ歩いてみようとしたとき、橋のきわの旅館から人が二人飛び出してきた。家の者が当時寺の寮母に出ていたが、いまは辰野に嫁いでいてなつかしがっている。帰りに辰野を通るならひと目お会いしたいと言っている、と夫婦らしい二人がこもごも語った。武田先生が橋のところにいたので、会ってもらった。

ひどく小柄で骨張った体つきの武田先生は、戦時中もほかの先生たちとは違って背広姿で、蝶ネクタイをしていた。右眼が悪いらしく、眼鏡は右だけ黒いレンズがはまっていた。中島さんは彼と衝突したときのことを話すとき、彼を「独眼竜」と呼んでいた。

武田先生はもう七十歳だが、胸を精一杯反らし、大きい頭を振りたてながら、一語一語断定するようなしゃべり方で答えた。

「そういう方はうちには来ておられませんでしたな。私どもの前に××小学校が寺にいましたが、そのときのことではないでしょうか。私の記録にはそういうお名前は残っていません。……はあ？　うちの学校の名前を言っていらっしゃる？　そうですか。しかし、それは間違いではないでしょうか。今回、私どもも十分に調べて参ったのです。念のため、お名前を書いておきます。どういう字でしょうか」

ややかん高い、朝礼台でしゃべるような声と、あまりに明瞭な否定の調子に、旅館の二人はひるんだようになった。なるほど、これだな、はじめこれで嫌われたのかもしれないな、と敬一は思った。はじめて寺に着いたとき、校旗を頭上にかかげた武田先生を先頭に、生徒たちは列を組んで境内を進んだのだった。当時の言葉でいうと「堂々たる行進」だったのだ。そのとき村は静まり返っていた。

バスが来た。現村長をはじめ、見送りに来てくれた人たちと別れの言葉をかわし、一人一人バスに乗り込んだ。狭い村の通りがパーティー会場のようになった。いまの村人たちの善意とやさしさに包まれた数時間が終わっていた。村の暮らしも、苦しかった戦時中とはよほど違っているらしいことがよくわかった。

バスは東京へ向かい、天龍川沿いに北上した。松本へ帰る中島さんは辰野でおりた。そのあと上諏訪で、先生と女性たちがおりて鉄道に乗り換えた。はや夜になり、雨が降りだした。

残った男たちは、空《す》いた車内でウィスキーを飲んだりしてくつろいだ。大男の黒田さんは、目のまわりの青い少年だった昔と変わらずおとなしかったが、人が少なくなると巨体を揺すって太い声をあげ、気勢をあげるように笑ったりした。が、すぐにまたうとうとし、眠り込んだと思うとゴーと鼾をたてた。

元四年生たちは、やがて敬一の知らない卒業した六年生の話を始めた。たちの悪いいじめっ子が二、三人いたのだということだった。疎開先で六年生が専横なふるまいをする話は聞いたことがあった。敬一らの学校は先生の監督が厳しかったが、それでも同じようなことがあったらしかった。浅間温泉のころのことである。昔目立ってやんちゃだった紺野さんが立ちあがり、バスの通路に出て皆と向きあい、大声をあげ始めた。

「きょうだって、あいつら一人も来やしないじゃないか。来られるもんか。あの学年で来たのは女だけだもんな」と言い、酔った顔が真赤になっていった。「××、××、出てこい！　来てみろ！　ヘドが出るまで俺が酒を飲ましてやる。あいつらだけは絶対に許さないからな。ほんとにヘド吐いてぶっ倒れるまで俺が飲ましてやるからな」

そのあと少し落着いてから、紺野さんは敬一に目をとめ、とつぜん敬一の「痔」のことを言いだした。

「おい、おい、君。君の痔はその後どうなったんだ？　いまは何ともないのか。あれはほんとに凄かったなあ。俺はたまげたよ。便所が真赤だったからなあ」

栄養失調で下痢がつづくようになってから、敬一は子供のくせに痔を悪くした。便所は大きな肥壺が上からまるまる見え、大量の糞の上に外の光が入り込んでいて、そこ一面に広がった自分の血がどぎつく光った。敬一はどうしてもそれを人に見られたくないと思った。あとからだれが入るか気が気でなかった。血の色はまったく消しようもないので絶望的になった。敬一のあと便所へ入ったのは紺野さんだった。「ワー、便所が血だらけだぞオ。だれだ、あれは」と彼は大声で言いながら引返してきた。みんながバタバタと駆けて見にいった。

それまで敬一は先生にも言わずにいたのだが、はじめて先生に告げて薬をもらった。それを塗ってくれたのが中島さんだった。敬一は毎日お尻を出して彼女に塗ってもらい、そのうち何とか出血はおさまった。面会に来た母親に東京へ連れ戻される少し前のことだった。

「感謝の会」の旅のあと、敬一は中島さんと何度も会うようになった。松本市の西の郊外の家を訪ねたのがはじめだった。彼女の家からは、穂高の連山が市内からよりはるかに近く見えた。アルプスの青黒い屛風が幾分かすみながらも大きかった。

太陽熱の温水器が屋根にのっている家だった。玄関の前にはぶどう棚がつくってあった。中島さんは敬一を松本駅へ出迎え、タクシーで家まで連れてきて、手料理を山ほど出してくれた。タクシーの運転手も家にあがって一緒に食べた。そのタクシーは、ふだん中島さんが出歩くときも自家用車のように使っているらしかった。

敬一はその後、彼女が新島々《しんしましま》の温泉近くへ引越してからも訪ねていった。かつて上高地へ入るとき何度も通ったところだった。のどかな広い谷間が、アルプスの谷へ向かって狭まっていくあたりである。中島さんはすでに夫と別れたのか、二人の息子と三人で暮らしていた。そこは彼女が生まれ育った村だった。彼女は十九歳のころその村から出て、疎開学園の寮母になるため浅間温泉へ向かったのだった。

はじめ中島さんは村の役場につとめていた。月給は四十円だった。寮母になると、それが六十円になった。寮母になるには試験があり、二十何人かが受けて三人だけ受かったのだという。国語と算数の試験だった。

中島さんは、浅間温泉の旅館で東京の子供たちと向きあいながら、出陣前の陸軍特攻隊の兵士と偶然行きあったことがあった。それは驚くべき経験だった。彼女がのどかな田舎から出て、はじめて当時の世界の動きの一端に触れた瞬間だったかもしれない。そのころ浅間温泉には、かなりの数の特攻兵士が滞在していた。彼らは出撃に備えて最後の日々を過ごしていたのである。

陸軍の松本飛行場へ飛行機の整備にかよったりもしていて、彼らは長く泊まることもあり、同じ旅館の生徒たちと次第に親しくなった。中島さんの旅館でも、三階の特攻隊員の部屋へ、生徒が遊びにいったりしていた。武田先生はそれを禁じていたが、生徒たちは兵隊さんの酒の席へこっそり入り込んで食べものをもらったりした。が、ふだん中島さんら寮母が、隊員たちと接する機会はまずなかったらしい。

ところがある日、旅館の裏へ出ていた中島さんに、渡り廊下の上から特攻兵の一人が声をかけてきた。彼は八ツ手の葉越しに目を据えるようにして、「ねえさん、さようなら。あした九州へ出発します」と言った。「出撃です。ねえさんたちのことをもっと知りたかった。それが心残りです。あしたまた、空からお別れに参ります」。彼はそう言って敬礼し、すっと姿を消した。

翌日、彼が言ったとおりに、温泉町の上空に特攻機数機が現われた。旅館の子供たちはわっとばかりに飛び出し、手を振り、喚声をあげた。特攻機はうしろの山から現われて、町の屋根すれすれに飛び、旋回して、翼を左右に大きく振って去ったのである。彼らはその後間もなく、沖縄へ上陸作戦中の米軍の戦艦へ突入することになる。中島さんに話しかけた特攻兵は、彼女と同じ十九歳だと言ったという。

それは敬一ら最後の疎開学童が浅間温泉に到着する少し前のことである。敬一らが到着した昭和二十年四月末、特攻隊はすでに松本からいなくなっていた。米軍の沖縄上陸は四月一日である。四月八日には戦艦「大和」が撃沈されている。

戦後中島さんは結婚し、バス・ガイドの仕事を始めた。いかにも戦後らしい、新しい仕事だった。子供が生まれてからも、ずっと観光バスに乗っていた。お客をよく笑わせるバス・ガイドだったそうだ。長距離のときは子供二人を乗せていくので、運転手に気をつかった。「母ちゃん、シッコ」と言われるたび、いちいちバスを止めてもらわなければならなかった。

敬一がはじめて、彼女の生まれた村の新居を訪ねたとき、息子たちはすでに三十近くになっていた。中島さんは元バス・ガイドらしく活発で、その後息子たちと車で何度も東京へ出てきた。息子二人が代わる代わる運転してきていた。敬一の埼玉のマンションに親子三人で泊まったこともあった。彼女は土産の野菜を大量に運んできた。家の裏の畑で野菜をつくる毎日なのだった。さっそく山盛りのおひたしをつくり、四人でビールを飲みつづけた。

つき合ううちわかってきたのは、夫という人とははっきり離婚したというより、夫が勝手に失踪したままになっているのだということだった。「いつの間にかいなくなってしまった」と彼女は言った。以来ずいぶん長くなるのに、行く方がわからないままだった。が、彼女はそれを問題にもせず、好きなように二人の息子と生きてきたのだ。親子三人が車で走りまわる姿は、敬一が知らない戦後の信州を見せてくれるようだとも思った。

だが、それから五、六年もたつうち、中島さんはリウマチに苦しむようになった。とつぜん電話をしてきて、彼女はそのことを言い、大いに嘆いた。それから、下の息子のことで半分泣き叫ぶような調子になった。「ちいさい人はいなくなっちまっただよう。……それがどこだか一向にわかんねえだ」。日ごろ彼女は上の子を「おおきい人」、下の子を「ちいさい人」と呼んでいた。「ちいさい人」は少し前までタクシーの運転手をしていたが、事故を起こし、免許停止になっていたのだという。結局仕事がなくなり、父親と同じように失踪してしまったのである。

もう自分は脚が悪くて動けないから、何が何でも信州まで来てほしい、すぐにじゃなくても待ってるから、と彼女は言った。敬一は秋が深まるころ、ひまを見つけて彼女の家を訪ねていった。

木の葉が色づき、信州の冬が間近に迫っていた。敬一は六年ぶりぐらいに松本行きの列車に飛び乗った。甲州のブドウ畑が、末枯《すが》れる前の明色を波打たせていた。松本駅では梓川沿いにアルプスへ向かう電車に乗り継ぎ、終点の一つ手前の駅で降りた。畑のなかの小さな無人駅である。

六年前に来ているのに、道に迷った。駅からの爪先あがりの道の先に家が見えたように憶えていたが、そちらに家はなかった。梓川の谷を少しさかのぼったところに、見覚えのない集落があった。そちらへ歩き、引返したりするうち日が暮れてきた。畑のリンゴが立派に実っていた。五十年前の信州にはそんな大きなリンゴはなく、そもそも畑にほとんど食べられそうなものがなかった。いま薄闇の畑に男がひとり出ていて、照りのよいリンゴに手を入れていた。敬一と同年配の男だった。彼は田舎道に迷っている敬一を木陰からずっと見ていた。

中島さんの家は、見覚えがないと思った集落の先の山裾に見つかった。やはり方向を間違えていた。六年前に来たとき、中島直江という名前に長男と次男の名前を連記した表札が出ていた。夫の名前はすでになかった。軒下のその表札を確かめようとしたとき、家の前に停めてあった四輪駆動車の蔭からふと人影が現われた。長男の登さんだった。彼は敬一が着くのを待って、車の用意をしに出てきていたのだった。

　中島さんは奥の部屋の炬燵に坐っていた。低い椅子に掛け、リウマチの脚を伸ばし、足先だけ炬燵に突っ込んで着ぶくれていた。その姿が妙に大きかった。自分では動けなくなってから、顔も立派に老けたというふうに見えた。

「よく来ただ、よく来ただ」

　と、彼女はがらがら声で何度もくり返した。それから、敬一が六年も来なかったことを責める言葉を混ぜていった。自分が動けなくなってから、家がどんなに汚れ、乱雑になったかを恥じて嘆くような調子にもなった。

　たしかに、部屋には物がたくさん出しっ放しになっていた。廊下にも玄関にも物があふれていた。中島さんはもともと物を捨てたがらず、敬一の古い写真から近年の年賀状に至るまで、何でも捨てずに持っていた。疎開時の旧四年生の住所録も三十年間持っていて、「感謝の会」のとき鉛筆書きの葉書が出せたのだった。

　彼女は昔のことを言いながら、いまでも「わたしの小隊」という言葉をつかった。「小隊」とは十九歳二十歳の彼女が担当した子供たちのことで、一つの旅館の子供が二つ三つの「小隊」に分かれていたのだ。彼女が寮母をやめることになったのも、「わたしの小隊」の子供たちに勝手に菓子を買い与えて、とがめられたからだった。彼女のつもりでは、おそらくそれは「わたしの子供たち」ということだったのにちがいない。

　自分ひとりでは歩けなくなった中島さんは、老いて声も言葉もかえって強くなり、ますます多弁な、支配的な母親になっていた。が、彼女の子供は、五十年のあいだに、一人一人失われてきたのかもしれないのだ。「わたしの小隊」はとっくに消え、あげくに下の息子の茂さんまでいなくなった。彼女はふたこと目には茂さんのことを口にし、彼の失踪がこたえているのがわかった。敬一は、自分がそれを慰めにきた最後の子供なのかもしれないと思った。

その敬一を、彼女は家でもてなすのではなく、車でひと走りしたところにある温泉へ三人で泊まりにいくことを考えていた。敬一は家に着いてからそのことを知らされた。中島さん母子は、敬一の顔を見るより早くその用意を始めていたのだった。

登さんが母親を抱きかかえて車椅子に乗せた。物でいっぱいの家のなかも、車椅子が通れる道だけは辛うじてあいていた。玄関を出ると、登さんはサラシの紐で母親を背負い、四輪駆動車のうしろの座席に運びあげた。中島さんはリウマチの脚が痛くて、曲げることも踏んばることもできないので、登さんは辛抱強く一寸刻みに動きながら、大柄な母親を何とか座席に押し込んだ。敬一が彼女の隣りに坐ると車は出発した。

背の高い車でないと母親を背負って乗せることができないので、登さんは最近四輪駆動車に買い替えたのだと言った。出かけるときだけでなく、家のなかを動くのも、トイレも風呂も、すべて彼がひとりで助けているらしい。その登さんが弟同様まだ結婚していないことを、中島さんは人前で気にしている様子を見せた。彼女はそのことを時どきぶつぶつつぶやいていた。人に聞かせるようなつぶやきだった。

松本の街を通り越した先の山地の温泉へ向かった。登さんは真暗な田舎道をほとんどものを言わずに運転していく。もとバス・ガイドの中島さんは、座席に深く沈み込んでいながら、道順のことで何やかや言う。松本の街を迂回しながら温泉へ向かうとき、どちらの道が混むかでしばらく息子と言い争った。

山の闇へ突っ込むように車は登り始めた。四輪駆動車がきおい立つように、急坂も急カーブもひと思いに走り抜け、闇が一段と濃くなったと思うと、温泉旅館の灯が現われた。二軒のうちの一軒から女性が二人飛び出してきた。もう一軒は近年ぜいたくに改築され、身体障害者が息子に負われて入ることなどできなくなってしまった、と中島さんは口惜しそうに説明した。

母子が車をおりて旅館へ入るのはたしかにひと苦労だった。まず長いサラシの布を二重にして登さんが母親を自分の背中に縛りつける。「それじゃ首が絞まっちまう！」と中島さんが大声をあげる。じっと手足を動かさずにいる彼女の体は、息子を押しつぶしそうなほど大きい。その体が何とか息子の背中いっぱいに固定されると、息子はぐんと腰を落としたまま走りだす。彼は旅館の階段をひと思いに駆け登る。森閑とした古い宿屋のなかを、どしどし踏み占めながら奥へ入り込んでいく。

部屋へ車椅子を運んで座卓の前に据えると、間もなく料理が出た。到着が遅くなり、旅館はずっと待っていたのにちがいない。中島さんは膝から下が腫れあがった両脚に毛布を掛けて車椅子に収まった。そして、座卓越しに敬一と登さんを見おろすかたちになった。卓上のきのこ鍋や馬刺しを吟味するように見ながら満足そうだった。近年皺が深くなった顔が和んでいた。息子に体を運ばれるときこそ騒がしく声をあげるが、席について動かなくなると、彼女の老いの姿がそれなりに定まるように見えた。彼女はトイレを気にしてろくに飲みも食べもせず、静かな母親になってじっと動かなかった。

食膳を片づけに来た。登さんと敬一は、中島さんを部屋に残して露天風呂へ入りにいった。暗い谷を見おろす無人の露天風呂だった。うしろを見あげると。ちょっとした堰堤が闇に浮かんでいた。上は道になっているようだが、車も人も通らなかった。谷は黄葉の盛りで、大きな黄色い葉が暗がりに揺れ、静まり返っていた。

敬一は、登さんが背中にコルセットをはめていることをはじめて知った。彼は車の追突事故のため脊椎を損い、一年も入院したことがあったのである。いま彼は、母親を背負って苦しげにするということはない。だが、いつまでもコルセットをはずせないのなら、ほんとうは体によくないのかもしれない。彼は母親の面倒をみるため、最近転職して、家の近くの工場へかよっているのだという。が、そこで重い部品を運んだりもしていて、彼はそれが体にこたえることがあるのだと漏らした。

風呂からあがると、彼は今度は母親を部屋の風呂に入れる仕事にとりかかった。彼が車椅子を押してバス・ルームへ入るや否や、大騒ぎが始まった。中島さんは一挙手一投足ごとに大声をあげた。叱りつけるようなガラガラ声と、うれしがるような嬌声が入り混った。そのひと騒ぎがとつぜん終わると、しばらく声がなくなり、彼女の体の痛みが湯のなかに溶けていくさまが想像できた。が、登さんの仕事はすぐにまた始まった。声の騒ぎも元に戻ってしまった。

それでも、寝床に運ばれた中島さんは素直に静かになり、やがて声もたてずに眠りに落ちた。

寝つきが悪いようには見えなかった。三人、川の字の寝床に谷川の水音が聞こえていたが、明け方目を覚ますと、ぼとぼとと落ちる雨の音に変わっていた。

翌朝、宿を引きあげるころには雨があがり、明るくなった。四輪駆動車で山を下ると、正面の高みに新雪の北アルプスが浮かびあがった。その白い輝きが見る見るはっきりした。

旅館で働いているという女性を途中まで乗せていった。彼女は車の乗り降りに苦労する中島さんを慰めるように言った。

「でも、大きな息子さんがちゃんとついているんだから幸せよ。しっかり世話してもらえて。お子さんは一人？」

「下の息子がもう一人いるけども、どっかへ行っちまって」

「ああ、きょうはお祭りだからねえ。松本のお城祭りの日だよ。でも、若い人はドライブなんかに行っちまうよねえ」

中島さんが「ちいさい人」のことをなおぶつぶつ言いかけたとき、女性が住んでいるという発電所にさしかかり、彼女はおりていった。家まで急傾斜の谷の道を下るようだった。

浅間温泉へまわってもらった。いまの町を見ていくつもりで、敬一は戦時中暮らした旅館の下の道で車をおり、二人と別れた。昔のままの狭い道に、四輪駆動車は嵩も幅もありすぎた。車が角を曲がっていくとき、車内の中島さんは不自由な体を精一杯捩《よ》じって大きな声を出した。敬一はそれを見送りながら、親子はこのあと今度は二人だけで声を出しあい、たくさん物があふれているあの家の奥まで帰っていくのだと思った。

昔敬一らがいた旅館は、「感謝の会」の旅の何年かあと、ひとりで訪ねてみると一変していた。コンクリートの洋風ホテルに建て替わっていた。並びの家々も新しくなり、旅館が面していた狭い急坂の道の全体が、古い色彩と空気をすっかりなくしているのがわかった。今回敬一は、その旅館の前を素通りし、坂道をもっと上まで登っていった。眺めが変わっても、坂道を登る感覚はたぶん子供のころと変わらなかった。坂上の高みから、浅間温泉の全体と、下方の松本の市街がすっかり見渡せた。

子供たちであふれんばかりの古い小さな温泉町が見えてくるようだ。それは特攻機の機上から見た町の眺めだ。口々に何か叫び手を振る子供たちが道をいっぱいにしている。元気な子供の声のある最後の日常場面が眼下に見えている。翼を左右に振って旋回すると、その小さな楽園の如きものがうしろへ流れて消える。一瞬のうちに消え去る、真に小さな、光に満ちた眺めである。……

はじめ浅間温泉は、二千五百人もの児童が送り込まれていたのだという。すべて東京世田谷区の学校の生徒たちだった。それが、二年生の敬一が加わった昭和二十年四月になると、田舎へ再疎開する学校が相次ぎ、温泉町の児童はごく少なくなっていたらしい。特攻隊員が泊まっていた旅館も二軒や三軒ではなかったようだが、彼らも皆沖縄戦線へ出撃して、いなくなっていた。敬一らの学校はなぜか最後までここにとどまり、ようやく六月に入ってから遠い伊那谷へ移ることになる。

たしかに、いまふり返ってみても、町に他校の生徒たちがいたという記憶はない。記憶のなかの温泉町は空っぽの町である。特攻機の爆音が頭上に聞こえるということもない、無音に近いような町である。おそらく大人たちは、この町の空に米軍機が現われ、町が焼き尽くされる日が刻々と迫っているのを肌身に感じていたのにちがいない。

敬一は坂道を下り、中心街のほうへ歩いていった。昔敬一の学校が分宿したほかの四軒の旅館はそちらにあった。十九歳の中島さんがいたのもそちらの古めかしい宿のひとつだった。当時町の到るところで、坂を流れ下る澄んだ水がきれいな水音をたてていた。が、いまやそれはすべて暗渠になって、何の音も聞こえてこない。

郵便局は昔と同じ場所にあった。藤色の新しい建物になっていた。七歳の敬一にとって、歩きまわっても立ち寄れるところといって何もない町で、唯一親しく思える場所が郵便局だった。東京との通信のために、切手や葉書を買うのが心楽しかったのだ。買って帰ったものは小さな紙箱に入れて大事にしていた。それが少しでも減ると、さっそくまた郵便局へ買いにいった。

もうひとつ大事にしていたものがあった。それは父親にもらった紙の束で、当時父が教えていた「東亜学校」の英語の試験の答案用紙なのだった。紙がたくさんあると幸せだった。敬一は中国人留学生たちの答案の白い裏面に何やかや書いていくのが楽しかったのだ。いくら書いても紙がなかなか減らないのがいかにも心強く思えた。

なぜか昔の空っぽの町に似て、いままた通りにひと気がなかった。店という店がすべて閉まっていた。写真屋が一軒あいていたので、そこでカメラの電池を換えてもらった。店のあけ方が何となく中途半端な感じで、店のなかも十分明るくなかった。店の主人は、きょうは「お城まつり」だから皆お城のほうへ行ってしまって、浅間は空っぽなのだと言った。

「行列も出ますよ。もうそろそろ出てるころです。うちも午前中だけやって、これから閉めるところなんです」

　ここは昔、子供ながらに退屈しきった敬一が旅館を飛び出し、さまよい歩いた町だった。旅館で年上の子らと暮らしながら、敬一は常に自分の居場所がないのを感じていた。何をしていればいいのかわからなかった。特に夕方、居ても立ってもいられないほど所在なさが募ってくる。夕日がただ町をあかあかと照らしている。そこへ飛び出し、ともかくも夕日のなかをどこまでも歩いていくしかない。

　ある日、そんな「散歩」のあと旅館へ帰ってくると、五年生の男子が二、三人、玄関前に立っていた。そろって坂の下のほうを見ている。坂下には土地の子が一人いて、何かちょっとしたいさかいがあったらしいことがわかった。日ごろ、疎開学童は土地の子と決して喧嘩をするなと言われていた。先生たちはそのことをひどく気にしていた。

　敬一のあとから、たまたま先生が一人帰ってきて、坂の下の子に近寄り、何か言った。土地の子は坂の上の五年生の一人を指さした。先生は早足で坂を登ってくると、その五年生に近づき、思いきり頬を張りとばした。五年生は黒縁の眼鏡をかけていて、夕日がみなぎっている地面にその眼鏡が飛んだ。彼は見る見る燃えるような真赤な顔になり、歯を食いしばって立っていた。

敬一は先生の剣幕に驚きながら、同時に人が眼鏡を飛ばされて間の抜けた顔になるのを知り、それが怖ろしかった。五年生の顔のまん中に、まるで何か穴があいたようだと思った。人がそんな目にあうことが信じられない気がした。

五年生は真赤な顔で、よその土地の夕日のなか、辛抱強く立ちつづけていた。その夕日が、とつぜんの怖れの思いとともに、敬一のなかへ染み入るように感じられた。のちに浅間温泉の坂道の記憶として、そのときのことが長く残ることになった。敬一は、よその土地の初夏の夕日が、その冷んやりとした気配を伴って、いまも自分の身うちに入り込んだままになっているのではないか、と思うことがあった。

当時の寮母さんにもう一人、再会できた人がいた。久保田芳子さんが「感謝の会」の旅の翌年、とつぜん葉書をくれた。「私は疎開当時の××おばさんです」と旧姓が書いてあった。「感謝の会」にはたまたま腰痛がひどくて動けず、出られなかったのだという。飯田市の住所が記されていた。

久保田さんからはその後も便りを毎年もらった。いつもきちんとした字で葉書いっぱいにこまごまと書き込んであった。それによると、彼女はまだ五十を過ぎたばかりなのに、体が動かなくなりかけていた。手足がしびれ、痛みもあって、人に会うのもむずかしいことが多い。頸椎が変形していて、若いころ患ったカリエスの後遺症らしいという。

久保田さんはもともと海軍の看護婦だった人で、敗戦後伊那谷へ帰って寮母になったが、そのときまだやっと十七歳だった。埼玉県の海軍病院にいたとき、二日間の休暇をもらい、家族に会いに帰郷したことがあった。特攻兵たちが出撃の前に帰郷を許されたのと同じことだったらしい。敗戦間近のことで、軍の病院の看護婦にも何があるかわからなかったからだろう。ところがその日、鉄道が混乱していて満員列車に乗れず、やっと貨車に乗せてもらって飯田へ帰り着いたが、翌日今度は甲府の空襲のため中央線が不通になり、はるばる信越線をまわって埼玉の西のはずれまで帰り着いたのだった。そのことがぎっしり書き込んである葉書をもらっていた。甲府の空襲は昭和二十年七月七日のことである。

中島直江さんの松本市郊外の家を訪ねたのと同じ年、敬一は伊那谷の寺を再訪し、飯田で久保田芳子さんとも会うつもりだった。寺では前住職夫人が五年ほど前に亡くなっていて、息子の住職夫妻と会って焼香をし、出雲大社教会所でも神主夫妻と話すことができた。が、久保田さんはその日、手足のしびれがひどくて動けなくなっていた。

電話で話し、寺の前の姉さんの家へ寄ってほしいと言われた。もともとそこが彼女の実家だった。敬一は姉さん一家の住む家で食事をもてなされ、しばらく昔話をした。それから、ひとりで村を歩きまわることにした。

「感謝の会」のとき行けなかった山のほうを歩いてみた。きれいなアスファルト道を三キロあまり登ると、昔六年生がいた集落に出る。学寮にしていた公民館や、彼らがかよった小学校は変わっていない。なお四キロほど登り、三年生と五年生がいた二つの寺を見てまわった。どちらも手入れの行き届いた清潔な禅寺である。昔敬一はそこまで来たことはなかった。下の村の暮らしがすべてだった。

紅葉の盛りの道を、遠い木曽の山々を見ながら引返した。路傍に大きなリンゴが実り、人も車もほとんど通らない山道の日暮れどき、敬一は何度か立ち止まって、いま現在の田舎の美しさを確かめ直した。昔と同じではない、戦後十分手を入れ直したとわかる眺めがあった。

その日は下の村の温泉に泊まった。かつてのひなびた温泉宿は、幅広い新しい道路に面したコンクリートのビルに変わっていた。昔敬一らは列を組んで歩き、そこへ湯をもらいに来たことがあった。当時その宿で傷病兵らが療養していて、彼らを「慰問」するため連れてこられたこともあった。部屋の畳にぎっしり坐った大ぜいの前で、敬一ら数人が作文を朗読させられた。白衣の兵士たちの日焼けした体の熱がむっとこもるようだったが、彼らは子供の前でも仮面のような無表情を変えなかった。敬一が読みあげていく言葉に対し、何の反応も返ってこないのが不気味だった。「慰問」だからか、拍手も何もなかった。重苦しい空気が怖ろしいようだと思った。

白いコンクリートの温泉旅館は、いま何から何まで新しかった。敬一は小川に沿った昔の木造の浴室を憶えていた。ろくに壁もないので、裸になると水の流れが近かった。川も浴室も小さかったはずだが、どこかにその名残りはないか探してみても、いまやすべてが大きすぎ、空間が違いすぎて、とても探しようがないと思えた。

中島直江さん親子と山の温泉へ泊まりにいった翌年、敬一は伊那谷へも行き、久保田芳子さんと再会することができた。数えてみると五十年ぶりだった。久保田さんは何度も「五十年ぶり」をくり返して喜んでくれた。

その日彼女は、いつもの体の不調からいっとき脱け出したという明るさを感じさせた。体は不自由でも、笑顔の色艶がよかった。飯田市郊外の高台で夫と二人で暮らしていた。近くに住む妹の幸子さんの車に頼ってたまに外出するのだと言った。眺めのいいリビングルームのソファに並んだ老夫婦の前で、敬一は芳子さんの五十年を、彼女のいまの暮らしからさかのぼるようにして考えていた。体の痛みさえなければ、彼女はここの平穏な暮らしを思いのほか機嫌よく楽しんでいるらしかった。

翌日、妹の幸子さん運転の軽自動車が飯田のホテルへ迎えにきてくれ、芳子さんと三人で天龍川沿いの村までおりていった。藤の季節で、村の「大藤」の祭りの最中だった。寺の石垣の下、川沿いの細長い土地に藤の木が植えられ、樹齢四百年もの藤の花が、花房の長い「大藤」として人を集めていた。寺の石段下に久保田さんのお姉さん一家の家がある。敬一はこの前ひとりで来て世話になったが、今回は家のなかで三人姉妹が揃うことになった。若いお嫁さんが昼食をふんだんに用意してくれていた。前回以来すでに十四、五年たち、家は建て直されて大きくなり、お嫁さんが加わり、芳子さんはそのあいだの体の苦しみから脱け出たような顔を見せている。この家へ来るのもずいぶん久しぶりなのだという。

食後三人は、「大藤まつり」の賑わいのなかへ入っていった。疎開当時寺の炊事係をしていた女性ともそこで落ちあった。四人でしばらく話してから、彼女は茶店の調理の仕事に戻っていった。長く垂れた花房の下で、人々が莫蓙に坐って花見をしていたが、騒がしさは少しもなかった。よく晴れて人出が多いのに、花見のざわめきが五月の陽光に包み込まれたようにやわらかだった。

寺へ登って三人で境内を歩いた。境内は藤見の客の車の駐車場のようになっていた。妹の幸子さんは昭和二十年当時四年生で、それまで遊び場のようにしていた境内を疎開の子たちに占領されたのだったが、何ヵ月かたつうちに、同じ四年生の女子同士のつきあいが生まれていたらしい。幸子さんは境内を歩きながら、疎開の子の名前を一つ二つ思い出していた。寺がそれまで経営していた幼稚園も疎開学童の宿舎になり、敬一らは朝昼晩の食事のたび、幼稚園の広間に集まっていた。先代の住職は幼稚園でオルガンを弾き、作曲もするという珍しい人だった。そんな和尚さんの幼稚園も、当時すでになくなっていたわけである。

芳子さんはもともと、諏訪日赤病院の看護学校で学んだ人だった。戦時中、日赤救護班員として、神奈川の横須賀市や埼玉県小川町の海軍病院で働いた。東京下町大空襲直後の焼け跡へ駆けつけたこともあった。故郷を離れて空襲下の首都圏を広く駆けまわった経験は、相当過酷なものだったにちがいない。が、芳子さんは当時の厳しさをなつかしがっている。敬一が埼玉へ引越したのを知り、特に小川町時代のことがいっぺんによみがえったと葉書にくわしく書いてくれたことがあった。

彼女は終戦で故郷へ帰り、そのまま家の前の寺で寮母になった。暮らしが一変した。敬一らと寝起きを共にしたのは二ヵ月足らずのことにすぎない。が、彼女にとってそれは、厳しい過酷な日々のあとの、飢えて無気力な子供たち相手の、奇妙に静かな戦後というものだったのにちがいない。

幸子さんの車に乗り込み、天龍川沿いの道を走ってもらった。昔は養蚕と唐傘づくりの村だった。家のなかに蚕棚が見え、庭には油紙に漆を塗った傘がたくさん干してあった。母親は面会に来るとき、鉄道の駅からその道を歩いてきた。うんざりするような長い道だった。一度学齢前の妹を連れてきたことがあったが、妹も頑張って歩きとおした。敬一は決して泣かずに頑張る妹をなつかしく思った。赤ん坊のころはよく泣いたのに、負けん気の強い子になっていた。彼女が道端で村の子にちょっとした意地悪をされることもあった。そんなことも含めて、彼女はその道ではじめて、ほんとうの田舎というものを知ったのだ。母親にしても、息子の顔を見るまでの田舎の道の長さというものを、はじめて経験したのにちがいなかった。

元善光寺まで登り、干し柿の市田柿で知られた一帯をまわった。昔の秋の柿の色は記憶に焼きついていた。市田に限らず、近辺どこへ行っても柿の木が高々とそびえていた。大きな実が高いところに無数に実っていたが、それはすべて同種の渋柿で、色や形がどれだけみごとでも、たとえその輝く果実に手が届いたとしても、取って食べるというわけにはいかないのだった。

天龍川畔へ戻り、川を越えて山へ入った。十五年前にひとりで歩いた山地だが、その後また一段と変化しているのがわかった。新しいハイウェイが山を貫いていた。その道から見る山はほとんど別の山のようだった。元六年生がいた公民館も小学校もきれいな現代建築になり、昔の集落の姿もわからなくなっていた。

芳子さんはあきらかに戸惑っていた。飯田市の高台の家で暮らしながら、天龍川の谷へおりて来ることはめったにないのか、故郷の変化をあらためて知ったという様子があった。何度も不思議そうな無表情になりかけた。彼女はその顔を崩しながら、実家のへんもずいぶん変わった、少し前まで昔どおりだったものがなくなり、建物が変わった、だから実家のそばでも迷いそうになる、と言って笑った。

天龍川の河岸段丘の村は過疎化が進み、離農と兼業化で遊休農地がたくさん生まれているのだという。近年それを活用するためいろいろと試みているらしい。古い村に大胆に手が入りつつあるのだろう。車で走りまわると、どこも変動中という印象がはっきりしてくる。

下の村の正面の丘へも登ってみた。段丘の畑地にいくつも公園が整備されていて、山と川と村が一望できた。それらの公園を渡り歩き、丘の突端まで行くと、寺と門前の集落がまっすぐ見おろせた。久保田さんの実家も見えた。昔はそんなところへは登れなかったので驚いた。寺の裏山の松林は、一部マツクイムシに食われて赤茶色に立ち枯れている。竹林もなぜか黄色い変な色をしている。大きな自然の眺めのなかに、そんな近年の変化が小さなしみのように浮かんでいるのである。

敬一らが教室を借りていた小学校の校舎はなくなっていた。かつては旗本の陣屋跡の高みに黒ずんだ木造校舎が大きくて、学校へ向かうだらだら坂の上へ暗くのしかかるようだった。それが消え、広い跡地に陣屋の小さな茶室が復元されていた。

老人ホームも出来ているらしい。そんな改造された眺めが、どれも小ぎれいな絵のように小さく見おろされる。村出身の童話作家椋鳩十の記念館も見えている。

その日は午後いっぱい、幸子さんの軽自動車で天龍川畔の広い土地を走りまわった。五十年かけてあらたに広がったようないまの土地があった。最後に飯田の町へ登り、ホテルへ送ってもらったが、車中芳子さんは、きょうは不思議に体にしびれも痛みもなくてほんとうによかった、五十年ぶりだったからかもしれない、と言った。どこかほっとしたような笑顔だった。それから幸子さんと二人、実家からは遠い高台の町へ帰っていった。

芳子さんは戦時中、ひとり村から出て、外の世界で厳しい訓練を受けた人である。諏訪の日赤病院時代の級友たちとの関係がいまもつづいている。時に諏訪まで行くことがあるらしい。十代なかばの看護学校時代のことを話すとき、もはや小さくなってしまった彼女の体にあらたな精気が宿るようである。

久保田さんの三姉妹は、芳子さんが戦時中の育ちだとすれば、姉の弘子さんは戦前の、妹の幸子さんは戦後の育ちだといえる。三人ともそれぞれの育ちをあらわしながらいまに生きている。なかでも芳子さんは戦争の時代を最も果敢に生き、いま体の故障に苦しんでいる。が、あとの二人に、同じような苦しみは当面ないらしく見える。

幸子さんの車で走りまわった日、芳子さんは体のことを何も言わずにすんでいた。だがその後届く葉書には、体の故障を語る言葉が増えていった。カリエスの後遺症のほかにもいろんな故障が加わった。夏風邪が長びいた。ひどいヘルペスにかかった。家のなかでころんで、膝がテニスのボールみたいに腫れてしまった。視力も急に弱ってきて、眼科にかよっている。目がかすんで字が書けなくなりそうで怖い。

だがそう言いながら、彼女はその後も毎年、こまかい字で埋まった葉書をきちんときちんと送ってくれた。足腰の痛みは増している。心細くなることもある。だが、若いころ厳しい教育を受けた自分は、痛いのは当たりまえだと思うことに馴れている。冬は家のなかで次々と日の当たる部屋へ移りながら、南アルプスの赤石山脈の真白な山並みを眺めて暮らしている。あの山のふもとの谷間へ抜けるトンネルが出来たので、また一緒に軽四輪であのへんまで行きたいと思っている、云々。

芳子さんのそんな言葉を、敬一は二十歳前後のいまの学生たちとつきあう暮らしのなかで受け止めてきた。彼女の体の変化を次々に思い浮かべ、葉書の言葉の調子に変わりはないか気をつけて見ていた。そのうち彼女の腰は曲がってきて、杖に頼る暮らしになった。家のなかでも杖を突いて歩きながら「手抜きの家事をしています」という葉書が届いたが、腰が曲がったことを嘆くような調子は少しもうかがわれなかった。


中島直江さんのリウマチも一向によくならなかった。病院への往き来が増え、いったん入院すると長くなった。敬一が久保田芳子さんを訪ねた年の秋ごろ、彼女は最初の入院をし、病院から電話をくれた。

その入院が長びき、年が明けてから、敬一は松本の病院へ見舞いに行った。雪の日で、美ヶ原の真白い山地が見える病室だったが、彼女のベッドは空《から》になっていた。探しにいくと、廊下の奥の電話器の前に車椅子を止めて、どこかへ電話をかけようとしているのが見えた。

　リウマチが悪化したのかと思っていたが、そんなふうには見えなかった。入院生活に馴れて、かえって元気になったという様子があった。彼女はその日、たしかに調子がよさそうで、自分の病状を話すときも、愚痴っぽい調子にはならなかった。きつい薬の副作用で体がかゆいが、アレルギーは何とかひどくならずにすんでいるという。リハビリテーションのため、ベッドに寝て毎日一時間、脚を吊っている。それがいいのだと言って明るい顔をしていた。実際、入院の甲斐があったのか、彼女の手指や脚の腫れはほとんどなくなっていた。

　長男の登さんがやって来た。三人で病院のなかを散歩した。登さんも昨年脚の血管の病気でここに入院したのだと言ったが、彼は自分が退院したあと、今度は母親をここへ運び込んだのだった。中島さんは息子に車椅子を押されながらだんだん多弁になった。そして、思いがけないことを話しだした。

　長く行方不明だった夫が、偶然この病院へ運ばれてきたのだという。肝臓の末期癌だった。病院がいろいろと調べたあげく、入院患者の中島さんに気づき、引き合わせてくれたのである。驚くべき偶然だった。夫はそのときまだ意識があった。が、昨年暮れ、彼女は夫が死ぬのをひとりで看とり、その後遺体は病院へ献体したのだということだ。二十何年かぶりの再会と別れだったことになる。

　中島さんは瀕死の夫ととつぜん引き合わされてから死別するまでのいちいちを、大きな声で勢いよく話してくれた。まるで過去の半分くらいは、それできれいに片づいてしまったといわんばかりに。車椅子を押している登さんは、父親のことを何ひとつ言わなかったが。

その後一年たち、中島さんはまた電話をくれた。じつはあれからまた一年近く入院し、やっと年末に退院したところだという。声に力がなかった。「長いこと病院にいても、体よくなるわけでねえし」といった調子だった。夫を見送ったときの力が、一年のあいだに少しずつ抜けていったのかもしれない。彼女はどうしても信州まで来てほしいとはもう言わなかった。

それから一年あまりで中島さんは亡くなった。七十四歳だった。敬一は彼女の告別式に出かけていった。大学の授業を早めに終えて新宿駅へ駆けつけたが、二時の特急に乗り遅れた。一時間後の特急に乗り、日が暮れた六時すぎに松本駅に着いた。タクシーで高台の道を行くと、畑の下方の大きな建物から灯があかあかと漏れているのが見えた。それが中島さんの告別式の灯だった。彼女の家から下った先の「集落センター」という名の新しい建物だった。

さいわい、五時から始まった式がすっかり終わってはいなかった。宴会場のような大広間に、人がまだ大ぜいいた。巨大な白木の祭壇が作ってあった。ひとり遅れて焼香をすると、祭壇の大きさに圧倒されるようだった。集落の人たちがつくった料理が細長い膳の上に並んでいた。食べきれなかったものがまだたくさん残っていた。

登さんと会い、行方不明だった弟の茂さんも帰ってきていて会えた。二人の話によると、中島さんは肝臓なども悪くて、もともと糖尿病があり、長い入院生活のあいだにはっきり弱ってきていたという。家へ帰りたがるので退院させたが、脚が痛くて暴れ、発作を起こしたような暴れ方になり、何かに頭をぶつけて亡くなったのだということだ。彼女は息子たちを叱咤しながら生きたあげく、ひと思いに死んでしまったのだということがわかった。兄弟二人は、人でいっぱいの広すぎる式場のなかで、居場所があるのかないのかわからないといった様子だった。

ほかに親族がいるのかどうかもわからなかった。が、ともかくここは中島さんが生まれ育った村である。彼女はひとり好きなように生きて死んだにしても、集落の人みんなに見送られるような関係があったのである。丘の上に代々の墓もあるので、近く納骨の際にまた連絡をくれると登さんは言った。

最後まで残っていた人たちと一緒に敬一は「集落センター」を出た。電車の時間を確かめて駅へ向かったが、無人駅の時刻表を見ると、教わった時間はなぜか違っていて、電車は行ってしまったあとであった。駅まで敬一と一緒に来た人はだれもいなかった。この時刻に松本電鉄を使う人はいないらしかった。

敬一は、車の道を次の集落まで歩いてタクシーを探すつもりになった。が、ひと気のない道の先でタクシーがつかまらなければ困ったことになる。このへんの人は皆車で動いているのだとすると孤立無援かもしれない。中島さんの二人の息子は、どちらも車の事故で体をこわしている。日ごろ車を使っていない敬一は、その種の災厄を免れてはきたが、真暗な田舎道を歩きつづけるのは、それはそれで怖ろしいことにちがいない。

だいぶ歩いたころ、すぐ横に止まってくれた車があった。さっきの式場にいた夫婦らしかった。大いにありがたかったが、その夫婦の顔もよく見えない暗い車内で、前とうしろの席で話がはずむということにもならなかった。中島さんを直接知っている人かどうかもわからなかった。たぶん同じ集落の人ではないらしい夫婦が、どこから来たのかも聞き出せないままだった。そのうち松本駅の裏口に着き、十分後に出る新宿行き特急に辛うじて間に合った。

その年、敬一と同年の仲間たちのあいだではいろいろと動きがあった。還暦の年ということで、彼らの仕事が終わったり変わったりした。還暦記念の集まりもあった。皆それなりに歳はとっても、まだ旺《さか》んな精力を残してざわざわしていた。それらの顔を見渡してみて、学童集団疎開の経験者がごく少ないことにあらためて気がついた。当時二年生まで疎開に連れていった学校は少なかったはずだった。そういえば、これまで同年の仲間のあいだで疎開の話が出ることはまずなかったのである。

敬一は中島さんや久保田さんのことを人に話したことはなかった。世話になったのはどちらも二ヵ月ほどのことにすぎない。だが、その二人をとおして信州が敬一のなかに残りつづけてきた。それはあまりに特殊な、個人的な事柄だったから、同年の仲間に話す機会もなかったのだが、じつのところ、あのころの疎開経験者はだれもが似た思いだったのかもしれないのだ。

中島直江さんの死後三年たち、しばらく久保田芳子さんの葉書が来ないと思っていたところへ、夫の久保田氏から喪中葉書が届いた。「妻芳子が永眠いたしました」との一行があった。中島さんと同じ七十四歳だった。敬一のもとへ何十枚も届いた久保田さんの葉書を締めくくる、それが最後の一枚になった。葉書の往復の四半世紀が、静かにそこへ行き着いたのだった。

七歳から六十余歳までの時間が人とは多少違うものになったことを、敬一は信州の二人の女性とつきあいながら思わされるところがあった。いま久保田さんの死を知り、七歳時の経験がずっと残りつづけて終わったことを思った。戦争の時代が、年上の二人をとおしてここまで残りつづけたのが人とは違うところだった。そんなふうにふり返りながら、敬一はそのことをこれまで親にも親族のだれにも話してはいなかったことをあらためて思った。

第四章　集い

埼玉の暮らしを終える日が来た。粗大ゴミを処分してくれる業者が朝から来て、嵩張ったものはすべて運び出された。部屋の引き渡しは明日なので、きょういっぱい働いて残りを片づけ、掃除をすませなければならなかった。

外は明るく晴れて桜が咲いていた。敬一は捨てるものを次々と地下のゴミ捨て場へ運んでいたが、ひと息ついて外の花を見にいく気になった。花見に歩いている人がたくさんいた。ここ数日、マンションにこもって物の始末にあけくれ、外をあまり見ていなかった。敬一はこれまでとは違う空気のなかへ漂い出る心地がした。が、もちろんそれは自分がここ二十年生きてきた世界に違いはなかった。十分馴染んだ場所のはずだった。

それでも空気がどこか違う気がした。それは自転車でそこへ乗り出していくことがもはやない場所の空気なのだと思った。敬一は大学への道筋に現われた桜の眺めをいくつか思い浮かべてみた。いまそれらをむこうに閉じ込めている新しい空気にはじめて触れているのを感じた。

近くの「弁天の森」まで行ってみた。水路沿いのまばらな桜の下で、二、三の若い家族連れと行きあった。ふだん見かけるのと同じような人たちだった。マンションの隣室でも、若い夫婦が小学校一年生の女の子を育てていた。が、日ごろ彼らを好ましく思いはしても、親しく話をする機会はないままで来た。埼玉暮らしの二十年は、それだけ忙しくもあったのだとあらためて思った。

マンションへ戻ると、敬一はまた物を片づけることに没頭した。捨てるものをまとめて、地下のゴミ捨て場へおりては戻ることをくり返した。ひたすらエレベーターで上下することをつづけた。外の世界とは切り離されたところで敬一は汗をかいていた。日が暮れるころ、外は急に冷えてきたのがわかった。花冷えの夕闇が窓のむこうに澄んできていた。

地下のゴミ捨て場へ何度往復したかわからなかった。夜が更け、ようやく物がなくなって、敬一は最後の掃除を始めた。そのあと台所を磨きあげた。東京へ帰るための電車の時間が気になり始めた。上りの終電車の時刻を調べて頭に入れ直した。

3LDKの住まいはきれいに空《から》になった。終電車の時刻が近づいていた。敬一は部屋を閉めきり、暗い道を駅へ急いだ。五分しかかからない道だった。十一時五十二分発の終電車がやってきた。

その日ひとりで働きつづけて、ずっと汗をかいていた。知らぬ間に疲れきってもいた。電車に乗ってから、敬一はあらためてそのことを意識した。体の汗が見る見る冷えていった。空っぽの終電車のなかで花冷えの一日が終わろうとしていた。

引越しを何度もしてきた人生だと思った。もう同じことをくり返すことはできないかもしれない。おそらくこれが最後の引越しで、その先の体力はたぶん残っていないはずだった。七十歳でそんな終わりが来るのだと思った。

東京のマンションへ引越して三日後、鎌倉で佳代子叔母の一周忌の法要があった。母方の親族が十人ほど集まった。北鎌倉円覚寺の桜は散り始め、はや緑が芽吹いていた。広々と明るい春の寺だった。法要はひっそりと営まれた。

佳代子さんは夫の死の二年後にあとを追うことになったが、その前からほとんど動けなくなっていて、夫の葬儀にも出られなかった。夫の親族により、二人の葬儀はどちらも鎌倉で行なわれた。望月家は鎌倉との縁はなかったが、夫婦は円覚寺帰源院の墓所に葬られた。

敬一の妹の和子も一周忌の法要にひとりで出てきた。彼女は長く心身の不調に苦しみ、病院に入ったり出たりをくり返していた。親族が集まる場へ出ることなどめったになかった。十五、六年前、父親が死んだときも彼女は入院中で、葬儀に出られずにいた。父の死の前後のことは、その後彼女のなかから抜け落ちたようになった。きょう明るい春の寺に現われた和子は、久しぶりのことでどことなく面映《おもは》ゆそうにしていた。

母親のきょうだいは、佳代子さんを最後に五人すべてが亡くなった。母親が死んだとき、四十過ぎの和子はまだまだ元気だった。抑鬱の様子はうかがわれなかった。母がかつぎ込まれた病院へ、敬一と交代で泊まり込みにいった。当時その連繫に不安はなかった。

母親が脳卒中で倒れたのは大晦日の朝のことである。運び込まれた救急病院は、医者も看護婦もごく少なく、がらんとしていた。その後正月四日になってようやく、スタッフがどっと出てきて病院らしくなった。そのあいだに、母は左手の先のしびれが左半身に広がり、寝返りがうてなくなった。意識も薄れていった。正月料理のきんぴらごぼうを作った手が黒く染まったままだった。ひび割れの筋が特に黒くて、看護婦が驚き、「これはどうしたんですか」と不思議そうに聞いた。その手を取ると、意外に小さくて、脂気が抜けきってかさかさしていた。敬一はこれがいつもの正月の母親の手なのだと思った。

父は母の死後十年余りを生き、亡くなったが、和子はそのころいちばん苦しんでいたようだ。入院も長く、退院したと思うとすぐにまた入院しなければならなかった。彼女は五十の坂を越えたところでとつぜん道を失い、鬱々たる日々のなかへ迷い込んで動きがとれなくなっていたのである。

和子はもともとピアニストで、ことにアンサンブルや伴奏の腕がよかった。早くからそちらの方面の仕事が入ってきていた。が、結婚をし子育てを始めてからそれが途切れ、夫の地方勤務もあり、以後ピアノを教える仕事ばかりになった。敬一の目に、彼女は演奏の仕事を失った人の姿のまま生きているように見えた。それでも、彼女は毎日ピアノを弾きつづけ、若いころの技術を維持して難曲を弾ききっていた。が、父の死のころその力は急速に失われていった。まわりの者は彼女の病状の重さにたじろがされるようだった。

その和子が、この小さな集いに加わる姿はいかにも珍しい。彼女は水底から浮かび出てとつぜん光を浴びたようにも、またごく何気ないふだんの姿のようにも見えた。たしかにふとしたことで急変が起こりさえしなければ、彼女は平静で日常的な様子を守ることができた。知らない寺の光のなかに浮かび出ても、何気ない様子が変わらないはずだった。が、この小さな集いのなかで多少まぶしげにしながら、いつまで落着きを失わずにいられるのかはわからなかった。

法要が終わり、十人揃って高台の墓に詣でた。それから、落花しきりの境内を歩いた。和子はむしろ明るくふるまっていた。「ほんとに調子がいいのよ。ちょっと不思議なんだけど」と、兄をからかうような目をして言った。それは信じてもよさそうだった。

敬一は二人のいとこと話しながら歩いた。戦後の一時期、父の家で一緒に暮らした二人は、敬一にとっていちばん近い親族だった。兄の健介は宇宙物理学者になっていた。妹の春恵はすでに夫を亡くしていたが、夫はオランダの有名オーケストラのヴァイオリン奏者だった。夫婦は長くオランダで暮らし、その後日本へ引きあげてから何年もたたぬうちに、夫が急逝するということがあった。

二人のいとこは戦争の時代に、父親の赴任先の台湾で育っている。そして台北が空襲されるより前に、父親を残して母親に連れられ、信州飯田の母親の実家へ引き揚げている。まだ三つと二つという歳だった。その飯田の家へ、敬一も一度行ったことがあった。が、そのときは子供同士顔を合わせてはいない。二人のいとこが幼なすぎたからかもしれない。そこは内科の医院で、薬の棚がたくさんある家だったのを憶えている。

敬一がそこへ行ったのは、疎開先で栄養失調がひどくなり、母親に東京へ連れ戻されるときのことであった。その家で早く寝かされ、むこうの茶の間で大人たちが話すのを聞いていた。そのうち、母親がとつぜん声をあげて笑い、「それでいい、それでいいわ」と言った。東京行きの汽車の切符に手を加えていたのである。疎開先へ面会に来た母親が、敬一を連れて帰れるようになるまで一週間もかかり、買ってきた汽車の切符の日付けをごまかさなければならなかったのだ。日付けの数字を鉛筆でそっと書き直したらしかった。

とつぜん聞こえた母親の笑い声は嬌声に近かった。戦時の暗い灯の下の小さな謀議から飛び出してきた嬌声だった。疎開先から何とか息子を取り戻してきた若い母親の、喜びの声でもあったにちがいない。

そのとき別の部屋でとっくに寝ていた健介と春恵は、戦後になってから、飯田の町を焼きつくした大火を経験し、家を焼かれ、母とともに広島へ逃れなければならなかった。父親の修造さんは台湾から単身帰国しても、すぐには妻子のもとへ戻らなかった。絶望した母親は、夫が帰らない広島の海に身を投げることになってしまう。

長じて宇宙物理学者になった健介は、その後広島を訪れたことがなく、育った台湾へも行っていないという。健介春恵兄妹の喪失体験は、おそらくずっとのちまで残りつづけた。それは敗戦後になってとつぜん、怖ろしい不条理に襲われるという体験だったはずだ。敬一は広島へも台湾へも何度か行っているが、二人のいとこはその後そんな過去とははっきり別の場所で生きてきたというふうに見える。

それでも健介は、時に飯田のことを話すことがあった。彼は山田風太郎の『戦中派不戦日記』

を読んでいた。ひとりの医学生の、飯田の疎開生活のくわしい記録である。昭和二十年六月、東京で山田が通学していた医学校が飯田市へ疎開移転し、学生たちも引越してきていた。彼らは比較的自由に暮らしながら、教授の講義を聞いて勉強し、本もいろいろと読み、飯田で終戦を迎えている。のちに作家になる山田は、八月十五日前後の四、五日間のことを、五十ページにもわたって詳述している。ふだん冷静な医学生が、危殆に瀕した国を思うとき、熱烈な言葉が際限もなくあふれ出すのである。

アメリカは「全世界の警察権掌握のために」血を流すという「ぜいたくな戦争」をしている。一方、日本は「生死の巌頭に追いつめられ」て戦っているのだから、両国民の真剣さ、必死さには違いがある。アメリカの正義なるものには「限界がある」ので、国民に「不撓不屈」の意志があるとはいえない。だから、あと三年戦いつづければ日本は勝てるはずだ。そのために若いわれわれが先頭に立とうではないか。そう信じ、行動しようとしていた若者が、結局戦わずに終わったという意味で「不戦日記」という題がついている本である。

健介は鎌倉の寺を歩きながら、その『戦中派不戦日記』のことを話しだした。

「あれはやがて軍医になるはずの医学生の疎開体験ですよね。軍医になればいつどこで死ぬかわからなかったわけで」

「だから、子供だったわれわれと同じ場所で全然違う体験をしている。彼はまず飯田という山峡の町と自然の美しさにうたれる思いだったようだね」

「僕ら子供にとって、古い町が美しいとか、自然が美しいとかはなかったですからね。空襲で焼きつくされた東京が、それだけ醜かったのかもしれないけれど」

「その美しい山峡の町が空襲におびえて騒然としてくる。敗戦間近のことだけど、僕がいたあいだは、天龍川のむこうの村は静かなものだった。空襲警報が鳴ったり、どこかへ避難するということもなかった。飯田の町の人たちは、甲府の次は飯田がやられると思ったんだね」

「大都市がほぼ壊滅したあと、今度は中小の都市の番だったですからね。甲府が焼かれ、上田や長野が艦載機に銃撃されるようになった。飯田も退避命令が出て、近くの田舎へ疎開する騒ぎになったらしい。でも僕は、それはあんまり憶えていないなあ。それより、戦後の大火が怖ろしかったですよ。家も病院もあっという間に丸焼けになってしまって」

「空襲される一歩手前で戦争が終わったっていうのにね。昭和二十二年、君が小学校へ入ったばかりのころだ。うちでも新聞を見て驚いたんだよ」

「ほんとうに物心がついたのは戦後だったし、僕の歳だと、戦時中より戦後が大変っていう経験になるんです。大火のあと、すべてが一変したという思いがあった」

　春恵は一緒に歩きながら、彼女の亡父のことを話した。修造伯父の死はすでに二十年近くも前のことだが、春恵にとって、彼は亡母の死後四十年ものあいだ、一緒に暮らすことのなかったただ一人の父である。半分孤児のように生きながら、忘れることのなかった父である。修造伯父は台湾生まれの後妻とのあいだに二人の子をつくり、先妻の二人の子の寄宿舎暮らしとその後の進学を支え、死ぬまで微生物化学の研究所へかよっていた。健介や春恵との父子の関係は途切れていなかった。春恵は正月に修造さんを訪ねたりもしていた。その年の正月、修造さんは春恵の一家を送って家を出、みずから車を運転し、そして信号待ちで止まったとき、急に意識を失ったのだ。脳梗塞であった。

「あれは昭和天皇が亡くなって五日後だったから、もう十九年目になるのよ。平成と同じ年がたったんだわね。そのあいだに父のきょうだいはみんな、佳代子さんまで亡くなってしまって。あとはあたしたちの番ね」

「みんな広島から東京へ出てきて亡くなってしまった。元気だった人の突然死という点で、伯父さんとうちのおふくろは同じだ。伯父さんは八十近くまで車を運転していたんだよね。車に乗せてくれることは多かったの？」

「多かった。晩年は何だかサービスされてるみたいだった。でも、車を運転しながら、いつも何か思っていて、ぶつぶつぶやいたりするの。何か言いたいことがあったのかもしれない。でも、最後までそれが何かはわからなかった。最後に交差点で信号待ちをしながら、何か言いだしそうになっていた。横から見あげようとしたとたん、がくんとハンドルの上に倒れていた。怖ろしかった。心臓が止まりそうだった」

「あのとき僕も病院へ駆けつけたけれど、伯父さんはまだ精力的に闘いつづけていた。ふくらんだ真赤な顔で激しく呼吸していた。あの最期もおふくろとまったく同じようだった」

春恵はその一年あまりあとに、もう一度心臓が止まりそうな思いをしなければならなかった。まだ四十九歳の夫がとつぜん倒れたのである。進行性の胃癌で、医者には最悪余命三ヵ月といわれていた。

彼はヨーロッパで有名音楽家たちから学んだことを後進に伝えたい一心で、まだ三十代のうちにオランダのオーケストラをやめて帰国し、東京の音大で教え、東京と大阪で教室を開いていた。彼は独自の演奏教育をきわめようとした。生徒は増えつづけた。その仕事に十年うち込んだ末に倒れたのだが、亡くなるまでの半年間、彼はなお病院から生徒のところへみずから通い、動けなくなるまで教えてまわっていたという。

春恵はその後、成長した教え子たちの演奏活動を支えるための仕事を始め、長くそれをつづけた。夫の熱意をそっくり引き継ごうと奔走していた。彼女は残された教え子五、六十人の姓と名をすべて憶えていると自慢していた。

若いころ夫をとおして親しんだ音楽が、彼女のなかに植えつけられたように残ることにもなった。彼女は夫と出会ってから一変した人生の不思議を、いまなお驚く思いでふり返ることがあるらしかった。

寺の境内を出て、駅の近くに喫茶店を見つけて入った。和風の店だが広くて、いちばん年長の園田の叔父を先頭に入り込み、十人揃って坐ることができた。

敬一の母の次の妹佐代子叔母は、すでに五年前に亡くなっているが、その夫である園田氏は、鎌倉までひとりで電車を乗り継ぎ元気な姿を見せた。心臓にペースメーカーを入れているというが、まだ足腰に不安はなく、彼は親族が亡くなるたび律儀に葬儀に足を運び、敬一ともしばしば顔を合わせていた。北海道のあと東京の大学へ移り、長く中国の歴史と文化を教えてきた人である。

昭和二十年、彼は終戦の数ヵ月前に召集され、軍務についたことがあった。当時東京暮らしだったが、妻子を広島の家に預けて出征していった。佳代子さんの日記にそのときのことが出てくる。園田氏が東京へ出発する朝のことである。まだ二歳の長女淑子が、父のあとを慕って離れないので、親子三人一緒に少し遠い電車の駅まで歩いていく。その姿が麦畑のむこうの道を遠ざかり、小さくなる。佳代子さんは、親子三人で歩く姿を見るのはこれが最後ではないかと思う。浩司さんを失い、許婚のK・Sさんを失い、もう一人園田氏をも失うのではないかと思うと胸がいっぱいになるのである。

淑子はいまもその父のそばにいる。静かに付き添うようにしている。彼女は母親の死後、ずっと父の暮らしを助けてきた。妹の道子は札幌で結婚していて、敬一らはめったに会えず、きょうの法事にも来ていない。夫は工学系の研究者で、娘が三人もいるという。

広島の原爆は、園田氏の出征後二ヵ月余のことだった。まだ生まれたばかりの道子と二歳の淑子は、八月六日の朝、母に連れられ街へ出ていた。が、たまたま広島駅の地下道にいて、放射線や熱線に直接さらされずにすんだ。佳代子さんも勤労動員先の工場へかよっていたのに、郊外の工場が無事で、難を逃れている。

学徒動員で学校生徒が爆心地にいて大ぜい被爆しているが、家から女性が一人ずつ「女子義勇隊」として駆り出されるということもあった。佳代子さんの従兄の妻は、隣組の人たちと一緒に建物疎開の後始末をしに出ていて被爆死した。彼女は遠い道を歩いて家へたどり着くと、

「もう目が見えません」と言うや否や倒れた。火傷で顔の表皮を失い、赤い肉がむき出しになっていたという。まだ二十五歳の若妻だった。家人は子供二人に無惨な母親の姿を見せないように苦労しなければならなかった。

佳代子さんの日記にその種の原爆の記録はない。日記は前月の七月末までで終わっている。近くの従兄の家で、少し年上の嫁がむごたらしい死に方をしたことも記録してはいない。その家は洋館で、爆風による被害が少なからずあった。屋根が一部吹き飛び、壁の油絵にはガラスの破片がささらのように突き刺さり、ピアノも傷だらけになっていた。佳代子さんの望月の家は、和風で小さかったからか、位置の関係か、そんなことにはならずにすんだ。

幼い淑子や道子が広島駅であやうく命拾いしたように、勤労動員中の佳代子さんも、従兄の若妻とほんの紙一重のところで被爆を免れている。が、彼女はそのことについて何も書き残さなかった。のちに敬一に話すこともなかった。彼女にとって、その少し前の喪失体験がいかに大きかったかがわかるようだが、原爆はそのあとから止どめをさすように落ちかかってきたことになる。もはや自身の文才を恃《たの》んで次々言葉をくり出すときではなかった。以後彼女の人生は、やがて故郷の過去を失うとともに、ほとんど別のものになっていった。

姉の佐代子さんは、生前俳句を詠んでいて、原爆の記憶を忘れずに、「まなうらの劫火消えざる四十年」といった句を残した。彼女はまた浩司さんの若い白絣《しろがすり》姿をせつなく思い出し、「河童忌に亡兄の面影浮びくる」と詠んだりしている。兄の死を、三十代で自殺した芥川龍之介と重ねているのである。

敬一はかつて園田氏に、「浩司さんは自殺だったんでしょうか」と聞いてみたことがあった。わざと無遠慮にそう言ってみた。園田氏は佐代子さんと結婚後しばらく東京で暮らしていたから、当然浩司さんの死の床へ二人で駆けつけたはずだった。が、園田氏の答えは「わからない」というものだった。それもまたわざとのような簡単な答え方だった。敬一はそれ以上突っ込むことをしなかった。

広い喫茶店の隅の席で、敬一は佳代子さんを偲んで、彼女が残した詩を小声で読んでみることにした。晩年佳代子さんは詩の教室へかよい、詩集を一冊自費出版していた。「春のもてなし」という題だった。年下の夫との再婚後の暮らしが、四季の自然との関係でさまざまにうたわれている。二人で旅をした先の自然をなつかしむ詩も多い。どの詩も娘時代に戻ったような明るさが感じられる。そのなかから、夫婦の日常をうたった短い詩を一篇、敬一は声に出して読んだ。

ままごと

お料理することがたのしくて
季節の彩りを洗い上げては笊に盛る、
あんまりたのしそうなので
誰かさんは私の〝ままごと〟ですって。

その日その日の思いを刻んで
日毎のたのしみを今日も味つけする。

「ああ、ほんと、これが佳代子さんだわ」と淑子が、急に弾《はじ》かれたように声をあげた。「たのしくてって、これほんとなのよ。佳代子さんはたのしいから、ままごとになっちゃうのね。毎日をままごとにしてもいいと思ってる。無邪気なよろこびにいつでも戻っていける。それで、だれかさんなんて言って、幸せそうにしてる。佳代子さんの顔が見えるようだわ」

きょう敬一は、祖父のことを話題にするつもりで、もうひとつ持ってきたものがあった。昔祖父がどこかへ発表した論文の抜き刷りと思われる百ページほどの小冊子である。「ゲーテと植物」と題されている。そんなものがあるとは思っていなかったので、父親の遺品のなかからそれがひょいと出てきて驚いたのだった。

祖父の仕事については、十年以上前に、ある専門家による再評価の文章が新聞に出たことがあった。祖父はドイツ民俗学研究の先駆者とされ、彼の七百七十ページに及ぶ主著『植物に現れた独逸趣味の研究』の内容が紹介されていた。植物にまつわるドイツ民間習俗の万華鏡の趣きがあるということである。

その人は大学へ寄贈された祖父の蔵書を調べて、ドイツから持ち帰った民俗学関係書の千六百余冊が、いまでも他に類を見ないコレクションであることを確かめ、蔵書への丹念な書き込みから、彼が日本最初の本格的なドイツ民俗学研究者であったことがわかると力説してくれていた。

敬一は祖父の主著を知らず、今回父の遺品のなかにはじめて祖父の文章を見つけて園田氏に見せたが、彼も祖父の仕事については何も知らないのだと言った。

「わたしが結婚したのはおじいさんが亡くなってからでね、じつは会ったこともなくて」と、園田氏は恥ずかしそうな調子になった。「あなたのお父さんのように、わたしが直接の教え子だったわけでもない。高等学校も違っていました。だからというのではないが、おじいさんのライフ・ワークについては何も知らずに来てしまって」

「その大部の本は、もう見つからないようですね。その人は二十年探してやっと一冊手に入れたと書いている。いま辛うじてこの小冊子が残っていて、われわれはもはやこれしか読めないわけで」

「どうしておじいさんの主著が大学への寄贈図書のなかに入っていなかったのか。おじいさんはともかく勉強家で、何でも徹底的に調べる人だったらしい。それは聞いていました。人間の値うちは、努力できるかできないかで決まると言っていたそうだ。おばあさんから聞いた話ですよ」

「ああ、そのことは佳代子さんも日記に書いています。息子の修造さんや浩司さんはむしろ才気で生きるタイプだったようだけど、おじいさんはそのことを心配していたといいます。二人ともあまり努力をせずに、才能だけで人にほめられるところがあるのを気にしていたというのだけれど、それでも直接忠告したり叱ったりする人ではなかったらしい」

「おじいさんのこの論文も、たぶん地道に調べた手堅いものなんだろうね。たしかにそれなりに重厚な感じだ」

「そういえば、修造伯父さんが笑って言っていたことがあります。うちのおやじの研究は、ゲーテの作品から植物を全部拾い出して並べただけのものだった。文学研究なんて阿呆らしいもんだなあと言ってね。たぶんこの論文の題だけ見てそう言ったのかもしれないな」

「民俗学ということなら、話は違ってくるから、そう簡単に誤解しないほうがいい。たしかにそれは修造さんらしい話ではあるね」

「厖大な祖父の主著が望月家にも残っていなくて、この抜き刷りのようなものだけが父のところにあったとは、何だかむなしいような不思議な気持ちです」

　祖父がドイツ・ベルリンへ留学したのは、山口高等学校教授のころ、大正十年三月から十一年十二月までの一年半のことであった。敬一はその日帰宅後、同じころドイツへ留学した人の文章にいくつか当たってみた。斎藤茂吉、阿部次郎、小宮豊隆、兼常清佐といった人たちである。祖父は関東大震災の前年に帰国しているが、他の人たちはもう少しあとまで現地にとどまっている。一九二三年前後、第一次大戦の敗戦国ドイツの窮乏時代である。

　日本円が高かったので、祖父は専門書を中心に千六百冊もの本を買って帰ることができた。なかにいまの人が驚く稀覯書《きこうしょ》が含まれていた。祖父ばかりでなく、昔の日本人留学生は、だれもが大量の本を持ち帰ったはずである。かつて日本人の猛勉強時代というべきものがあった。毎年大ぜいの勉強家たちが欧米へ渡った。これまでそのなかに埋もれて見えなくなっていた祖父が、「ゲーテと植物」と題する古びた小冊子のかたちでやっと敬一の目の前に現われ出たのだ。祖父の留学時代の話は聞いたことがなかったが、祖母や佳代子さんも遠いドイツのことは何も知らず、何も話すことができなかったのにちがいない。

斎藤茂吉の滞欧随筆はすでに愛読していたので、敬一はまず阿部次郎のものを読んでみた。「伯林《ベルリン》の夏」という随筆が面白かった。

「独逸《ドイツ》の貧しさが（着いた）翌日から又色々の人の姿をとつて、責めるように私の前に現れ始めた。」と書き出されている。次いで下宿のメイドGの話になる。彼女は孤児の育ちで、穴のあいた靴をはき、破れたスリッパを突っかけている。見るに見かねて金を与えると、「あなたと結婚したい」と言いだす。「野卑」で無邪気な働き者の不幸な娘に作者はほだされもするのだが、だんだん彼女が重荷になってくる。ベルリンの街も現代的すぎて面白くない。一ヵ月暮らしてハイデルベルクへ去るとき、彼は「伯林から脱れ得たという、ほつとした気持」になるのである。

祖父の小論「ゲーテと植物」は、民俗学というよりむしろ文学論に近い。が、文学論として読んで面白いものではない。その文章に彼のベルリン生活をうかがわせるものは何もない。彼の生活感がおのずから生きてくるという文章でもない。阿部次郎の文章と比べて古色蒼然の感がある。ゲーテの詩と散文をたくさん引用しているが、なぜかそれを自分で訳さずに、すべて他人の訳を使っていて、その訳文がどれも粗くて古びている。もしも文学論ならば、彼の永年のゲーテ愛を十分に表わすためにも、ゲーテの文章はすべて自分で訳してみせたはずだ。独自の新訳をひとつひとつ誇示するようにしたかもしれない。だが、彼はその機会を、あるいはその喜びを、すべて人にゆずってしまい、意識的な文学離れを表わしているように見える。おそらくこれは、ドイツ留学を機に文学離れしていく彼の過渡期の仕事なのにちがいない。

調べてみると、祖父と阿部次郎は二歳しか違わない。一高、東京帝大文学部という履歴も同じなら、ベルリンで暮らした時期も重なっている。古くから二人が知りあっていたことは疑いない。ベルリンでも会っていたにちがいない。だが、二人の留学生の経験はずいぶん違っていたのではないか。同窓の二人がベルリンで再会し、十分親しくなっていたとはなかなか思いにくいのである。

阿部次郎の留学は、まず何より「その土地でなければ見られぬものを見」、ドイツの生活を「味解」することを主眼とするものであった。彼ははじめからそう決めていた。

「伯林の夏」のメイドGは、朝晩作者の身のまわりの世話をしながら、結婚を断わられると駄々をこね始め、「あなたは奥さんと私の二人と結婚しなければいけない」「私はそれで我慢しなければならない」と言うまでになる。そんな若い盛りの奔放なメイドの姿を描きながら、中年の作者自身「衷情」を誘われ、動揺する心が語られていく。

阿部次郎は「女の貧に乗じてこれを弄ぶ」のを卑しいこととし、みずから恥辱と感じ、ベルリンを去ることにするのだが、一方当時四十歳の祖父は、おそらくそんな葛藤とは無縁な禁欲生活を送っていたものと思われる。彼はそのなかで、ドイツ民衆の「情緒生活」というものを、買い集めた民俗学関係書の世界にひたすら追い求めていたのにちがいないのである。

佳代子さんは祖父が帰国した翌年に生まれている。姉の佐代子さんは祖父がドイツ留学をする前年の生まれである。敬一ははじめて祖父の小論文に目を通しながら、その文章とは時代が違うような浩司さんの詩を思い浮かべていた。

祖父は息子の言葉の世界とはあきらかに無縁だった。彼はずっと姫路にいて、どうやら息子たちが住むモダンな東京へやって来ることもなかったようだ。親子は別々のまま、彼が当時のベルリンにも東京にも背を向けて完成させた浩瀚《こうかん》な著書が残された。浩司さんはそれを姫路の家で見たはずである。敬一はそのときの様子を思ってみて、浩司さんが何を思ったか、結局何もわからないという気がした。いまはもう見つからないというその一冊の本があった家のなかを想像するのもむずかしかった。

ともあれ、祖父が十分生かそうとしなかった彼の文才は、浩司さんや佳代子さんに伝えられることになった。だが、浩司さんはそれをみずから葬るところまで行ってしまった。佳代子さんの文才も、彼女の二十一歳の年の喪失体験を日記に語り尽くした末に、その後やむなく捨て去られることになってしまう。

一年前、その佳代子さんを、逗子へ抜けるトンネルの上の焼き場で焼き、明るい光のもとで白い骨を拾った。八十二歳だった。五十六歳の祖父の死に始まり、浩司伯父、祖母、母、修造伯父、佐代子叔母につづいて、母方の二代の人々がすべていなくなった。

敬一が生まれた翌年に死んだ祖父の小論文が、いま敬一の手のなかに残っている。祖父その人を思い描くのが困難な文章の古い活字が、ひどく黄ばんだ紙のおもてに埋もれがちになっている。

第二部

第一章　いわき

　その日は幹事六人だけの集まりだった。近く中学校の同窓会をするので、新宿の超高層ビル五十四階の会場を見せてもらった。同じ階のレストランで昼食をとった。同窓会当日、ピアノを借り、運び込んでもらう件などを話しあった。七十三歳の同窓会だった。

　長くアメリカで活躍してきたヴァイオリニストの級友に、当日演奏してもらうことになっていた。敗戦直後、彼はまだ中学生のとき東京でデビューし、やがてよく知られる名前になった。近年彼は、アメリカ人の妻のピアニストと二人で演奏することが多かった。今回も二人のために、ピアノの手配のほか、別に練習場所を確保しなければならなかった。

　その話がほぼ終わったころ、気がつくと、レストランの他の客はすっかりいなくなっていた。三時が近づき、六人はようやく幹事会を切りあげる気になった。

　とつぜん空気が揺れた。レストランの広い床が動き始めた。食卓が傾き、グラス類がいっせいに流れ落ち、破滅的な音をたてた。窓の外に、少し先の超高層ビルが揺れるのが見えた。こちらより細い新しいビルで、建物全体が大きくしなっている。あきらかにこちらより揺れが大きい。怖ろしいようなしなり方である。地震をこんなふうに目に見るのははじめてだと思った。九十年近くも前の、関東大震災以来の巨大地震だろうか。

船のような横揺れのあと、縦揺れが突きあげてくる。すぐ下の小学校の校庭に、子供たちが次々に出てくる。校庭は間もなく、避難の子供でいっぱいになる。そして、そのまま皆動かずにいる。先生が一人走っている。

揺れが十分以上もつづくあいだ、六人は食卓から離れて、壁のベンチ椅子にへばりついたままだった。エレベーターが止まっているという知らせが届いた。レストランも数室並んだ集会室もすでに客はなく、六人だけがとり残されていた。

エレベーターの再始動を待つしかない。が、いつまで待てばよいのかわからない。すでに揺れなくなった超高層の空間で、六人がただ動けなくなっている。半分は女性だが、若いときのように派手な声をあげるでもない。皆話すことさえせき止められたように、何も言葉にならないという様子で坐っている。

一時間もしたころ、レストランのマネージャーが知らせてくれた。他の階の人々が非常階段を使って脱出を始めているという。それなら我々も行こうじゃないかということになり、六人はレストランを出て、五十四階の階段を下り始めた。

下の階はすべて会社のオフィスらしく、そこの社員らが次々に出てきて階段をおりていく。各階の扉には数字の札が出ていて、それが助けになってくれる。数字をひとつひとつ減らすつもりで下ることができる。長大な煙突のような穴の内部の階段である。照明が十分明るいのがありがたい。下るにつれ人が増え、非常階段は人でいっぱいになった。静かな行列が一歩一歩下りつづける。そのなかで、階段の踊り場に坐り込む人が出てくる。次第にそんな人が増えていく。

六人はともかく五十四階分をおりきった。地上階のコーヒー・ショップで休み、ぐったりして足を伸ばした。タクシーは走っていない。電車も地下鉄もすべて止まっているらしかった。ふだんの音も動きもない、見馴れぬ街へおりてきていた。そして、めいめいが家へ帰る方法を黙って考えだした。が、特別な方法は何も思いつけずにいた。

結局、歩いて帰ることにした者と、しばらく新宿にいて様子を見たいという者とに分かれた。岩手県の三陸沖を震源とする地震だという話が伝わってきた。そんな遠いところの地震で、なぜあれほど揺れたのか信じられない気がした。

女性では、元イタリア大使の夫人が、日本橋まで歩いて帰る、と言った。彼女の決断は早かった。長い外国暮らしのあと、彼女は日ごろ東京の街を元気に歩きまわっていた。そのふだんの姿をとり戻して、彼女は道順を確かめたりしたあと、不安がりもせず、皆と別れて真先に歩きだした。あたりはすっかり暗くなっていた。

敬一も五反田の先まで歩いて帰ることにした。ほぼ山手線沿いに七、八キロ歩けばいいはずだった。携帯電話が通じないらしく、公衆電話に並ぶ人の列が長かった。目の前を超満員のバスがのろのろと動いたり止まったりしていた。

代々木へ歩き、踏切りを渡って明治通りへ出ると、急に歩道が人でいっぱいになった。若者が多く、妙にうれしそうに歩いている。車道の車はあきらめたようにのろのろしているが、歩道のほうには群集の活気が生まれている。南へ行く人と北へ行く人が混りあって生まれた活気で、それがなかなか騒がしい。歩道沿いの店はどこも灯があかあかとしている。ファーストフードの店は満席のようだ。

敬一は人の流れに乗って歩くうち、ひと休みしたくなった。探してみると、中華料理の店の二階に空席があった。そこで夕食をとりながら、彼は窓の外のほとんど陽気な人の群れを見おろしていた。この道だけがこんな賑わい方なのだろうか。元イタリア大使夫人の日本橋への道も同じだとは思えなかった。こちらは繁華街に近いが、彼女は皇居の北を横切ってもっと人の少ない道を歩きつづけ、夫が待つマンションへたどり着くはずだった。現在元大使は、外交官生活をふり返る回想録を書いているところだと彼女は言っていた。

食後敬一は、再び騒がしい避難者の流れに加わり、歩きつづけて原宿から渋谷へ出た。渋谷駅はシャッターをおろしていて、暗い駅のまわりに人が群れていたが、そちらは思いのほか静かだった。ふだんの賑わいは消えていた。人々はシャッターをおろされても怒るでもなく、電車が動くまでともかく辛抱して待つつもりのようだった。

恵比寿、目黒を経、五反田の先へ川沿いの道を歩きながら、敬一はマンションのエレベーターのことを考え始めていた。住まいは二十階なので、もしエレベーターが止まっていたら万事休すだと思った。二十階まで階段を登ることは、もうとてもできそうになかった。

マンションへ帰り着くと、ひと気のないロビーの先に、エレベーターは一台を除いて三台が動いていた。一度止まって復旧したのだということだった。救われたという思いが来た。すでに十時を過ぎていた。

部屋へ入ると、すぐに異常は見当たらなかったが、奥の書斎の本棚の一つが倒れ、床一面を本が埋めているのがわかった。テレビをつけると、地震の規模が予想外の大きさだったとくり返している。岩手から茨城にかけて、五百キロにわたる沖の断層が壊れたのだということだ。海辺の町が津波に襲われる画面が現われる。気仙沼や陸前高田はほぼ壊滅状態だと伝えている。

ひと眠りした翌日、報道はさらにくわしくなった。テレビは朝から晩まで地震のニュースばかりだった。津波が襲うすさまじい場面がくり返された。北から南へ十いくつもの漁港が、次々に大量の泥水に呑まれたことがわかってきた。

福島県の原子力発電所も津波に襲われていた。そのニュースが次第に大きくなっていった。原発は津波のせいで冷却機能を失い、まずいちばん古い炉の建屋が水素爆発により破壊された。消防車による注水が始まった。政府は半径二十キロ圏の住民に避難指示を出した。

その半径二十キロ圏の南端近くにいわき市がある。いわきは現在全市で断水、停電中だという。敬一はそれを知り、すぐにいわき市平《たいら》の有田家へ電話をしてみた。その日一日何度もかけた。が、電話は一向に通じない。いわき市の海辺は津波にやられているらしいが、有田家は古い平の町の高台にあるので、津波の被害は考えにくい。そう思って、当面連絡をあきらめることにした。

有田家は親戚でもないのに、長く親しくしてきた家だった。実際敬一は、実家の親戚とはつきあいが少なく、その代わりというように、親族とは無関係な、しかも往き来するのにかなり距離がある家と、半世紀以上ものあいだ、変わらぬ親しい関係をつづけてきたのである。

有田家は、敬一の中学時代の級友有田武夫の親戚だった。中学校を卒業した年の夏、級友有田と常磐地方へ旅をした。その途中有田家へ寄り、泊めてもらった。二人は翌日もっと先へ行き、裏磐梯の山を歩いた。そのとき以来の長い関係だった。

有田武夫は父を早くに亡くし、母と姉と三人で暮らしていた。母も姉も働いていたので、彼の家はいつもがらんとしていた。中学から高校にかけて、敬一はその家を何度も訪ね、有田も長い距離を敬一の家まで歩いてやってきた。有田は常磐地方に親戚が何軒かあると言い、そこを頼って一緒に旅をすることにしたのだった。

有田家の人たちを知って、敬一はすぐさま親しい気持ちをいだいた。そしてその後、東京からひとりで訪ねていくようになった。親戚の級友をさしおいて、勝手に訪ねるようになっていた。有田氏は洋画家で、妻の奈津子さんはピアノを教えていた。常磐地方には珍しい芸術家夫婦の家だった。子供が三人いた。

平の有田家へは四日後に電話がつながった。末娘の理恵さんが電話に出た。電気は復旧したが断水がつづき、近所の湧き水をもらって暮らしているという。ガソリンが足りない。だからあまり動けない。平は原発から三十キロ離れていて、町の人は放射能のことは特に心配してはいないけれど、このままここを動けないとなると困る、と理恵さんは言った。声を明るくして要領よく話してくれた。

九十五歳の母奈津子さんのこともあった。地震のときベッドが傾いて、危い目にあったのだという。昨年末、奈津子さんは脚の血栓による壊疽《えそ》のため、右脚を切断しなければならなかった。敬一が一年、平へ行かずにいたあいだに、そんなことになっていた。テニスが何より好きで、何十年もテニス・コートを駆けまわった脚だった。理恵さんは同じクラブのテニスのコーチと結婚をし、いまは母親と一緒に暮らして、片脚を失った奈津子さんの起居を助けている。彼女は性格の強い母親を信じて、敬一にこまごまと話すでもなく、ただ家族の無事を伝えられるのを喜び、声を明るくしていた。

福島の原発事故のせいで、東京でも三時間の「計画停電」が始まった。電車は「二割運行」ということだった。余震がつづいていた。物流が滞ることの不安があった。有田家の人たちが平の町で動けなくなるとしたら心配だと思った。奈津子さんが元気いっぱい生きつづけ、夫の死後十五年も生き延びて、そのあげく動きがとれなくなってしまう最期を考えたくはなかった。

停電の時間ではなくても、東京の街は何となく薄暗かった。節電が行き届き、電飾看板のたぐいはすべて消えてしまった。スーパー・マーケットはごった返していた。豆腐や納豆や牛乳など、食品の棚がはや空っぽだった。米を買う人も多かった。

電車が頼りにならないので、敬一は電動自転車を漕いで少し遠くまで出かけた。白金の台地を越えた先の税務所まで、年度末の申告書を出しにいったりした。人も車も少ない、真面目な節電の街だった。少し大きい余震が来ることもあったが、敬一はエレベーターが止まることをいちいち心配せずに街へ出ることにしていた。自転車で走るのにふさわしい空っぽの街がひらけていた。

一ヵ月後、有田奈津子さんがいわき市から車で運ばれてきて、川崎市の介護施設に入った。長女の涼子さんが川崎市生田《いくた》に住んでいて、奈津子さんはまずその家へ運び込まれた。理恵さんがつき添い、夫の矢島氏が運転して、まっすぐ国道を飛ばしてきた。生田で涼子さんが母親を受け止め、介護の施設をすぐに見つけることができたのだった。

敬一は生田の丘の上の新しい施設へ訪ねていった。広い集会室へ、片脚を失った奈津子さんが車椅子を押されて現われた。冬のあいだにノロ・ウイルスに感染し、相当弱ってしまったと聞いていた。たしかに体が小さくなり、顔の肌色が抜けたように白くなっていたが、人を見たとたんさっと明るむ表情は変わっていなかった。テニスをしていたころの生気が、まだ幾分か上半身に残っているかに見える。言葉もはっきりしているが、理恵さんの話によると、いわきから川崎へ来ていることがわかっていないようでもある。長女の家も施設も、区別がつかないことがあるらしい。右脚がないことを忘れて、夜中にベッドから起きて、ころぶこともあるのだという。

皆揃って広いテラスへ出、春の陽を浴びた。遅い桜が咲いていて、丘と谷の眺めが明るかった。過去何十年も、奈津子さんのまわりには常にたくさんの人がいた。いまはたった五人だけだが、それでもその五人がテラスを占領していた。奈津子さんが声を出していないのがおかしく思えるようだった。かつていわきの家を訪ねるたびに、彼女の声が響く賑わいのただなかへ飛び込んだものだったが。

平の家は旧藩の城あとの高みにあり、この出来たての施設は生田の丘陵の尾根道にある。どちらも高い場所で、もはや奈津子さんに平と生田の区別がつかないのも不思議はないと思いながら、敬一はその人の車椅子のうしろに立ち、自分も春の陽光のなかへ、過去六十年の月日のなかへ、やがて消えていきそうに感じていた。

平からここまで、車の移動に耐えられてほんとによかった、と思った。彼女の九十五年を支えつづけた体の強さがまだ残っていたのだ。戦争前の時代に、わがままいっぱいに育てられた体だった。もともと関西の人で、大きな商家の八人きょうだいの末っ子だった。薄暗い家のなかにいるのが嫌いなたちだったらしい。テニスを始めたのも、まだテニス・コートなどろくになかった昭和のはじめの女学校時代だった。

それより前、小学生のころ、彼女はピアノにあこがれ、父親にねだってドイツ製のピアノを買ってもらった。そして熱心に練習しては、レッスンを受けに家を飛び出していった。女学生になってから東京へ出、東京音楽学校へ入った。すでに音楽で生きようと思い定めていた。おそらく彼女の怖いもの知らずの自由感は、当時の東京のモダニズムの空気のなかでいっそう強められたのにちがいない。

音楽学校の向かい側に美術学校があった。両校の生徒は自然にグループ交際を始めていた。奈津子さんは常磐湯本出身の画学生有田誠治氏と親しくなる。そして卒業後、めでたく結婚することになるのである。二人は池袋の先、東長崎のいわゆるアトリエ村の一軒で暮らし始める。そのうち誠治氏は、洋画モダニズムの新会派の団体展へ毎年出品するようになっていく。

　それは敬一の叔父浩司さんが、吉祥寺で詩作にはげんでいたのとちょうど同じころである。歳もほぼ同じだった。文学畑の人たちが世田谷や中央線沿線に集まっていたのに対し、美術のほうは学校に近い池袋のへんに多く住み、おのずから両者は別々になっていた。浩司さんと誠治氏は、どちらも新しい芸術を求めて上京しながら、東京は広くて知りあうことにはならなかった。

　そのうち、遠くの戦争がじわじわと身近に迫ってくる。日米開戦以後は、一年一年と戦時らしさが強まっていった。浩司叔父の場合は、夫婦関係が少しずつおかしくなっていったのかもしれない。が、誠治氏と奈津子さんのあいだが、窮屈さを増す戦時社会で少しでも変わるということはなかったらしい。奈津子さんは天性の楽天家だったし、誠治氏は毎日ごくおだやかに、絵のことだけ考えているという人だったのだから。

　二人にとって、敗戦前後はさすがに厳しい数年になった。が、奈津子さんはそこをくぐり抜け、強い体で戦後の七十年近くを生き抜いた。そしていま、片脚を失い、恐るべき地震を経験したあと、生田の施設のテラスから谷間の桜を眺めている。人に答える声ははっきりしているが、会話は成り立ちそうで成り立たない。彼女が何を思っているのかはわかりにくい。平の家からの車の移動がつらかったのではないかと敬一は思うが、彼女はそんな移動はなかったかのように、何も語らずに、ここの陽光のなかでただ動かずにいる。

日が傾き、理恵さんの夫の矢島氏の車で近くの駅まで送られた。二日後にはまたいわきへ帰るのだと矢島氏は言った。敬一はいわき市の現状について少しくわしく聞いてみた。平の高台ではともかく暮らせるが、それでも魚は全然入ってこなくなった。いわきの海辺は津波にやられ、ひどいことになっている。しかも原発事故で福島全県、漁ができないでいる。原発事故の被災地から人が次々にいわきへ来ている。南からは被災地支援の人たちが入ってくる。平は急に人が増えてごたごたしてきた。……

関西出身の矢島氏はくり返し魚のことを言った。

「われわれにとって、いわきは何が魅力かといえば、ともかく魚でしたからね。あれだけ豊富に、いろんな魚が食べられたんだから。それがとつぜん食べられなくなった。いつも買っていたあの魚屋も店を畳んでしまいましたよ。森本さんがいわきへ来るたびに、あそこへ山ほど買いにいったものだったのに。いつまた食べられるようになるのか。その点ちょっと深刻ですよ。風評被害っていうのもなかなか厄介ですからね」

有田誠治氏が八十一歳で亡くなってからはや十五年になる。奈津子さんはもともと体が丈夫だったが、誠治氏は弱いほうだった。若いころも活発な奈津子さんのそばで温和に微笑みながら、いつも自分の絵のことを考えていた。決してテニスなどしようとはしなかった。昭和十九年夏、そんな静かな誠治氏のところへも召集令状が来た。奈津子さんは、日ごろ争いごとの嫌いな、体力のない「丙種合格」の夫まで兵隊にとられるようでは、もう戦争は負けたも同然だとはっきり思ったということだ。

誠治氏は広島・宇品の兵器工場へ配属された。原爆のときは地下室にいて、直接の被爆は免れている。敗戦により復員し、出征したときと変わらぬ姿で遠い東北の温泉町までひとりで帰ってきた。それでも、戦後何かと体調の悪いことがあった。結核にもかかり、何年か療養しなければならなかった。

高校生の敬一がはじめて常磐湯本の有田家を訪ね、泊めてもらったとき、誠治氏はすでに病いが癒えて、秋の団体展に向け大きな絵の制作にはげんでいた。湯本は常磐炭坑を控えた温泉町で、江戸時代から福島の浜通り随一の遊興の地として知られていた。有田家の隣りも温泉旅館で、夜になると庭づたいに三味線の音が聞こえてきた。

戦時中、誠治氏が出征したあと、奈津子さんが東京から湯本の家へ疎開したのは昭和二十年春のことである。すでに長女の涼子さんが生まれていた。それまでのアトリエ村の毎日から一転して、子連れで温泉町の旧家に住み込む暮らしに変わったのだった。奔放な奈津子さんにとって、それがどういうものだったかは想像にかたくない。が、同時に湯本の有田家の両親にとっても、奈津子さんという人はどれほどケタはずれに見えたことだろう。日ごろの立ち居振る舞いがまったく違う。彼女の激しい動き方は、戦時の沈滞した温泉町にどんな波紋を投げたことだろうか。

若い奈津子さんは、まだやっと歩きだしたばかりの涼子さんの手を引いて、町を抜けて田舎のほうへ、あてもなく歩きまわるような日々をすごしたらしい。戦時下にピアノの音を出すなどもってのほかだった。彼女は自分がやれることはもう何もなくなったと絶望しかけた。そして郵便配達ならできるだろうと考えた。が、それも舅に止められて、男手が少なくなった郵便局に勤めることもできなかったのだという。

高校生の敬一が友達と一緒にはじめて泊めてもらったとき、長女の涼子さんはすでに小学校五年生になっていた。長男の和彦さんは一年生、次女の理恵さんはまだ四つだった。すでに大っぴらにピアノが弾ける時代に一変していた。古い家の玄関先を閉ざして広いアトリエに作り直してあった。奥の座敷に新しいグランド・ピアノを据え、庭に面した縁側が開け放たれていた。

舅はすでに亡かったが、お姑さんは健在で、高校生二人は彼女のやさしい心遣いを受けた。ひとり生き残った旧家の女性の昔風の親切だった。のちに奈津子さんは、あのお姑さんがいてくれたので、自分はあの時代に何とかここで暮らすことができたのだと言っていた。

誠治氏の復員後、子供はたちまち三人になったが、奈津子さんはお姑さんに助けられながら、ピアノ教育の仕事を始め、それが順調に広まっていった。ピアノを習いたい人が遠くからも来るようになった。敬一がはじめて知った有田家は、テレピン油の匂いのする洋画家の家であり、また同時に、生徒が増えつづけているピアノ教室の家だった。そのころ、畳の部屋をぶち抜きにして、家全体が小コンサートの会場になることもあった。ひたすら西洋音楽に触れたいという思いで十人二十人と人がやってきた。

誠治氏のほうは、近辺の炭坑や漁港へ出かけて、労働する人たちの姿を描くことが多かった。

モダンなすっきりした描線の、大きな絵に仕立てていた。誠治氏は敬一に、漁港のほうを案内してくれることがあった。湯本の温泉町とはまるで違う海辺の世界がひらけた。長女の涼子さんが一緒のこともあった。灯台へ登ると、視野の隅まで太平洋が一挙に広がった。

　涼子さんは、小学校から中学校へかけて、ちょうど伸び盛りの少女だった。半分はいわきの海の世界の陽を浴び、またもう半分は炭坑近くの山道のほの暗さに染められながら育っていた。背はすっきりと伸びて見る見る高くなった。

　磐梯の谷間のスキー場へ一家で出かけたりした。敬一もスキー靴を買い、一緒に雪の山地へ入り込んだ。高校のころ歩いた山が、冬には一変して深々と雪に埋もれていた。ゲレンデで半日遊んで宿に帰ると、部屋の炬燵にあたりながら夫妻の昔話を聞いた。誠治氏も奈津子さんも、戦争前にスキーを経験していた。戦後十年もして落着くと、磐梯の山へ滑りにいき、ゲレンデの下の谷間の温泉宿が馴染みになっていた。歓楽的な湯本の町から山の温泉へ入り込むと、雪に埋もれた音のない毎日に切り替わった。それがまた別の楽しみになった。美術も音楽も忘れて雪の宿に一家でこもる数日がまた心楽しかった。

　すでに大学卒業のときが来ていた。敬一は二月の寒さのさなかに、ひとりで北海道へ旅をすることにした。社会へ出る前に、白く凍りついた土地をさまよい歩きたかった。上野を出た列車は、思いがけず早く雪の世界へ入った。右も左も雪の山になった。いつもの常磐線ではない、東北本線の車窓が目新しかった。敬一は東北の山地をさらに奥へと突き進む思いで、暮れ方の窓外に見入っていた。

北方の冬の世界が冷たく荒涼としてきた。賑やかな湯本の家からどこまでも遠ざかる旅になった。青森に至ると、寒さが一段とつのり、これはもう北海道だと思った。青函連絡船の桟橋は凍りつき、鈍く光っていた。

その後ほどなく、有田家は湯本を引き払い、隣りの平《たいら》へ引越すことになる。長くつづいた家が片づいてしまうと、古い街との関係はほとんど何も残らなかった。有田夫妻は平で一段と自由になり、あらたに新天地がひらけたように見えた。平の家は、下の街から離れた旧藩の城あとの住宅地に、若手の建築家の設計で新しく建てられた。太い木材を大胆に使ったモダンな二階家だった。

そこへ、誠治氏の絵の弟子たちや、奈津子さんのピアノの生徒たちが、急坂を登って集まってきた。その数は一段と増え、特に奈津子さんは日々忙殺されるようになった。敬一は会社勤めを始めていたが、勤めのひまをみて平まで出かけ、有田家の新しい賑わいのなかへ入り込んだ。

日ごろ敬一も東京でせわしなく働いていた。経済の成長が社会を変えつつあった。その動きが日に日に騒がしくなった。たしかに世間は繁盛していた。敬一はそこから抜け出て平まで来ると、城あとの家へ登って来る子供たちにも同じ繁盛の勢いがあるように思った。

誠治氏は平へ移ってから、それまでの具象画から、モダニズムをもっと進めて抽象画に切り替えていた。敬一は毎年、東京の団体展で彼の新作を見ていたが、具象から抽象への目覚ましい変化をそこで知ることになった。戦前から彼を目立たせていたデッサン力は、思いきりよく捨てられていた。

誠治氏の抽象画は、やがて鮮やかなカゼイン・カラーで染めた和紙を貼りつけるコラージュ技法の作品になった。それまで隠れていた複雑な色彩世界が、一挙に解放されたように見えた。各地の和紙を探してまわり、古道具屋で買った古文書を直接貼りつけたりもしていた。和紙のさまざまな質感が生かされ、マチエールの独特な厚みをつくり、それがどこまでも広がる大きな絵になっていた。

彼の新しい仕事が成功しているらしいことが敬一にもわかった。団体展に出品するだけでなく、東京で何度か個展がひらかれるようになった。そして、時に欧米のコレクターに買われるということがあった。平へ転居してから、一九六〇年代は誠治氏の成功の十年となり、いわきの地からもっと広い場所がひらけていくように見えた。

奈津子さんのピアノ教育も、彼女の信じる道をまっすぐ突き進んでいるようだった。建築家の作品であるモダンな家は、二階に広々としたアトリエがあり、その下に同じ広さのピアノの部屋があった。奈津子さんは強面《こわもて》タイプの先生で、よく大声で生徒を叱った。彼女の感情は時に爆発して、まるで広いレッスン室を揺るがすようだった。

その真上に、何時間も声を出すことなく制作にはげんでいる誠治氏がいる。彼は階下から奈津子さんの大声が聞こえるたびに、身が縮む思いをしなければならない。生徒が帰っていった暮れ方、彼は階下へおりて妻の顔を見ると、「君はどうしてそんなに怒るんだ」と、彼自身がこわがっているような声で言う。それが一日の仕事を終えて顔を合わせた夫婦の、最初の会話になったりした。

そのころ奈津子さんは、家の近くの高校でも音楽の授業をもっていた。男ばかりの進学校で、彼女は大ぜいの真面目な男子生徒を相手にし、それを楽しんでいた。もしかすると、彼女にはそんな仕事がいちばん合っていたのかもしれない。家でピアノを教えるより楽しいようで、大声で怒ったりすることもないらしかった。高校では合唱団を一からつくり、その指揮をして、何も知らなかった男の子たちの目をひらかせていった。夢中になってついてくる生徒が何人も現われた。

ピアノの教え子は女性が多かったが、そのうち国内のコンクールの賞を得て、東京でコンサートをする人が出てきた。敬一はそんなことがあれば聴きにいき、演奏者や奈津子さんと会い、一緒に街を歩いたり食事をしたりした。誠治氏とも個展のたびに東京で会っていた。敬一のほうも、せわしない仕事の毎日から抜け出て平へ出かけた。城あとの家へ急坂を登っていくと、空が明るくて、一歩一歩気が晴れていく思いがした。

敬一は会社に九年勤めて、転身のときを迎えていた。先のことをあまり考えずに、チャンスをとらえてともかく自由になろうとした。定職を捨てる覚悟ができていった。郊外の家から都心へ出ていき、単身者のアパート暮らしが定まった。毎日が一変し、それまでの動きとはまるで違う動き方になった。つきあう相手が変わっていった。日ごろの動きが自由になると、平まで行くことも増えた。誠治氏と奈津子さんは、敬一の転身を素直に喜んでくれた。

そのころ、国立の高等工業専門学校（高専）が平にも出来ていた。経済成長を支えるエンジニア養成の学校だった。奈津子さんはそれまで長く勤めた高校をやめて高専に移り、同じように音楽を教え始めた。誠治氏も同じ学校で美術の授業をもつようになった。奈津子さんは高専にも合唱団をつくり、教室で歌っていた男子生徒たちが、奈津子さんを慕って城山の家へやって来るようになった。卒業してもそれは変わらず、敬一がいつ行ってもだれかが来ていた。敬一より十年ほど年下の人たちだった。会社にいたあいだに、それだけ年がたったのだ、ほとんど一世代が過ぎていたのだ、と思った。彼らはすでに大きな工場をもつ会社の社員たちだったが、有田家通いをやめてはいなかった。むしろ前より熱心なくらいにやってきて、家族のなかに入り込んでいた。

長女の涼子さんは、東京の大学を卒えて家へ帰ってきていた。長男の和彦さんと末っ子の理恵さんはまだ卒業前だった。理恵さんだけがお母さんにピアノを習っていた。その家族に高専を出た人たちが加わり、有田家はいっそう賑わうようになった。奈津子さんを中心にした拡大家族ともいうべき世界が出来た。それは県外の工場で働く高専出の人たちの、いわきへ帰り着いた喜びがおのずからつくり出す世界でもあった。

敬一は転身後、二、三の雑誌の仕事をしながら、どこへ流れ着いてもいいような動き方をしていた。ひとりで紛れ込んでいける世界が広く、その広さがありがたかった。が、やがて祖父や父や浩司叔父の記憶につながる道がひらけた。経済社会との関係を断ち、文学の畑へ入り込んでいた。つきあう相手がまた変わった。だが、そこの世界はむしろ狭かった。敬一は漫然と歩きまわるということをしなくなった。

そんな毎日のなかで変わらなかったのは、いわきの有田家との関係だった。敬一は時に東京の人づきあいから離れて常磐線の列車に乗り、茨城から福島にかけての海辺の道を北上していった。その旅の楽しさは変わっていなかった。高校一年のときからかよった道を、いまや十年も年下の人たちが待つ家へまっすぐに向かっていた。自分自身も海辺の道も、昔と何ひとつ変わっていないような気がした。

第二章　別れ

秋になってから、敬一は生田の施設へ再び奈津子さんを訪ねた。ドイツのミュンヘンから石田勉さんが来たので、一緒に行くことにした。勉さんは平高専出身のテノール歌手で、敬一が有田家で親しくなった一人だった。

彼はミュンヘンへ留学し、ドイツ人女性と結婚し、地方都市のオペラ二箇所で専属歌手をつとめたが、その後ミュンヘンへ戻って国立オペラの合唱団に入っていた。彼はそのバイエルン国立歌劇場の日本公演のため帰国していたのだった。

原発事故の放射能汚染の風評は、ドイツでも広まっていた。オペラの日本公演も危ぶまれていたようだ。道具方やオーケストラを含む総勢四百人のうち、百人ほどが不参加となった。不参加は合唱団の人に多かった。そのぶんを補うため、日本で補充組の練習が始まっていた。

「原発事故のドイツの報道がちょっとひどくて」と勉さんは言った。「それで、みんなまだ怖がっているんですよ。もう半年にもなるのにね。はじめのころは、テレビなんか死の国日本といった報じ方だった。ほんとはみんな日本で歌いたかったのに、家族も心配するもんだから、棄権する人が増えてしまった。マスコミが煽りたてたからなんですよ」

彼はほかの団員たちより早めに帰国していて、きのうは日本人合唱団のため、通訳の仕事をしてきたのだと言った。

二人が生田の山の上の施設に着くと、ロビーに車椅子の老人たちがぎっしり詰まって何かを待っていた。そのなかに奈津子さんもいて、混んでいて近づけないが、手を振るとすぐに気づいてくれた。

ロビーに舞台がつくられていて、「敬老の日」の催しものが始まった。インドネシアの女性たちが、ガムランの音楽に乗ってバリ島のダンスを踊った。老人たちが静かに見入り、静かに手を叩いて終わった。長い踊りではなかった。そのあと、自室へ戻る車椅子の人をひとりひとりエレベーターに乗せるのに手間どった。車椅子同士が音たててぶつかり合い、ひとしきり混乱しなければならなかった。

奈津子さんはいったん自室へ戻ってから、あらためて車椅子を押されて階上の集会室へ出てきた。すでにほかに人はなく、広い部屋で三人だけになった。奈津子さんは一段と小さくなった体からしっかりした声を出し、明るい表情で広い空間と向きあっていた。が、話し始めてみると、目の前の勉さんがミュンヘンから来たことがわかっていないらしく見えた。ミュンヘンには彼の妻と三人の女の子がいて、奈津子さんもよく知っていたのだが、勉さんに家族のことを聞いたりすることもなかった。それに、オペラのことを何か言うでもなかった。

もしかすると、敬一ら二人と平の家で話しているつもりなのかもしれなかった。それも勉さんがまだドイツへ渡る前の、敬一も勤めから解放されて間もないころの、平の家に戻っているつもりかとも思えた。当時勉さんは足しげくかよってきていたし、敬一も平へ行くことが増えていた。奈津子さんの教室からは、勉さんのほかにもプロの音楽家になる人が出始めていた。彼女の生涯の盛りの時期だった。そのころの勉さんと敬一が、いま平の家へやってきたということなのかもしれなかった。そんな二人を彼女は歓待しているというふうに見えた。

　面会時間というものがあるので、やがて奈津子さん担当の介護士の青年がやってきた。敬一らと別れの言葉を交わすあいだ、奈津子さんは明るい声をあげつづけた。が、自室へ帰る彼女を見送るうちに、敬一はこの半年で彼女の老いがまた進んだのではないかと思うようになった。そんな印象があとになるほどはっきりしてきた。

　勉さんと一緒に帰る道で、二人とも言葉が少なかった。

「でも、ほんとにあれでいいのかどうか」と、勉さんも顔を曇らせていた。「たしかにあの先生らしさはまだあったけど、何だかちょっとおかしい。やっぱり僕は心配だなあ。オペラの公演が終わったらもう一度来てみますよ。ドイツへ帰る前にもう一度」

　石田勉さんがドイツ人のイザベルと結婚し、ルール地方のゲルゼンキルヘンのオペラで歌い始めた年、奈津子さんは夏に彼の新居に泊まりにいき、あとから敬一も訪ねていった。その翌々年には、敬一は石田夫妻の休暇先へ奈津子さんを連れていく鉄道の旅をした。休暇先はオーストリアのチロルだったが、デンマークのコペンハーゲンから海を越え、ドイツを南下する旅になった。国境をオーストリアへ越えた先のクフシュタインまで行く簡易寝台車《クーシェット》の旅だった。

長旅の夜が明けてミュンヘンに着くと、中央駅へは寄らない列車だったので、郊外の駅が閑散として、見馴れない田舎の朝の眺めが広かった。奈津子さんは車中ずっと静かだったが、朝の光のなかでも言葉少なく、どこか自分の思わぬ静かさに戸惑っているかに見えた。ヨーロッパの田舎であまり声も出さずにいる自分を不思議がっているようだった。

ミュンヘンのあとほどなくクフシュタインに着いた。長い列車の最後尾のへんにはプラットフォームがなかった。ヨーロッパの鉄道は、うしろのほうがプラットフォームからはみ出して停まることがよくあった。敬一はこわがる奈津子さんの手をとって、彼女を線路の砂利の上におろした。隣りに貨物列車が停まっていたので、そのあいだの狭い隙間に立って、乗ってきた列車が動きだすのを待つことにした。列車が行ってしまうと、線路のむこうの小さな駅舎に、石田夫妻が迎えにきているのが見えた。奈津子さんはプラットフォームへあがると駆けていき、夫妻と抱きあうようにして二年ぶりの再会を喜びあった。ようやく声が出ていた。

ひと夏イザベルの伯父さんから借りたという家は、岩山がむきだしのカイザー山脈のふもとにあった。小さな湖水と広い牧草地に面していた。敬一も三、四日泊めてもらい、あとはひとりでまた鉄道の旅に出ることにしていた。

朝晩の食事は、イザベルが重くないものをつくってくれた。家の前庭にカンバスの椅子を出し、裸の岩山を見あげながら何時間も過ごすことがあった。岩山の稜線に、登山者の頭が動くのが見えた。近くにテニス・コートがあるので、奈津子さんと勉さんはテニスに出かけた。テニスコートではじめて、奈津子さんのいつもの声が出た。敬一は近くの低山をひとりで歩きまわった。

カイザー山脈とは反対側の山地に、高地の牧場アルムが広がっている。森を抜けてアルムへ出ると峠があり、山小屋がある。緑一色の牧草地の道をたどって下ると昼になっていて、湖畔の町の避暑客たちのあいだで昼食をとることができた。

それから敬一は短い旅に出た。二週間ほど家を離れ、オーストリアとドイツ南部をざっとひとまわりして帰ってきた。路線バスで帰ったが、バス停に奈津子さんら三人が待っていたので驚いた。電話で帰る日を伝えてはあったが、何時ごろ帰れるか、自分でもわかってはいなかった。それでもイザベルが、きっとこのバスで帰るからと断言し、迎えに来たのだということだった。バスを降りると、三人のほか人影もなく、ただ閑散とした明るい村の午後の眺めが広がっていた。イザベルの頭のなかに、この田舎を通る人の動きがいちいち見えているのかもしれないと思った。彼女の心の休暇らしさが深まっているのがわかった。

結婚後はや二年、イザベルは妊娠七ヵ月くらいで、おなかが目立っていた。その体で、すぐ前に見えている湖水へ泳ぎにいくことがあった。彼女が芦の生えた岸辺からそろそろと水に入るのを、ある日敬一は見守っていた。そんな運動をすすめられているらしかった。決してきれいな水ではなかった。何分も泳がぬうちに、彼女は早々に水からあがってきた。「こんなことそうそうできるもんじゃない、もうやめるわ」と言いたげだった。

勉さんはテニスの相手をしながら、奈津子さんの動きにいちいち関わり、小まめに世話を焼いているらしかった。奈津子さんは平の家とは違う異国の別荘暮らしで、ほとんど声をあげることもなく静かにしていたが、勉さんはそんな恩師をいたわっているかに見えた。奈津子さんは平高専の教え子がこちらのオペラで活躍しているのを喜ぶばかりでなく、彼のもうひとつの特技である女性相手のまめやかさに心癒やされる思いだったのにちがいない。

石田夫妻に子供が生まれてから、奈津子さんも敬一も彼らの家で世話になることはなくなった。十年以上たち、今度は夫妻の子供たちが日本へやってくるようになった。そして平の家で有田家の孫たちと一緒に遊んだ。それから福島の海や山を見にいった。

イザベルも何度か日本へやってきた。勉さんが平で入院したときは、翌日の飛行機で飛んできた。夏の暑い盛りで、イザベルは平の家の外へ一歩出たとき、ミュンヘンとはまるで違う暑熱にたじろぎ、「これは凄い」とつぶやいてしばらく動かなかった。

生田の丘へ奈津子さんを見舞ってからひと月後、中学校同期会の幹事がまた集まった。地震のときと同じ五十四階のレストランで昼食をとった。だれにも地震の被害らしきものはなく、前と同じ顔ぶれだったが、一人だけ出てこられない人がいた。放射線医学の専門家として知られている男だった。

原発事故以来、彼は多忙をきわめ、海外の国際会議に出ることがあった。翌月に迫った同期会の当日も、国際会議の日程と重なって参加できないことを知らせてきていた。

あれだけ大きく揺れたレストランも、いまは微動だにしていない。損傷ひとつなく、もとのまま何も変化はないようだった。地震のことはだれも直接話題にしなかった。元イタリア大使夫人は、あの日日本橋まで帰るのに苦労したはずなのに、もうそんなことは何も話さなかった。その代わりに、近くちょっとした展覧会をやるので見にきてほしい、と言った。彼女が三十年来集めてきたコレクションを並べるのだという。それは万年筆が出来る前の携帯用インキ壺、インク・ウェルのコレクションで、いろいろと面白い形のものがある。英国へ行くたびに、彼女は田舎の教会のアンティック・フェアなどでひとつひとつ買い集めてきた。英国は彼女が若き外交官と結婚して何年も住んだ国だった。

そのあと、彼女のアメリカ時代の話になった。夫君がニューヨーク総領事をしていたころ、彼女はロココ調の立派な総領事公邸で、夫の公的な社交生活を支えて、裏方の仕事をひとりで仕切っていた。日本から首相がやってきて、大晩餐会をひらくときなど、職員たちを指揮するのは大仕事だった。総領事夫妻は公邸に住んでいたのだが、客人が喜んでくれる豪華な公邸も設備が古く、エレベーターがよく止まり、アパート住まいのほうがどれだけ気楽だったかわからない、と彼女は話した。

アメリカの話が出たので、彼女につづいて、十年前の九・一一同時多発テロで息子を失った男が話しだした。彼の息子は日本の銀行のニューヨーク支店員だったが、ハイジャックされた飛行機が突入した二番目のビルにいて亡くなったのだった。

その後彼は、毎年マンハッタンの現場の追悼行事に参加し、日本人の合唱団のための曲をいくつもつくり、それをまとめて『九月十一日のあとで』という小冊子を出していた。彼はその歌詞集を何部かとり出し、皆にまわして読んでもらっていた。
そのなかに「小さな鶴（折り鶴の旅）」という詞がある。事件で大切な人を失った人たちがつくった折り鶴がいっせいに飛び立つさまが歌われている。

鶴よ
一辺が十五センチの真四角な
紙きれから折りだされた
小さな鶴よ

一羽・三羽・五羽
テーブルの上に並べられ
飛び立つ時を待っている
小さな鶴よ

大切な人を奪われた人たち
妻や子供らが
父や母や兄弟が

職場の仲間や友だちが
君達の仲間を作っている

鶴よ
ひとびとが
思いを込めて折っている
小さな鶴よ

春になったら君達の
仲間がみんな集まって来る
そしてはるかな空に旅立つ
アリューシャン列島に沿って
太平洋を渡る
まだ雪深いロッキーの
山なみを越える

五大湖を過ぎたら
ハドソン河を目じるしに

マンハッタンの尽きるところ
そこが君達の目的の地だ

鶴よ
一辺が十五センチの真四角な
紙きれから折りだされた
小さな鶴よ

しばらく羽根を休めたら
君達はまた舞い上がる
そして世界の国々の
空を目指して飛んでゆく

すべての暴力を否定する
平和のメッセージをたずさえて

鶴よ
ひとびとが

思いを込めて折り出した
小さな鶴よ
（2007・1）
住山一貞『歌詞集　九月十一日のあとで』より

三千人近い犠牲者の一人となった彼の息子は、同じ銀行の死者のなかでいちばん若かった。ワールド・トレード・センター跡の「グラウンド・ゼロ」へ、父親は事件後一年のあいだに五回もかよっている。彼はその後も毎年かようち、『9／11調査委員会報告書』が出たのを知り、その五百ページを超える報告書をひとりで翻訳しようと思い立つ。彼はその仕事がいまようやくはかどり始めたところなのだと皆に話した。

敬一はたまたま少し前に関西へ行ったところだった。祇園まつりの京都をも訪ねていた。そのときのことを思い出して話した。

前に何度か行った裏小路の店で酒を飲みながら、遠い東日本の地震のことをふと話題にする気になったのだ。

カウンターまわりにいた店主もお客も興味深げだった。特に、五十四階から非常階段をおりたという話は、実際に京都ではあり得ないことだったからだ。が、京都の人は、東京から北の土地について、ほとんど何も知らないらしかった。茨城、福島、宮城、岩手、青森とつづく太平洋岸のイメージそのものがないように見えた。だから、興味はあっても、津波の話はもうひとつ呑み込めないといった顔が最後まで変わらなかった。

敬一は幹事会の席でそのことを話し、関西の親族もそれはだいたい同じで、関西人には東北六県の名前も位置も定かではない人が多いらしいと言い、皆が笑った。日ごろ関西人は東より西のほうを見ていて、彼らの世界はおのずとそちらにあるのを敬一は子供のころから知らされてきたのである。

これまで敬一は、旅に出るといえばまず東へ向かった。そして、長く東北地方に親しんできた。東北の北から南まで何度も旅をした。それでも、自分は結局何を知ってきたというのか、と思わないでもない。原発事故のせいで、いわき市の隣りのようなところに、とつぜん大穴があいたといった思いに迫られたのである。長年の東北の記憶にそんな穴がひそんでいたのに驚いたのだった。

常磐線でいわきより先へ行ったことは何度かある。が、原子力発電所の近くを通りながら何も知らずにいた。そこでつくった電力が東京へ送られていたことも知らずに来た。発電所が水素爆発を起こしたとき、はじめて自分の過去に大きな穴があいたように感じたのだった。

近年の身心の変化も関係して、五十年前にはまだなかったもののことなど、もう考えなくなっていたのかもしれない。敬一は歳とともに着実に、自分にとって考えなくてもすむことを増やしてきたのかもしれない、と思わされた。

翌年の春、敬一は再び生田の奈津子さんを訪ねていった。一年前と同じ桜が咲いていた。が、人を見た瞬間に浮かぶ奈津子さんの明るい表情がもうなかった。自分から人に声をかけるということもなくなっていた。

前より大ぜいの人が来ていた。人々はテラスへ出て、奈津子さんを囲んで谷間の眺めと向きあった。桜は満開だったが、テラスに人は多くても、そのぶん賑わうということにはならなかった。車椅子の奈津子さんは、何を見るでもなく、春の陽の暖かさだけを感じているというようだった。聞き馴れた彼女の声がすっかりどこかへ消えていた。

秋の「敬老の日」とは違い、施設のなかは人の動きもなく静かだった。奈津子さんの見舞い客が多かったので、施設の人が小型バスを出してくれ、桜を見に行くことになった。皆で生田の丘をひとまわりしに出かけた。奈津子さんも、何も言わずに車椅子ごとバスに乗り込んだ。

平の家のある城山より、もっと急坂が入り組んだ丘だった。大小の桜が次々に現われた。奈津子さんはそれを見ていたが、言葉はひとこともないままに過ぎた。彼女が平の丘で桜を見て叫んだ声と言葉が、ここではきれいに消えていた。その無言はもう変わらないのかもしれなかった。そのことが怖ろしいという気がして、桜が現われるたびに、敬一はすぐ横にいる無言の奈津子さんをうかがう思いになった。

そんな花見が終わり、見舞い客は引きあげ始めた。敬一は長男の和彦さんの車で生田の丘を下った。駅の近くの中華料理店で一緒に遅い昼食をとることにした。和彦さんは、この一年の母親の変化を見てきて、自分は近く最期が来るのを覚悟していると言った。

「施設の人の話では、レントゲンで見るともう両肺が真白なんだそうです。とっくにそこまで来ているのに、まだまだ体力があったんでしょうね。そんな母でしたからね。老衰かもしれないが、長いことその様子も見せずに、ここまで持ってくれて」

妻の孝子さんは有田家と同じ湯本の出身で、奈津子さんにピアノを習っていた。和彦さんとつきあい始めたころ、敬一も平の家で何度か会ったことがある。結婚後和彦さんは家を出たので、姑と嫁が同居することはなかったが、近年孝子さんは平まで手伝いにいくことが多かったらしい。

彼女も奈津子さんのいまの状態を案じていた。たしかに顔の表情がなくなってしまったのが前とは違って心配だ。が、それでも、まだ表情がわずかに残っているのが自分にはわかるのだと言った。

「きょうもあれで少しは表情が動いたんですよ。森本さんを見て、うれしそうでしたよ。ほんのちょっとだけど、わたし動きがわかって」

「そうですか。僕には全然わからなかったけれど。さすが家族だ」

和彦さんがあとをつづけた。

「家族とはいっても、僕は忙しくてろくに平へも帰れずにいたけれど、孝子はよく見てくれていたんで」と言いながら、彼は長男の自分の戸惑いの思いをも語り始めた。「それにしても、おふくろは三、四年前までは耳が聞こえなくなっただけで、人の心配なんか寄せつけないほど元気だったですからね。実際、息子としては心配のしようもなくて。おふくろが元気いっぱい次々にやることを、ただ見ているしかなかった。八十八にもなって、平の街のまん中にあんな建物をたててしまったんですからね。まったくあれよあれよという間でしたから」

彼は母親の晩年とどう関わるべきか、じつはよくわからないままここまで来てしまったのだ、と言った。

なるほどそれは、老年の女性の仕事とは思えない大きな建物だった。奈津子さんはその建物に「アートスペース・アテナ」という名前をつけた。アテナはギリシャの女神の名だが、「アートスペース」は絵のギャラリーをあらわしている。ギャラリーと音楽の小ホールが半分半分という建物で、亡夫のためのギャラリーを通り抜けた先に、奈津子さんの立派な音楽ホールがある。ほかに、有田氏の残した絵を収蔵する倉庫も備わっていた。戦前の美術学校と音楽学校から始まった二人の人生を、そんなかたちで平の街に残すものになっていたのである。

「アートスペース・アテナ」の竣工を祝うパーティーがひらかれた。参会者がいかにも多かった。八十八歳の奈津子さんがすべてをとり仕切り、末娘の理恵さんが夫の矢島さんと一緒に駆けまわっていた。ギャラリーには有田氏の絵が並び、あらたにスタインウェイのコンサート・ピアノを据えたホールでは、ピアニストたちの演奏がつづいた。

いま敬一は、そのころ聞いた奈津子さんの言葉を思い浮かべていた。「音楽はいくら頑張ってもかたちが残るわけではないけど、絵はずっと残るんですものね」。彼女はその歳になっても毎日忙しい自分を幾分笑うような調子でそう言った。有田氏が亡くなって七、八年が過ぎていた。彼女は亡夫の作品をこの世に残し、彼の生涯をかたちにすることを、ずっと考えてきたのにちがいなかった。

有田誠治氏の最期はきわめて静かであっけなかった。二週間入院し、その日は点滴をはずして退院にそなえていた。ところが、朝目をさまして水をひと口飲んだあと、彼は付き添いの人も気づかぬうち、眠り込むようにして亡くなっていたのだという。

有田氏は、賑やかな奈津子さんの場所から静かに失われていったが、じつはその翌年に、大きな回顧展がすでに予定されていた。東長崎のアトリエ村時代の習作から晩年の抽象画まで、有田誠治氏の画業が一覧できる展覧会が、伊豆の湖畔の美術館でひらかれることになっていた。

翌年早々それが実現し、敬一が行ってみると、故郷いわきから二百人もの人たちが、大型バス二台を連ねてやってきた。東京を越えてはるばる伊豆まで、奈津子さんがそんな大ぜいを連れてきていた。静かな美術館がいっぺんに人であふれた。奈津子さんは亡くなったばかりの有田氏の絵の前で、晴れやかに案内役をつとめた。亡夫の生涯を語る彼女のために、新築の美術館の立派な舞台が用意されていたのだった。

敬一は和彦さん夫妻と話しながら、そのときのことを思い出して言った。

「一碧湖の美術館の回顧展のときも僕は驚いたんだよ。あれは美術館の企画だったけれど、お母さんがすべてを仕切っているように見えた。いわきから二百人もの人がやってきたのは、やっぱりお母さんの力だったんだろうね」

「おふくろはあらゆる人に声をかけてまわったんですよ。おやじの絵のことでは、自分がちゃんとやるんだという思いが強かったからでしょう。おやじに死なれて、急にきおい立つようなところがあったのかもしれない」

「お母さんのつもりでは、あのアートスペースの『アート』も、美術と音楽の両方を指していたんだろうと思う。戦前の上野の芸術青年男女の関係を、戦後六十年の世に残したかったということかもしれないね」

有田誠治回顧展と同じ年、半年ほどして、今度は有田奈津子ピアノ教育五十周年記念のコンサートが平でひらかれた。大きな市民会館のホールが満席になり、補助椅子まで出た。ピアノ、歌、ハープ、ホルン、男声合唱と、すべて教え子たちの演奏だった。ミュンヘンの石田勉さんが次女を連れて帰国し、ドイツ歌曲を歌った。理恵さんもピアノの連弾で組曲を弾いた。コンサートの後半は、指揮者になって活躍している教え子が、東京からオーケストラを連れて来、三人の女性がピアノ・コンチェルトを弾いた。そのあと指揮者自身がピアノに向かい、モーツァルト曲の弾き振りをした。演奏会はなんと四時間にも及んだ。その後のパーティーでは、二百人以上が広いホールのテーブルを埋めた。

有田氏の美術以上に奈津子さんの音楽の、現世の賑わいはすばらしいものだった。その年、彼女に残されていた精力によって、戦前からの夫妻の仕事が盛大に締めくくられることになったのだった。

その後の十五年、敬一はなお平の家を訪ねつづけた。奈津子さんの高専の教え子たちも絶えず来ていた。石油化学の会社の上海工場にいた藤本弘さんが帰ってきた。上海時代、彼は奈津子さんと理恵さんを中国へ招待して、贅沢なホテルに泊め、上海近辺を案内してまわったことがあった。彼はやれることは何でも恩師のためにやろうとしていた。

その弘さんは、平の家では好んで夕食づくりのために働いた。彼は町へおりて魚屋へ行き、その日いちばんの魚を買って帰り、たとえばそれがかつおづくしの夕食になった。そういうとき、理恵さんの夫の矢島さんも一緒になり、威勢のいい声をあげて、大盤振るまいの場をつくっていった。

藤本弘さんが魚のアラを買って来、台所でアラ煮を始めることがあった。すると奈津子さんは、一緒に台所にいようとはしなかった。甘辛い煮つけのにおいが耐えられないのだった。彼女は台所から逃げ出しながら、「ああ、たまらない。あれはいやだわ。どうしてあんなものをつくるの！　台所じゅうが脂っぽくなるじゃないの！」と、とつぜん腹をたてたように叫びだす。が、その後藤本さんは、アラ煮ではなく、ヒラメやメヌケの煮つけをうまくつくってみせ、奈津子さんが大声を出すこともなくなった。ともあれ有田家は、高専出身者たちとともに、有田氏の死後も夕飯のたび賑わいつづけていたのである。

「アートスペース・アテナ」では、その後も若い音楽家を次々に呼んで、ピアノや室内楽の演奏会を催していた。平の町の恒常的な音楽の場になりつつあった。理恵さんがそのために働き始めた。敬一は毎年のように聴きにいった。そのころまで奈津子さんは、相変わらずシニア・テニスの最高齢選手でありつづけた。

ギャラリーのほうも、主に東北地方の画家たちの個展をつづけていた。奈津子さん九十二歳の年、彼女はアマチュア画家のための有田誠治賞というものをつくった。そして、その最初の年の授賞式が行なわれた。音楽のほうとはだいぶ違う人たちの集まりがあった。それはかつての有田氏の師弟の会が、十数年後におのずから大きくなったという静かでなごやかな会だった。理恵さんと矢島さんがつくった会場に奈津子さんが立ち、そのそばに藤本弘さんがずっとついていた。

翌日、敬一は藤本さんと一緒に東京へ帰る列車のなかで彼の話を聞いた。彼もはや六十歳の手前まで来ていて、高専以来の四十年をふり返る話し方になった。

「きのうの会に出て、僕も有田誠治先生の弟子の一人だったような気がしてきましたよ。直接教わることはなかったのに、長いあいだに知らず知らずそんな気持ちになっていた。実際は、先生と絵の話をしたこともなかったのにね。それでも、有田家で先生の絵をたくさん見てきて、絵画というものに興味をもつようになった。展覧会もたくさん見ました。それで、自分でも描くようになったんですよ。もちろん、先生に絵を見せる勇気はなかったけれど」

それから彼は意外なことを言いだした。

「僕はもうすぐ定年になるので、そのあとのことを考えなければならなくなった。じつは森本さんを知ってから、僕は文学のことを考えるようになったんです。でも、会社勤めのあいだは忙しくて、本なんかろくに読めなかった。考えてみると、有田先生夫妻を知る前は、僕も文学好きというところがあったのに、高専では仲間もいなかった。そのあと、長く有田家へかよって、美術に親しむことを覚えたわけです。それがここへ来て、さて定年後はと考えたときに、文学だと思うようになりました。音楽は好きだし、絵も描くけれども、これからは文学だってね」

有田家で二人がゆっくり話をすることはめったになかった。それほど人が多くて賑やかだった。東京までの二時間半、一緒に坐っているあいだに、いつの間にかそんな話になっていた。

川崎市生田の丘へ奈津子さんを見舞ってひと月後、有田和彦さんから電話があった。奈津子さんが亡くなったことを知らされた。レントゲン写真の両肺が真白になっていたが、そのまま肺炎が進んで、施設内のあらゆる音がなくなった夜中に、ふと息が絶えたのだということだった。九十六歳の奈津子さんの命は、片脚と声を失った末に、いわきからも離れて、新緑の盛りの丘陵に呑み込まれて消えたのだった。

偶然にもその一日前に、もう一人の九十七歳の命が失われていた。敬一の母方の園田の叔父だった。敬一はさっそく園田氏のお通夜に駆けつけた。中国・景徳鎮で撮ったという、ベレー帽をかぶった遺影がなかなかよかった。彼は中国史、なかでも明の時代の社会経済史が専門で、景徳鎮の陶磁器を愛し、九十歳を過ぎてからも家族連れで景徳鎮を訪ねたりした。遺影はそのときのものだった。

敬一は翌日の葬式にも妹やいとこたちと出かけた。園田氏ひとりのほかは、母親のきょうだいもそのつれあいもすべて亡くなっていたから、ごく少人数の葬式になった。横浜の北の多摩丘陵の道を、川崎市に接するあたりの新しい焼き場へバスで運ばれた。有田奈津子さんの密葬もたぶんそのへんで営まれるはずで、彼女もたまたま同じ緑の世界で骨になるのだと思った。

敬一らわずかな親族は、コンクリートが真新しい広い斎場で園田氏の骨を拾った。

佳代子叔母の一周忌に鎌倉の寺へ集まってから五年ほどたっていた。あのとき園田氏は、祖父の顔を知らないと言っていたが、学者としては、丹念に資料を読み込む綿密な仕事が祖父と同じだったのかもしれない。彼は八十年ものあいだ古い漢文資料を読みつづけ、地道に調べ尽くしたあげくに倒れたが、その人生に長女の淑子が最期まで寄り添っていた。むしろ母親の佐代子さん以上に細心に、父親を支えているように見えた。

広島に原爆が落ちた日、母親や妹と広島駅の地下にいた淑子は、壊滅した市街を歩いて、死者やひどいやけどを負った人々をたくさん見たはずだった。が、彼女は大人になってその話をすることもなく、ふだん体の不調があっても人に言わずに、被爆者手帳を持って辛抱強く生きてきた。そして、当時戦地にいて被爆を免れた父親にずっと寄り添いつづけてきたのだ。広々と明るい多摩丘陵は、札幌育ちの彼女が結婚後住みついた土地だった。園田氏はそこで彼のベレー帽とともに焼かれて、きれいな骨になっていた。

夏になってから、平で有田奈津子さんの「お別れの会」があった。ホテルに四百人もの人が集まり、大宴会場のテーブルが埋まった。ピアノや歌の「献奏」があった。奈津子さんが三十代のころ教えた高校の人たちが来ていて、はや六十代になった男性合唱団が、会が終わるまで途切れることなく何やかや歌いつづけた。

東京からたくさん来た客のため、矢島夫妻はホテルの手配に苦労していた。じつは噂以上に予約が大変で驚いたと矢島さんは言った。

「原発の事故で人が増えて、平は満員なんですよ。最近新しいホテルがいくつも建ったんですが、それがもう満杯でね。避難の人も多いけど、それ以上に事故処理の関係者や支援者が多いんじゃないですかね。町の空気が変わってしまった。飲み屋やバーがどこも混んでいて、知らない人ばっかりだっていうし」

敬一は城山へ登って有田家で焼香をし、人が出払ったあとの家のなかでしばらく理恵さんと向かいあっていた。五十年前、当時気鋭の建築家が設計した木造の二階家が、いまもしっかりしていた。あれだけたくさんの人が出入りしても、緩みも傷みもせず、立派に残っていた。古くなった太い木材が黒光りして、モダニズムの寺といった空間が静まり返っていた。

矢島さんは客が泊まるホテルを、一人二人と十数人分ばらばらにとってくれていた。敬一は前に見たことがなかったビジネス・ホテルに一人で泊まった。仕事で何日もつづけて泊まっているような人たちがいた。眠る前に、そこから遠い城山を見あげる思いになった。新来の大ぜいの客の気配のなかで、ひとり過去を見おさめにする気持ちで眠った。

ホテルは海のほうへ行く道にあったが、その先の海辺の町がいくつか、津波によって壊滅していた。敬一が学生のころまでは、有田家の人たちとよく海へ行ったものだが、近年は行っていなかった。海が遠くなっていた。あらためてそのことを思わされた。今回もそこまでは行かずに帰ることになるのだと思った。

翌朝街を歩いてみた。近年の変わりようを見直す思いで歩いた。街は敬一が知らないほうまで広がっていた。駅のへんも様変わりしていた。駅前広場が完成し、裏口も古い陸橋が消えて作り直され、一帯が広々として見えた。城山へ登る古い道の登り口がわかりにくくなっていた。地震と原発事故のあと、人が増えた町の新しい眺めがいつしか出来ていた。常磐地方の人の流れがあきらかに変わりつつあるのがわかった。

奈津子さんは、自分の遺骨は海に流してほしいという遺言を書き残していた。翌年四月、その遺書のとおりに、海に散骨をする運びとなった。長女の涼子さんがすべてを整え、葉山の海へ出る舟を手配してくれた。

敬一が逗子駅に着き、駅の外へ歩きだしたとき、偶然石田勉さんと出会った。彼はミュンヘンからまっすぐ来たのだと言った。妻子は連れずに一人で来ていた。

一緒にタクシーに乗り、葉山の港の管理事務所まで行った。藤本弘さんも来ていた。だれもが散骨などはじめてで、戸惑いがちの空気が重かった。集まったのは東京とその近辺に住む人たちで、いわきから来た人はいなかった。

葬儀社の人が二人加わり、十人余りで散骨をすることになった。全員救命胴衣をつけ、モーターボートに乗り込んだ。よく晴れ、一見平穏そうな海だったが、思いがけず波があった。沖へ出るにつれてそれがわかった。波立つ相模湾が大きく広がった。

三十分ほど走ったところでボートを止め、散骨にとりかかった。昨夜涼子さんの家で遺骨をこまかく砕き、小分けして和紙に包む仕事をしてくれていた。その小さな和紙の包みがひと山、用意されていた。

ボートの動揺が激しくなった。めいめい舟べりから白い紙包みを海に落としていった。海面に乗り出すように手を伸ばすと、ボートの揺れに体が危なっかしく傾くのを感じた。その傾斜の先の海面に、奈津子さんの大量の遺骨がひとつひとつ呑まれていった。

全員が紙包みを落とし終えると、葬儀社の人が花びらを海に撒いた。花びらだけ大量に集めたものを持ってきていた。それを撒くと、花の色が海面に鮮やかに広がり、すぐに沈んで消えた。同時にボートは大きく汽笛を鳴らし、急転回して葉山の港へ引返した。

舟をおりてから、涼子さんに先導され、近くのフランス料理のレストランへ歩いていった。三階の部屋で大きなテーブルを囲んだ。涼子さんの夫の宮田さんは、最近体調が悪いと聞いていたが、その日は無事に舟にも乗り、散骨に加わっていた。が、彼はすでに癌の手術で声帯を失っていて、会食のあいだ声がなかった。彼は長く新聞記者をしてきたが、いまやその精力的な日々の影もなく、涼子さんの隣りにうずくまり、黙りつづけていた。

海洋散骨のいきさつについて、涼子さんが少しくわしく説明した。奈津子さんの遺言は、遺骨はすべて海に散じてほしいというものだった。有田氏の遺骨はすでに、湯本の生家跡の正面にある寺におさめられていた。奈津子さんは単に古い寺との関係を嫌っただけだったかもしれない。彼女はともかく古いものをいつでもさっさと振り捨てるように生きた人だったから。だが、遺書を読んだ三人きょうだいは相談して、遺骨の半分は散骨せず、夫の有田氏と同じ墓におさめることにした。そのいきさつの説明があった。

すでに定年後の人ばかりの静かな会食だった。いわきから遠く離れていかにもひっそりとしていた。孫たちは一人を除いて来ていなかった。勉さんと弘さんと敬一と、親族ではない人間が三人もいるのが、奈津子さんの散骨の会らしいのかもしれなかった。

散会後、敬一は勉さん弘さんと電車で帰りながら久しぶりに話した。

「それにしても、奈津子さんはよくいわきに根をおろしたものだと思うよ。戦時中の疎開で住み始めたときは大変だったはずだ。それなのに、やがて彼女にとっていわきがすべてのようになっていった。関西の生まれ故郷のことは何も言わなくなっていたし、東京なんかも親しみがどんどん薄れていったようだね。だから、当然いわきに骨を埋めるつもりだろうと思っていた。そのいわきがいま変わり始めているね。どこよりも平が変わるんだろうと思う。彼女は平から北へは行ったことがあったんだろうか。ピアノのお弟子さんや高専の人は、北の町村からも来ていたようだけど」

「ええ、何人か来ていましたよ」と、勉さんが人の名を思い出しながら言った。「それにね、原発の避難地域でなくても、津波にやられた町から来ている人たちがいた。あの連中はどうなっているのか。いま原発のことしか言わなくなって、平近くの津波の被害は忘れられかけているけれど。僕の姉はね、小名浜の港で一緒にランチを食べた友達が、その翌日、あっけなく津波に呑まれてしまったと言っていました。ずいぶん嘆いていました」

石田勉さんはそのとき姉さんのことを思い、ふと目をしばたたくようにしていた。彼は奈津子さんとは師弟というより、歳の離れた姉と弟のようだったが、彼は家でも姉さん子として育った末っ子なのだった。

藤本弘さんは、奈津子さんの遺言について、思うところがあるようだった。

「あれはまた、いかにもあの先生らしいものだったんじゃないのかなあ。たぶんひと思いに書いた遺書だったんだろうと思う。あとからどんな問題が出てくるかなんて、ろくに考えもせずにね。散骨にしたって、あとのことまでよく考えてなかったんじゃないのかなあ。誠治先生と同じ墓に入りたくなかったわけじゃないですよ。そんなことは考えもしなかったはずだ。そういう人だったよね、あの先生は。たしかに、あくまで自由人として死にたかったんでしょう。この世から離れて、ただ自由になりたかったんだろうと思う。それは昔、彼女が関西から東京へ出てきたときの自由感に戻るってことだったのかもしれない。東京で誠治先生と出会う前のところまでひと思いに戻るってことで」

定年後とはいえ、勉さんも弘さんもまだまだ若く見えた。それは有田夫妻が亡くなったあと、ここにとり残された若さのようでもあった。三人一緒にとり残されているのだとしたら、電車のなかのこんな話も、奈津子さんによってこの世にあっさり置き去りにされているものの一つにちがいないのだった。

いわきよりずっと北の三陸海岸のほうでは、すでに二年以上たつのに、いまなお余震がつづいていた。そのニュースをたまに聞くことがあった。中学の級友のヴァイオリニスト夫妻は、毎年アメリカから福島へ来て、慰問のコンサートをひらき、子供たちを教え、寄附をしていた。中学の同窓会も、東京でチャリティー・コンサートをひらくことを決め、切符の売り方などの検討を始めていた。

第三章　廃墟

有田奈津子さんの散骨によって、いわきの有田家との六十年が終わりかけていた。どこまでもつづきそうだった関係が、奈津子さんの急激な衰えとともに、次第に命脈が尽きたようになった。敬一は翌年にかけてしばしばそのことを思った。奈津子さんが葉山の海に消えてから、たまたまいわきへ行くことなく一年が過ぎていた。

六十年ものあいだ、有田家の空気や感触といったものが、敬一のなかに生きつづけていたのだ。その連綿たるつながりが、ずっと途切れずにきたのだった。特に若いころ、会社勤めをしていた二十代には、過去とは無関係な新しい仕事の場で、折りにふれその感触がよみがえった。遠い平の有田家に体のどこかを支えられているという気がしていた。仕事に忙殺されながら、ふと目覚めるようにそれを感じた。

そのことは、のちに知りあったいわきの高専出の人たちも同じだったにちがいない。彼らはエンジニアとして働き、工業生産の現場で仕事に励んでいた。その日々の繁忙のさなかに、有田先生夫妻の家が何度も心に浮かんだにちがいないのだ。他のどこにもない有田家独特の小世界が彼らを支え、同時にその身を遠くから呼び寄せるようだったのではなかろうか。

敬一は有田家をまだ知らなかったころのことをあらためて思った。敗戦後の日々、いわゆる焼跡闇市の時代に親しかったのが、有田誠治氏のいとこの有田武夫だった。戦前、誠治氏が上京して画学校へかよい始めたころ、しばらく武夫の父の家に下宿していたことがあった。武夫が生まれる前のことだ。その後武夫の父は陸軍の駐在武官として海外に出た。ラトヴィアやルーマニアの大使館に勤めていた。が、太平洋戦争が始まり引き揚げるときになって赤痢にかかり、はるばるシベリア鉄道経由で帰国して間もなく亡くなったのだという。敬一は武夫に誘われ、はじめて湯本の有田家を訪ねたとき、そんな話を知らされたのだった。

敬一が中学のクラスで武夫と親しくなったころ、二人は暇さえあれば家や学校の近辺を一緒に歩いた。子供が金を使って遊ぶ時代ではなかった。毎日どこかを歩きまわるしかなかった。五年前の空襲で都心部は焼き払われ、焼け野原になっていたが、郊外の住宅地は、戦前から何も変わっていなかった。そこの緑の多い道を、武夫は先に立ってどんどん歩いていく。軍人の息子らしく、ずんぐりした体をまっすぐに立てて足早に歩く。敬一も歩くのは好きで、早足を競って、どこまでも歩いていこうとした。敬一は五年前の都心の焼け野原を忘れていなかった。時に瓦礫のなかの一本道を歩いているように思うことがあった。

その後、年を重ねながら、敬一は自分の「戦後」がいつ始まったかを思ってみることがあった。疎開先の伊那谷の村を引きあげるときの記憶がまずよみがえった。何か東京へみやげを買って帰るつもりで村の店へ飛び込み、商品といって何もない空っぽの店先で、店の女性たちに不思議にやさしくされたことがあった。戦時中の村の人の冷たさがいっぺんに溶けてしまったという、信じがたいような思いがあったのだった。

そんな記憶につづいて東京の焼け跡の眺めが来る。敗戦後帰り着いた街の焼け野原は、がらりと一変した世界を目のなかいっぱいに広げてみせた。赤茶けた廃墟がどこまでも広がる壊滅の眺めだった。街がこんなに広かったかとも思った。あたり一帯それこそ何もなかった。そこにあったはずのものがすべてなくなった広さに小さな自分が向きあっていた。松本や飯田とは違い、半年見ないあいだに東京はみごとに一変していたのだ。これが戦争というものだ、と敬一ははじめて思った。

同時に、疎開先の集団生活の重苦しさがここにはないのだ、と思うことができた。田舎の暮らしから解放されたのだ、と思った。飢えのつらさもここではほとんど忘れかけている。しかもこの広大な焼け跡に向かって駆けていける自由がある、という思いが胸に広がっていた。

五年後、中学生になってからも、敬一はその焼け跡の道を有田武夫と歩いているように思いがちだった。武夫は早く亡くなった父親のことを話すでもなく、中学に入るまでのことは何も言わなかった。彼はいつも何も言わずに歩いていた。彼と友達になったばかりの敬一も、戦時中の話をしたりすることはなかった。お互いに相手を知らずに、過去が消え失せた焼け野原を、ただ一緒に歩いているのだった。

敬一の心のなかの焼け跡は、やがてだれに語られることもないままになった。ずっと自分ひとりのものでありつづけた。そして、それが折りにふれよみがえると、再び不思議な自由感が呼びさまされるようになった。人とのかかわりが増えるにつれ、それを意識することが多くなった。のちにだれと友達になっても、自分の心にその廃墟の広がりを意識し、そこへ解き放たれる小さな自由感が湧くのを感じた。人に言えない心の底の解放感だった。

武夫はたぶん、集団疎開にも縁故疎開にも行ってはいなかった。だから、帰ってきた東京で敬一が見たのと同じ焼け野原を彼が見たとは思えなかった。東京の廃墟へひそかに解き放たれる自由感など彼にはなさそうだった。戦争の時代に父を失った武夫は、おそらく自分とは違う心で生きてきたのにちがいないと思った。

時とともに、敬一の心の焼け野原について、人に話す機会はいよいよなくなった。そんなことを話したいとも思わなくなった。そのままで戦後が六十年以上も過ぎていた。するとどつぜん、敗戦時の焼け跡のことを人前で口にする時が来た。思いがけなかった。

すでに三年前のことである。東北地方の港町が軒並み津波に襲われ、廃墟になった。敬一はテレビを見ながら、これは見たことがある、まるであのときの眺めじゃないか、と思わず人に言っていた。焼け野原の記憶が、港町の数だけ眼前に現われ出るのを見ながら、そう言わずにいられなかった。

東北地方の太平洋岸は、若いころ、北から南へひとつひとつ港をたどって歩いたことがあった。東北は山のほうへ行くことが多かったが、そのときは海の青ばかり見つづける旅になった。港々に海産物があふれていた。夏の光に海が湧き立つようだった。

震災ニュースの画面に次々に現われるそれらの港は、旅の記憶がひとつひとつなぎ倒されていくように、どこも区別のつかない廃墟になっていた。いちいち記憶を掘り起こすことは、もはやできなかった。押し寄せる大波によって、旅の記憶はばたばたと閉ざされていくようだった。

現地では、もちろん単なる記憶ではなく、人の命と暮らしが失われていた。その点戦争も津波も同じで、敗戦の眺めと同じものがあり、同じものが見えていた。だが、それは戦後六十六年もたってからの、あらたな暴虐の眺めだった。幼い敬一の目のなかに広がったものが、そのまま東北の海辺にあるわけではなかった。敬一の心を突き動かした小さな自由感が、そこから生まれた眺めであるはずもなかった。

大学時代の友人香川昭が秋田にいた。香川は東日本大震災の直後に東京へ出てきて、敬一とも会っていた。彼は東北地方の西の海辺の町で暮らし、東の海辺へは行ったことがなかった。東側の津波被害に対して、彼は当面どう動いたらいいかわからずにいた。

「こうして東京へ出てくるのはほんとに楽だ」と、香川は自分を恥じるような調子で笑った。

「最近は特に、南北の移動ばかりになってしまった。同じ東北で、西から東へ行くのは案外楽でない。西の海岸と東の海岸は意外に遠くてね。僕はよく船で海釣りに行くんだけど、それは日本海で、むこうは太平洋だ。当分むこうでは海釣りなんかできないにちがいない。そんなところへうっかり行っても、いったい僕に何が言えるだろうか。同じ東北人同士、挨拶のしようもないじゃないか」

彼はいつも東京へ来ると、美術館や博物館を見てまわっていた。その年も同じだったが、いずれ津波の被災地へ行ける時が来れば行きたい、二人で見に行こう、と言った。

翌年、またその話になった。

「現地の事情は変わってきてるようだよ。二年も過ぎれば、われわれが入り込んでももういいかもしれない。思いきって僕の車で行ってみようじゃないか」

香川は二泊三日くらいでひとまわりしたいという考えだった。三陸地方は知らないので、君が好きなようにコースを考えておいてほしいと彼は言い、秋田へ帰っていった。

ところが、やがてその二年が三年になっていた。香川に会わずにいたあいだに、思いがけず敬一の胃に癌が見つかり、手術をすることになった。二週間入院した。たまたま同じころ、有田理恵さんも肺尖癌の手術をしなければならなくなった。四歳のときから知っている若い理恵さんまで癌だとは、話を聞いてもすぐには信じられなかった。まだごく若いとしか思えないのに、それだけの歳月が過ぎていたのだと思うほかなかった。

その少し前に、いわきの高専出のエンジニアがひとり、前立腺癌で亡くなっていた。彼は大きな組織のなかで真面目に働き、労働組合の仕事もしていて、激務だったのかもしれない。まだ若いのに、発見が遅れたらしかった。彼は有田家では、あまり騒ぎに乗らないほうだった。よく夫婦で来て、静かにしゃべり、帰っていった。何十年ものあいだ、彼が妻を連れてそっと現われる姿がいつも変わっていなかった。

敬一が腹腔鏡による手術を受け、胃が三分の一になって退院したその日に、高校以来の古い友人が死んだことを知らされた。彼は大腸癌を長くわずらい、もはや手術もできずにやせ細っていた。衰弱死のような静かな最期だったという。電話でそれを知らせてくれた女性は、「あらまあ、あなたも癌？　いやあねえ、あっちもこっちも癌で。でも、退院おめでとう」と、戸惑ったように声を励ましながら言った。

敬一は少しずつものが食べられるようになり、一年足らずで香川昭との約束をはたす気になれた。何とか東北の旅に出ることができた。香川は車で秋田から盛岡まで来て待っていた。街なかの古い蕎麦屋の座敷で落ちあった。

敬一は、胃を三分の二なくしたあとまた旅に出てきたことが、まだしっかり意識できないような気がしていた。どこかあやふやな気分だった。過去に何度も旅をした土地へやってきたという気がしなかった。たぶん過去とは一変した場所で、こちらの体も変わってしまって、何を見る旅になるのかわからなかった。それでも、旅先で次々にものを食べていければ、それを頼りに歩けるだろうと思った。香川が蕎麦屋で待っていたのも、敬一の胃の負担を考えてくれたからにちがいなかった。

「たしかに元気そうだね。血色もいい」と、香川は敬一の顔をあらためて見ながら言った。「もう旅なんかできないかと思っていたのに。よかった、よかった。家へ来てほしかったけど、今回は三陸の海岸へ行かなきゃならない。ここから行けば近いから楽だ」

敬一は漠然と、昔の焼け跡へこっそり入り込んでいくように思うところがあった。少年時代の記憶に向かって歩くことになるのかと思った。被災地の人々の避難の話も、戦災の避難と同じように考えられた。過去と重ねて思い描くしかないように思った。

敬一も七歳のとき、集団疎開に連れていかれて、避難民同然の経験をしている。疎開先の松本へたどり着くまで、たいした距離ではないのに、夜行で十三時間もかかった。疎開学童のための特別列車に一般客が窓から乗り込んできて、朝まで身動きができなかった。子供も大人も、だれもが同じ避難民だった。

世界で戦争が起きるたびに、避難する大ぜいの人の姿がニュースの画面に現われる。皆大荷物をかかえ、着ぶくれて、顔がよごれ、表情がない。津波からの避難の様子は少し違っていたかもしれない。が、津波がとつぜん海から攻め寄せてきたのは、戦争が勃発したのとおそらく同じことだったにちがいない。

敬一はそんなことを思いながら、癌の手術とその後のことだけ簡単に話していた。

「毎日お粥ばかり食べていたんだ。外で人に会うときも、ワッフルとかパンケーキとか、そんなものしか食べられなくてね。まったくつまらなかった。これからはもうどこへでも行けるよ。パンケーキなんかも食べずにすむ。きょうはそれが楽しみで出てきたんだ。もちろん酒も大丈夫だ」

「君が旅程を考えてくれたのは、もう二年も前になる。でも、かまわずあのルートどおりに突っ走るつもりだよ。どこで何を食べるかもみんな君にまかせる。癌が見つかる前に考えていたとおりの旅にしようじゃないか」

蕎麦を食べおえるとすぐ、香川は車をとりに行き、敬一が乗り込んで出発した。二年前に敬一が考えたルートは、若いころの旅の記憶をほぼそのままなぞったものにすぎなかった。すべてが変わってしまったはずだから、それでいいかどうかもわからなかった。被災地を知るのに十分なルートとは思えなかった。が、香川は何も気にしていなかった。敬一は彼が車を走らせるのにまかせて、昔の旅のあとをたどりながら、まるで違う眺めが次々に現われるのを待つつもりになった。

車は北上山地へ登り、陸中海岸へ向かった。新しいダム湖が現われた。白樺の林と草原の高原地帯を抜け、岩泉へ下った。昔はなかった長いトンネルが出来ていた。新しいハイウェイに貫かれた山地の眺めに見憶えがなかった。タイヤが滑る音のほか何も聞こえず、静まり返っていた。鍾乳洞で有名な谷底の町にもほとんどひと気がなかった。

海辺へ出、小本から田老へと南下した。そこではじめて、津波の被災地の広い眺めと出会った。敬一が昔一泊したことのある町だった。当時の小ぢんまりした町の記憶が消し飛んで、広大というべき赤茶けた瓦礫の地が広がっていた。あの町が海に向かってこんなにひらけていたのかと思った。人が積み重ねてきたものがきれいになくなった壊滅の眺めだった。その広いところに人はほとんど見えず、廃墟が一見手つかずのままで新しかった。今後防潮堤をどこまで高くするかが決まらず、町の復興はまだ手がついていないらしかった。

防潮堤を高くして土地全体のかさ上げをするとしたら、単に古い町が消えるだけではない。

まったく別の新市街があらたに出現することになる。いったんすべてを失った町が、もう一度また過去を失ってはっきり別のものになる。

そのとき、この町の人々は二度、自分を失うようなことになるのではないか。いま彼らは近親者や友人を失い、片身を削がれたような思いでいるのかもしれない。その痛切な思いは当分薄れようがない。だが、時がたつにつれ、もっと深いあらたな喪失感がじわじわと広がり、それが長く残ることになるのではあるまいか。

敬一はそんな考えにとらわれながら、しばらく立ちつくした。香川も隣りに立ち、ほとんどものを言わなかった。住民がまだ一人も入り込めずにいる三年越しの廃墟が、足もとの先にただ広々とひらけていた。動きがとれずにいる二人が、その広さにさらされていた。

香川は再び運転に戻り、まっすぐ南へ車を走らせた。すぐ隣りの宮古は町が大きく、それなりに復興が進んで、大きな被害がわからなくなっていた。宮古を過ぎるともっと海が近くなった。深く湾入した青い海がただ明るくて、もともと漁船が群れていたはずのところに船の影がなかった。鉄道は不通になったままだった。小さい町の全滅の眺めが、その先次々に現われた。遠い廃墟がどこも陽光に輝いていたが、香川はそれら無人の廃墟へ車を乗り入れようとはしなかった。

釜石の街へ入ると、一変してざわめく大ぜいの人がいた。海が遠のき、廃墟は見えなくなった。今回三陸海岸ではじめて見る人の群れだった。復興が進んでいるのがわかった。歩いてみたが、昔泊まったのがどのへんだったかもうわからなかった。巨大な製鉄所のへんのほかは、震災後の市民がざわめく別の街になっているように見えた。が、海に向かって坂道を下れば、人々が海に呑まれた無人の廃墟がいくつもあるはずだった。

釜石から西へ折れ、海辺を離れて山のむこうの遠野へ向かった。立派なトンネルがいくつも出来ていた。道路も最新式の滑らかさで、香川は気持ちよさそうに車を飛ばしていった。海辺の被災地からは離れていくのに、山のほうにも人の気配がなかった。日が暮れてきた。遠野の盆地へ入るとはっきり暗くなった。

宿に落着き、二人で夕食に出た。駅に近い小さな和食の店を探していった。そこの店主は、香川も知っている秋田市の店で十年修業し、数年前に遠野で店を始めたのだと言った。香川とのあいだで話がはずんだ。被災地がどこも無人無言なら、車のなかでもずっと言葉少なに来たあとだった。一日無言を強いられてきたようでもあった。ほかに客がいないので、いっぺんに言葉数が増えていた。さり気なく出される刺身も懐石風の料理もうまいと思った。

翌朝早く出発し、車で駅の北のほうへ行き、柳田国男の『遠野物語』の里をまわった。常堅寺やカッパ渕や姥捨てのデンデラ野の一帯は変わっていなかった。カッパ渕の近くに観光客向けの「伝承園」が出来ていて、移築された南部曲り家や、民話の蒐集につとめた佐々木喜善の記念館など、古い建物が集めてあった。二人はそれらをすべて見てまわった。

そのあと山なかの道を南下し、大船渡へ出た。再び海の光あふれる町だった。町の賑わいは何とか戻っているように見えた。不通になった鉄道の終着駅のそばに、中華食堂が一軒あいていた。二人はそこで昼食をとり、すぐに出発して、またもう一つ先の入江へ出た。

陸前高田の被災地が現われた。有名な松の防潮林と町がそっくり失われ、その跡地が広大だった。すでに廃墟はきれいに片づけられ、裸にされた土地が一面雑草に覆われていた。平地がこれほど広ければ、津波からはとても逃げきれなかっただろうと思わされる。

一部で復興工事が始まっていた。土を十メートル盛りあげる「試験盛り土」の工事だという。土の山がいくつも出来、その上を長大なベルトコンベアーが動いている。香川は立ちつくし、呆れたような声を出した。

「ここ全部十メートルも積むっていうのか。凄い工事現場だな。白砂青松は影もなしだ」

実際に、景勝の地はいまや泥だらけになっていた。この広さに土を均一に十メートル積み、どんな町が出来るのか、何が作り出せるのか、無から生まれる有とは何なのか、あらためて途方もないことだと思うほかない。すでに工事が始まり、広大な無の世界がうごめきだしている。それを目にすると、かえってその先が考えられない気がしてくる。むしろ考える気をなくしてしまう。とはいえ、三陸地方は大昔からくり返し津波に襲われてきたのだから、土地のかさ上げも宿命的なことにはちがいないのである。

車をなお先へ進めることにした。津波被害が特に大きかったという南三陸の町々をたどって石巻へ出た。行方不明者がまだ二千五百人以上もいて、いま目にしているこの青々とした静かな海にも、少なからぬ人が沈んでいるにちがいないのだ。いまなお海上保安庁の船が毎日捜索に出ているということだ。東京で触れるニュースにはこのへんの町の話が多かった。

香川は石巻の町なかへは入り込もうとせず、車をまっすぐ松島へ向けた。松島に着くと、そこまで連なってきた被災地の世界がとつぜん終わっていた。海に面した宿の玄関前に満々たる水が満ちていたが、津波の被害は隣りの東松島までで、松島の湾内に津波は来なかったということだ。東松島と石巻は隣りあっていて、どちらも被害が大きかったのに。

二人は宿に着いてすぐそんな話を聞かされた。東北一の観光地だが人が少なかった。その静けさのなかで、敬一は自分が被災地を逃れてたどり着いたところのような気持ちになった。二人で展望風呂に入った。湯のなかから暮れ方の海を見ていると、ここまで次々に廃墟を見てきた心を、ガラスのむこうに眺めるような思いになった。夕闇がおりてきていた。

香川は二日間車を運転しながら見つづけたリアス式海岸の眺めをふり返っていた。彼は湯を浴びながら感慨深げに話した。

「やっぱり秋田の海とはだいぶ違う海だったね。あれだけ大小の入江が入り組んでいて、そこへ津波が寄せてきたんだからな。ちょっとした条件の違いで、壊滅する港もほとんど無傷の港もあっただろう。その複雑さを思えば、平時の漁業がそれだけ複雑だったことがわかる。それだけ豊かな平時の海があったわけだ。その海に人が流されていまも沈んでいるんだろうね。漁師も船も流されてしまえば、あとは十メートルもかさ上げされた町しか残らない。まぼろしのような町だ。そんな町が高いところに残るんだろう。だが下の港はどうなるのか。港はほんとうに生き残れるんだろうか」

「人がいなくなってしまうかもしれないね。まだ二十五、六万もの人が避難したままだそうだ。ともかくその人たちを呼び戻さなければならない。そこで新しい町をつくるために、どこでも大工事の話をしているんだろう。でも、土地のかさ上げはもちろん、単に防潮堤を高くするだけでも大ごとで、どこまで高くするかなかなか決まらないらしいね。いったん空っぽになったところへどれだけ人が戻るかわからないんだしね。この松島も小さな岬ひとつのおかげで無事だったんだろうが、隣りの東松島は今後どうなるんだろう。ここから南へ行けばまた被災地だよ。仙台から南は入江が入り組んでいないから、津波が太平洋から直撃したんだろうね。原発がやられればあたり一帯いっぺんに空っぽになる。われわれが入っていけない大きな無人地帯が出来てしまった。僕は津波のそんな力を想像したこともなかったよ。あと一年くらいで常磐自動車道が使えるようになるという話だけど、どうなるのか」

「僕はじつはこれまでも福島県のことはろくに知らずに来たんだ。今回もこの先へは行けないけどね、海の世界はもっと南へつながっている。つまり、東北地方の東側全体が大漁場なんだよね。僕がもしこちら側に生まれていたらと思うようになった。何度もそう思った。たぶん子供のころから海に出て、漁師になっていたんじゃないだろうか。それはほんとにあり得たことだろうと思う。でも、その僕が津波に流されていなかったとして、いまあの海で漁をする気になるだろうか。操業はもう始まっているということだけど、漁師になった僕はいまどこで何をしているだろうか」

一泊した翌朝もよく晴れた。明るい海辺に人が少なかった。左手の岬のすぐむこうまで津波が押し寄せたという海をしばらく眺めてから出発した。瑞巖寺は長くかかった大修理がまだ終わっていなかった。

車は仙台へ向かった。敬一は仙台駅前で降ろしてもらい、香川と別れた。香川はまっすぐ秋田へ帰るつもりだと言った。帰って間もなく、海釣りの船に乗る約束があるらしかった。

敬一はひとりになってから、もうひとりの友達、小学校以来の古い友人のことを思い出していた。彼は東京・青山で育ち、昭和二十年五月二十五日の山の手大空襲を経験していた。敬一は大よそその話を聞いていた。が、友人はあまりくわしくは語らなかった。長いつきあいのあいだに、何度か断片的に語られた話なのだった。

焼夷弾による絨緞爆撃だった。四方八方から火が迫り、道を大量の火の粉が飛ぶなかを彼は逃げまどった。父親は警防団の仕事で近所を見てまわるうち熱風に襲われ、治療も受けられずに亡くなったという。表参道のケヤキ並木がいっせいに燃え、黒々とした焼けぼっくいの列になった。広い坂道の路面には、たくさんの焼死者の脂が染みついていた。銀行の建物のそばに、茶色い焼死体が山積みにされていた。

敬一はひとりになって、その話を思い出していた。いま思えば、山の手大空襲のあとの廃墟の眺めこそ、疎開先から帰った敬一がまず目にしたものだったのだ。あれはたしかに青山から渋谷にかけての焼け跡だった。土地の起伏が裸になっていた。すべて焼き尽くされ、ただ無人の眺めが広々として、目をこらして見ても何もなかった。

七歳の子供がそれを見ていた。この数日、敬一は津波の被災地を見つづけたが、それと同じように、七十年近く前にもよく似た廃墟を見ている子供がいたのだった。友達が逃げまどったとも知らず、ただ空無の広がりにひとりでさらされている子供がいたのだと思った。

第三部

第一章　岬へ

　東北の短い旅を終え、森本敬一は東京のマンションの部屋へ帰ってきた。旅に出るたび無人になる部屋である。今回は二日間香川の車に乗っていただけの、旅ともいえない旅であった。が、その旅で過去がひとつ区切られたのだという思いもあった。原発事故のあと、有田奈津子さんが生田の施設へ運ばれて死に、海に散骨されて一年、東北の被災地を見てひとまず区切りがついたというふうに思った。

　近年敬一は、過去を締めくくるような机の上の仕事を重ねてきた。小説や論文で本になっていなかったものを、何冊か本にした。旅の記録もまとめつつあった。特に、三十年以上欧米を旅した記録は、すでに四冊の本になっていたが、まだ残っているものがあった。癌の手術の前年まで、四年間毎年ヨーロッパを旅した記録が本になっていなかった。

　東北から帰ると、敬一はその四年間の記録の整理にとりかかった。まず旅のあいだ書きつづけた何冊もの手帳を読んでいった。日々のくわしい嘱目の記録で、読むのに時間がかかった。

地図や観光資料も、探すと山ほど出てきた。

七十一歳からの四年、四度の旅である。旅程も決めず足まかせに歩く旅だった。若いときのようには歩けなくなっていたが、基本的に同じ勝手気儘な歩き方を変えずにいた。その時どきの旅をなるべく自然に体感したかったからだ。何にも縛られたくはなかった。現地に直接身をさらすように歩きたいと思っていた。歳をとってもその思いを変えずに来て、気がつくと三十何年かがたっていた。

広いヨーロッパを転々とするうち、過去の日本の文人たちの旅の跡を見つけて立ち止まることが多くなった。明治の開国以来、欧米へ渡った日本人の大群が思い浮かんだ。そのあとからやってきた自分が、人々の最後尾の旅で何を見ているのかを考えるようになった。

文人たちの旅の跡は、その後十分調べて見てまわった。現地の人もいまの日本人も知らない場所ばかりだといっていい。百年前の作家のパリの下宿の薄暗い部屋が浮かびあがる。マルセイユのホテルのがらんとした部屋のなかで、陶製の洗面器と瓶《かめ》の形の水差しがカチャカチャ音をたてるのが聞こえる。まだ部屋に水道がない時代の、朝の洗面の場面である。作家は石の街の殺風景な部屋のなかではなく、土の地面の井戸端で顔を洗いたいと思い、またベッドではなく広い青畳の上で体を伸ばしたいと思う。あるいは、正坐をせず椅子に腰かける暮らしでは、一日中立ちつづけに立っているようで、一刻も休まらない気がするのが耐えがたい。

すでに近代文学の百年が過ぎている、と敬一は思いつづけた。それでも、百年前のことがいちいち体感できるようである。明治以後百年も百五十年もの経験が積み重なった地を歩いているのだ。その過去と向きあっているようにも感じる。すると、そこが単なる異国の地とは思えなくなってくる。

やみくもな近代化の百五十年だったにはちがいない。だがそこには、母方の祖父のあと、父や浩司叔父や有田夫妻のモダニズムが連なっていたのだ。彼らの連なりの末にいま敬一の旅がある。気随気儘に歩けば歩くほど、その過去に背中を押される思いも強まってくる。

ところがそのヨーロッパが、近年目に見えて変わりつつあった。しばらく行かずにいると、その変化がはっきり見えた。人が急に増え、街が混雑し、上等な通りが汚れて見えた。あらたに流入した人の波が街路を埋めていた。思わぬ変化がいつしか忍び寄り、目に見えるものになったというようだった。あらゆる人種が入り混じる眺めがふつうになっていった。それとともに、社会の混乱が感じられて、旅行者にとっての不都合も目立ってきた。

敬一はその時期の旅の記録を文章にしていく仕事にとりかかった。街のあらたな混雑と空気の変化を、三十年歩いた地の混乱のさまを、ひとつひとつ書き込んでいった。これは自分の旅が終わっていく眺めだ、と思った。一行一行文章ができるにつれ、自分の旅が否応なく片づいていく。その作業に呑み込まれながら、自分が一歩一歩消えていくのを眺めるような思いになっている。

敬一はふと目をあげ、窓のむこうの街を眺めた。再開発された新しい街である。窓いっぱいに大小のビルが建ち並んでいる。戦前からの古い工場がすべてとり壊され、いつの間にかオフィスやマンションの街になった。敬一は七十歳を前に埼玉の暮らしを切りあげ、この街へやってきた。工場ばかりだったころは、駅へおりたこともなかった街である。

窓の外はいつしか暮れかけ、ビルの窓々の明りが強くなった。最近またビルが増え、明りの列が広がっていた。引越してきたときは、鉄道新線のプラットフォームの工事をしていた。いまより暗い街に工事場の明りばかりが目立っていた。部屋にはまだカーテンがなく、夜が更けてもあかあかとしている工事場の灯火とガラス一枚隔てて向きあうかたちになった。引越し荷物を運び込んだばかりの、宙に浮いたような部屋だったが、構わずそこで眠ることにした。五時間も眠ると朝になっていた。

旅日記の原稿が進み始めた。敬一は記憶の暗みへ誘い込まれた。北ドイツの川沿いの古い街へ着いたところである。広場を越えて中世風の裏小路へ入っていく。そこだけお祭りのように人が多い。手工芸品の工房をいくつか見るうち空腹を感じ始める。どこかうまいビールが飲めるところを探したい。裏小路から戻って広場へ抜け出す。明日は郊外へ出て芸術家コロニーの跡を訪ねるつもりだ。百年前に日本の白樺派と関係があったドイツ人画家の旧宅が残っているはずである。明日ほんの少し先まで行けば、人が知らない大正時代が見つかるはずだと思っている。……

七十歳から七十四歳までの旅の記録は、翌年本にすることができた。それが三十五年にわたる旅日記の最後の一冊になった。遠い国への旅は、その後できなくなっていた。

長く会っていなかった旧友津田雅夫が、敬一の住む街に現われるようになった。津田が長く勤めた会社が、再開発の街の大きなビルへ移ってきていた。彼はそれに従い、定年後も年に一度の株主総会の日に会社のビルまでやってきていたのだ。

敬一は株主総会が終わるという時刻に街へおりていき、津田と落ちあい、昼食をともにした。津田は小学校以来の友人で、彼が結婚したころから日ごろのつきあいはなくなっていたが、これまでも敬一が旅日記を送ると、面白がって読んでくれていた。今年、最後の一冊を送って間もなく、津田が連絡してきて会うことになった。

津田は株主総会へ出てきていながら、会社のことは何も言わなかった。その代わりに、再開発の街のことをまず話題にした。

「実際このへんはすごい変化だよ。毎年来ては驚いている。それが面白くてやってくるようなものだ。われわれが育った街から遠くないのに、ここはちょっとした別世界だね。いまそんなところに君がいて、会社の後輩たちが毎日かよってきている。このぶんでは、会社だっていずれ変わってしまうだろう。来るたびに驚いている」

「僕は二十年も東京を離れていて、たまたまこんなところへ帰ることになった。どこへ帰ってもよかったんだが、育った街へ帰ろうとは思わなかった。ここはいつどう変わるかわからない。でも住んでみると、まあ、ここは悪くないよ。ばかに風通しがよくってね。それにどこへ行くのも楽だから、よく出歩いている。東京新参者のように歩きまわっているんだ」

津田はそのあと、敬一の旅日記をさっそく読んだ、一気に読んでしまった、と言った。そして、「君とはもう七十年になるんだよなあ」と、感慨を漏らす口調になった。

「学校を出るまでずっと同じ育ちだったのに、あれを読んで、ずいぶん違う人生になったものだと思ったよ。君は旅先で、いかにも自由自在に動きまわっている。あれは僕とは違う人生を生きてきた人の旅だとつくづく思った。あんな自由は僕にはなかったんだ。僕も会社の海外出張は多かったんだけど、ともかく行って帰るだけの旅だった。むこうでは商売関係のつきあいばかりだしね。いつも縛られていた。だから、これが僕の旅だったらどんなに楽しいだろうと思いながら読んでいた。実際にこういうことがある、人生がこれだけ違ってしまったなんて、と何度も思ったよ」

「たしかにそれは僕も同感だ。そういうことがあるんだ。七十年もたてば顔がわからなくなるかもしれない。相手の人生もわかりにくくなってしまう。でも、そうは言っても、あれは僕の休暇の旅の話だよ。あれだけ読むと、年中遊び暮らしているように見えるかもしれないけれど」

「読みながら、自分が解放されていくようだったよ。都市の空気の違いや人々の感触がいちいちわかる。それから、むこうで食べたもののことがくわしい。それがまたいいんだ。食べものが出てくると幸せな気分になる。僕は食いしん坊だからね。旅先でひとりで食べる料理がいかにもうまそうで」

「それが、あのころはもう量が多いと食べられなくなっていてね。君が言うほど自由ではなくなっていた。歳相応の制約を感じざるを得なかった。癌が見つかる前だったけれど、現地の大食漢たちに太刀打ちできなくなって、じつは僕の旅もそろそろ終わりだと思っていたんだ」

「僕はといえば、特に辞めようとも思わずにずっと同じ会社で生きてきた。僕としてはいいも悪いもなくて、まあ、ひたすら家族のために働いてきたようなものだよ。娘が一人だけの小さな家族なのにね。それでも一所懸命になれて、そんな人生を別に後悔してはいない。ところで、じつはここ二年ほど、僕はちょっと世間離れした暮らしをしてきたんだよ。この歳になってはじめて、定年後の悠々自適みたいなことをやってみたんだ。海に近い丘の上の暮らしだよ。じつはきょうもそこからやって来たんだが」

津田は彼の暮らしについて、敬一がはじめて知るようなことを話し始めた。いま彼は、妻と二人で東京湾口の岬の丘の上で暮らしているのだと言った。三浦半島の先端、湾口の海が大きく広がるあたりである。そこはもともと、彼が孫娘のために買ったマンション内の一戸で、何年か孫娘一家が住んだあと、いまそこに夫婦で住んでいるのだという。

津田の話によると、彼の一人娘の離婚がことのはじまりだった。彼女は孫娘を連れて実家へ戻ってきた。老後の静かな家が急に騒がしくなった。そのなかから、今度は孫娘の結婚話がとつぜん持ちあがった。津田は驚き、またそれをだれよりも喜んだらしかった。

彼は孫娘の相手の青年も気に入っていた。青年は哲学の大学講師で、まだ収入が十分ではなかった。それを知ると、津田は結婚祝いの大きな買いものをする気になった。大学は半島にあり、そこに近いところを探して、海辺の丘の上に建ったばかりのマンションを買ったのだった。

津田はそんな立地が若い哲学講師の住まいにふさわしいと思ったのにちがいない。が、夫婦に子供が生まれると、半島の先の田舎暮らしは不便なことが多かった。妻の直子さんがしばらく助けに行っていたが、結局孫娘一家を東京の家へ引きとることにした。その後津田夫妻は空き家になったマンションへ引越し、現在二年余りがたっている。

津田はそんな話をしながら、景色のいいところだから一度見に来ないかと言った。

「東京湾へ出入りする船を毎日眺めているよ。かなり高い丘で、そんなところに住んだのはほんとにはじめてだ。不便といえば不便だから、半分旅の暮らしみたいなものだ。でも、それがいいんだ。悪くないよ。急坂の登りおりもいい運動だ。ともかく、サラリーマン時代には考えたこともなかった暮らしだよ。この二年、毎日それを実感しつづけてきた」

「娘よりむしろ孫娘の結婚が大ごとになって、そのあげくの別荘暮らしというわけなんだね。はじめて聞いて驚いたよ。お孫さんに君がそんなに甘くなるなんて意外な話だ。急に意気込んでマンションを買ってしまうなんて。でも、その後また一変して静かな老夫婦の暮らしに戻る。僕には経験できなかった人生だよ」

「ところが、近くそれがまた変わるかもしれないんだ。哲学の先生が転勤するんだ。ようやく静岡の大学の専任ポストを得たところなんだ。もうすぐ静岡へ引越していくはずだ。そうなると、われわれは東京の家へ戻らなければならない。だから、いまのうちに一度、半島の先の土地を見にきてほしいと思っている」

敬一は津田を訪ねることにした。三浦半島を南下する電車に乗って出かけた。長いこと津田夫人に会っていなかったので、彼女の様子も知りたいと思った。

津田と夫人の直子さんは、戦後間もないころ、小学校のクラスメートだった。敬一も同級だったから、直子さんのことはよく知っていた。津田の結婚も、その新婚時代も近くで見ていた。五十年も前のことだ。その後、津田が言うように、彼と敬一の人生はずいぶん違うものになった。敬一はそのあいだ、直子さんと会うこともなかったが、若いころのことはよく憶えていた。敬一は繁華な横須賀の街で津田と落ちあった。津田は東京で会ったときとはどことなく違って見えた。あのときの意気軒昂とした様子がなかった。日によって調子の波があるのかもしれないと思わされた。

「こんなところまで呼び出してしまって」と、彼ははにかむような笑顔で言った。「このあいだはちょっとしゃべりすぎた。話のはずみで来てほしいなんて言ってしまった。馴れないと遠くて、大変だっただろう。ここから先がまだだいぶあるんだ」

津田は遠路を気にするような言葉をくり返した。敬一が楽しかったよと言っても、そのまま受けとる顔にはならなかった。

事実敬一は、電車で半島へ向かいながら気分がよかったのだ。横浜の街を出はずれると、こちらへは長いこと来ていなかった、と思った。車窓の家々も、その広がりも目新しい気がした。その眺めがずっと途切れなかった。やがてトンネルが増え、山がちな半島の新緑が光を増してきた。横須賀の駅で降りると、津田がまぶしい陽光のなかを歩道橋を渡ってやってくるのが見えた。

津田がタクシーをつかまえた。二人で乗り込み、かなり走って街を抜けると山へ向かった。山地は小さな丘が入り組んでいて、道が複雑そうだった。丘のいただきにも谷あいにも家があった。山地は新緑の濃淡が入りまじり、湧き立つように輝いている。

丘の上へひと登りしたところに津田の低層マンションが現われた。海がいっぺんにひらけた。東京湾口の広がりがわかった。マンションの三階へ昇ると、直子さんが玄関へ飛び出してきた。

「あらまあ、森本さん、ようこそ、こんなところまで」と、直子さんは昔とおんなじ明るい大声を出した。「でも、あんまり変わってないわねえ。五十年ぶりの直子さん、あのころっていえばもう大昔なのに。うれしい、涙が出そう」外で会ってもきっとわかるわ。

明るいリビングルームへ入ると、直子さんの髪は輝くような白さだった。が、声は変わっていないし、いまも結婚当時と同じ表情が浮かび出る。家に客を迎えたときの、底のほうから晴れやかに明るむ表情である。

戦後間もないころ、敬一らの小学校のクラスははじめて男女が一緒になった。女子組から移ってきた生徒のなかで目立っていたのが直子さんだった。彼女はいちばん自然に男の子のなかへ入ってきた。そして、おのずから女の子のリーダーとしてふるまった。男の子側からそれを受け止めたのが津田だった。やがてその二人を中心にして、新しい男女混成クラスがまとまっていった。

二人の仲は皆に認められて、その後もつづいた。小学校を出ても、高校大学を卒える歳になってもそれは変わらず、いつしか二人だけの親しい関係になっていったようだ。そのうち二人は結婚を決め、津田はそれがあらかじめ決められた道であったかのように、直子さんのために、そして一人娘のために、ずっと働きつづけることになったのにちがいなかった。

津田は二寝室の住戸内を見せて歩きながら言った。

「たったこれだけの、小さな2LDKだけどね。孫娘のためにこれを買ったとき、これで自分の役目は終わった、もうやれることは何もない、とはっきり思ったんだよ。そして新婚夫婦が家を出てここで暮らし始めると、急にがっくり来て、何をする気も起きなくなった。気力がいっぺんに抜けてしまった。そんなことになるとは、思ってもみなかったんだが」

直子さんが少し離れたところから大きな声でつけ加えた。

「ほんとにおかしかったのよ、この人。家が静かになったとたん、魂が抜けたように坐り込んで、動こうともしなくなったの。ずっと元気だったのに、とつぜん鬱病になっちゃったと思って、どうしたらいいかわからなくて」

「医者は空《から》の巣（エンプティー・ネスト）症候群だろうって言うんだよ。そういう病気があるんだそうだ。たしかに孫娘を送り出したとたんに気分ががらっと変わった。全然もとへ戻れなくなってしまった。いったん気力が抜けると、もうどうにもならない。そんな経験ははじめてで、実際自分でも驚いたくらいだ。孫娘夫婦がここにいた二年間はずっとその状態だった。赤ん坊が生まれ、二人が東京の家へ移ってから、僕はひとりでここへ来て、少しずつ状態を変えようとした。それで何とかなったんだよ。ここの環境に反応して、体が何とか動くようになった。はじめは心配して見にきていた直子も、すぐに来なくなった。いまは二人で住んでいるけれど」

直子さんが昼食の用意をしてくれ、三人でバルコニーへ出てワインを飲んだ。左に海が、正面に緑の山地の起伏が見渡せた。午後の盛りの陽光が、広い眺め全体に満ちていた。

津田はなお、「エンプティー・ネスト」の二年間について話した。ここで暮らしながら、ちょっと調子がよくなると、これからの自分にもできそうな「旅」を思いついたりしたのだ、と言った。

「それはこういうことだよ。大学の哲学講師の勤め先はたぶん転々とするだろう。どこで教えることになるかわからない。となると、僕はここのあと、またどこか別の土地のマンションを買ってしまうかもしれない。ここを買ったのが手はじめで、なお次々に買い、孫一家が移動すればわれわれがそのあとに住む。つまり、先生の転勤を追いかけて転々とするわけだ。笑わないでほしい。何十年も動かなかった暮らしが動きだし、それが一種の旅になるんだよ。二人の老年の旅だ。ここで暮らしてそんなことを思いついたりした。調子がいい日の単なる思いつきだよ。調子がよければとんでもないことを思ったりする。でも、すぐにまた落ち込んでしまうんだが」

「なるほど、それはまた愉快なアイデアじゃないか。そんなに調子がいい日があったのか。でも、哲学の先生がポストを得れば、やがて動かなくなるだろう。すると、君ら二人の老年の旅も終わってしまう。それはちょっと残念な気がする」

「彼の静岡の話が決まると、すっかり馬鹿らしくなってね、急にまた動きたくなくなってしまった。エンプティー・ネストって厄介なものだよ。いつまでつづくかわからない。いまはせいぜい東京へ往復するのが僕の旅だよ。行って帰ればたしかに元気になっている」

ボウルのサラダをかきまぜていた直子さんが、まっすぐ敬一の顔を見ながら言った。

「帰ってくると、きょうは森本に会ってきたって言ってうれしそうなの。やっとそこまで回復したところなのよ。朝も早く起きるようになったわ。房総半島の上に朝日が昇ると、毎日ここで日光浴よ。あたしはそろそろ東京の家へ帰りたいんだけど、この人ほんとはどうなのかしら」

津田は疲れたのか、少しずつ沈んだ調子になっていた。直子さんには直接答えずに敬一に言った。

「君はまだまだ動けるんだから、時どきこのへんへも来て歩いたらいい。うちへ来てくれるなら、僕はもうしばらくいてもいいんだ。ここでまた会おうじゃないか。まだ引越しのことなんか考える気分じゃないから」

「そんなこと言ってるうちに、また動けなくなったらいやよ。森本さんが頼りだわ。しばらくつきあって、助けてくださいね」

敬一はその後、岬の丘の上へ何度か津田を訪ねることになった。直子さんは東京の家へ往復していて留守がちだった。男二人は外へ出て歩いた。津田は山地の入り組んだ道を教えてくれた。バスも使えるので海辺へおり、方向を変えて、いくつも小さな漁港を見てまわった。広い湾口から渡ってくる波が音もなくひたひたと寄せていた。

一緒に歩くうち、津田は彼自身の過去について問わず語りに話しだした。これまで敬一が知らずにきた何十年かの過去だった。自分は父親にしっかり教育されてしまったのだ、と津田は言った。

小学生のころ、敬一は津田の父親を一度見たことがあった。授業の参観に来て、教室のうしろの席にひとりで坐っていた。時どき盗み見ると、先生の授業をじっと見つめる姿が変わらなかった。顔の表情が独特で、口もとはなかば笑いかけているようなのに、目はかっと見開かれていた。

敬一は小学校以来思い出すこともなかったその姿を思い浮かべ、七十年ぶりか、と妙な気がした。一度見ただけの姿だった。津田は優等生だったから、父親は息子のことが心配で授業参観に来ていたはずはない。彼はあきらかに担任の先生の授業に興味をもっていた。彼は半分面白がりながら、強い目を見開いて先生とまっすぐ向きあっていたのだ。

その父親から教え込まれたのはね、と津田は話した。人間の値うちは人の役に立っているかどうかで決まるという考えで、それを何度も教え込まれて、結局それが自分の信条のようにもなってしまった。自分は何ごとによらず献身ということをモットーにしてきた。家族ができれば家族のために生きてきた。その道が終わりに来て、エンプティー・ネストになってしまった。それを知られて、じつは恥ずかしいと思っている。が、幼な馴染みの君だからわかってくれたんじゃないかとも思う。そんなわけで、結局最後に残ったのがここのマンションなんだ」

「でも、いずれそれは売るつもりなんだよね。それなら僕が買おうか」

敬一は思わずそう口にしていた。

津田は瞬間驚き、それからおもむろに笑顔が広がった。急に快活に、面白がる調子になった。

「君はひとりだものね。僕と違って何でもすぐに決められる。だれに相談する必要もない。すばらしいよ。そうと決まれば、あとは僕が直子に報告するだけだ」

津田はなお敬一の考えを確かめながら、「それはいい、賛成だ」とくり返した。

敬一はあらためて自分の思いつきをふり返ってみた。もっとくわしく考えてみる必要があった。こちらへ引越すとしたら、どんな暮らしになりそうか、すぐにはうまく想像できなかった。

その後敬一はまた何度か岬へ出かけた。そして、現地で調べたいことを調べてまわった。津田はそれをいちいち助けてくれた。二人で不動産関係の専門家を訪ねたりもした。

そんなことを重ねるうち、敬一の心に自分の今後の姿が見えてきた。どんな暮らしをしたいかがはっきりした。東京を引きあげるとしたら、何を残し何と何をどう片づけるか、くわしく考えていった。

秋までには津田は東京の家へ帰るという。敬一は入れ違いに東京を去り、岬の家へ引越すことになった。

第二章　新居

その夏いっぱい、敬一は引越しのための身辺整理をつづけた。東京の暮らしは十年近くになっていた。埼玉を引きあげるとき、人生最後の引越しのように思ったが、またもう一度、思ってもみなかった新しい土地へ住まいを変えることになったのである。

この十年で再び物が増えていた。が、そればかりでなく、この前の引越しのとき捨てきれなかったものが少なくなかった。それらを始末し、極力身軽になるつもりで作業を始めた。自分の過去の精力が物と化して積み重なっているようで、それと向きあう思いもあって時間がかかった。

そのあいだにまた何度か、岬の丘へ津田を訪ねていった。津田の回復を十分見届けたうえで、彼が引きあげたあとの部屋へ入るつもりだった。津田のほうも、住まいを引渡す準備をしながら、そこで始まる敬一の暮らしがうまくいきそうか、見届けるつもりのようだった。津田を訪ねるたびに、知らず知らずそんな関係になっていた。見知らぬ者同士の家の売買とは違っていたからだ。

直子さんは二人を見ながら、からかうように言うことがあった。

「お互いがそんなに気になるの？　どうして？　何が心配なの？　いまさら何も問題はないでしょうに。もうお別れだと思ってるみたいよ」

敬一は毎日、身のまわりの物を最少にするつもりで、ひとつひとつ捨てていった。十年前以上に、それを徹底させる気になっていた。岬の丘のマンションは、大量の物を運び込むのにふさわしいとは思えなかった。敬一は次々に物を捨てて、現在の住まいを空っぽにしていった。

自分が「から身」になっていく、と思うことができた。身を軽くして、岬の光のなかへ浮び出ていくさまを思った。軽く小さくなった自分が放り込まれる遠い場所がずっと見えていた。物の始末をつづけていると、多分に夢想的な気分にもなった。木々の葉が落ちて林が明るくなるようで、身のまわりのそんな変化が夢に似てきた。

自分を東京につなぎ止めていたものも、いまではもう少なかった。人との関係は年々目に見えて減っていた。死者が増えつづけ、若い人たちも、大学の仕事が終わると身辺から消えていた。日ごろ新しいつきあいを増やさないようにもしてきた。敬一は人づきあいが次第に削ぎ落とされていくのを、戸外の風景の変化を見るように、何を思うでもなく眺めてきたのだった。

自分の体も、すでに胃を三分の二なくしている。ほかの臓器もいずれなくなっていくのだと思ったが、特に不安は感じなかった。丘の上の毎日が多少不便でも、平気な顔で暮らせるはずだった。当分追い詰められることもあるまいと思った。

引越しの作業は十年前をなぞるように運んだ。手順を忘れてはいなかった。段ボール箱に詰める仕事は前よりずっと楽だった。不動産会社が何度もやって来たが、マンションの部屋を売るのも簡単に済んだ。直接買い手と会うこともなく、すべてが終わった。

ひとりで作業をつづけながら、昼食のたび街へおりていき、毎日違うものを食べた。和食や寿司のほか、中華料理や韓国料理を食べた。作業に疲れて、英国パブへ飲みにいくこともあった。調理器具や鍋を荷造りしてからは、夜も食事に出て、インド料理やイタリア料理やタイ料理の店でゆっくりした。これでこの街と別れるのだと思った。

引越しの日が来た。運送業者の若者が三人、勢いよくやってきて荷物にとり着いた。彼らはほめてやりたいほど手際がよかった。敬一は三人が荷物を運び出すあとからざっと掃除をしてまわった。働く若者に好意をいだき、自分も思わず勢いづいていた。マンションの地下へ最後のゴミを捨てにいった。

彼らのトラックが出発すると、敬一も家を出、岬へ行く電車で彼らを追った。若者たちとは別の、鉄道の移動が心楽しかった。三歳のころ茅ヶ崎で暮らした神奈川県に、また住むことになったとあらためて思った。いろいろと偶然がはたらいた、移動の多い人生だった。その移動は、父親の郷里へ向かう特急列車の食堂車の記憶に始まっていた。それがまだ終わっていない、と思いながら、結核患者の父親の気配がよみがえるのを感じた。茅ヶ崎の高台の一軒家が、そういえば仮り住まいらしくがらんとしていた、と敬一ははるかな記憶を電車のなかで確かめ直したりした。

若者たちのトラックはまだ着いていなかった。敬一が新居の鍵をあけ、バルコニーへ出たちょうどそのとき、トラックが現われるのが見えた。マンションの玄関前へまわって停まる音がした。彼らはどこかで食事をすませてきたらしかった。

家具類が少なすぎるので、荷物をすべて運び込んでも、部屋はがらんとしたままだった。若者たちは呆気《あっけ》ないような顔をしていた。「何か、もうすることはありませんか」と言いさえした。そして、階段を駆けおり外へ出た。すぐにはトラックに乗ろうとせず、まだ運動が足りないというようにそこらを歩きまわっていた。

彼らが帰ってから、敬一はリビングルームに置き去りにされているライティング・デスクに向かい、しばらく動かずにいた。そこに坐ることしか思いつかなかった。夕方のいちばん明るい時刻だった。いったいどんな力がこの空っぽの明るさへ自分を投げ込んだのだろうか、とぼんやり思っていた。

ここの新居で何が始まるのかわからずに、しばらく動くのを忘れているような暮らしになった。低層マンション最上階の部屋だった。敬一は朝から暮れ方まで、晩夏の日の移ろいを眺めつづけた。広い空の青が深まっていた。東京へ引きあげた津田になり代わって見ているような眺めがあった。

ある日ふと思い立ち、東京とは方向を変え相模湾のほうへ出て、茅ヶ崎の美術館まで絵を見にいった。銅版画が中心の展覧会だったが、その画家の美術学校時代は、ひょっとして有田誠治氏と重なっているのではないかと思い、見にいく気になったのである。

行ってみると、市立美術館主催の大きな展覧会だった。画家は東京美術学校を出て間もなく召集され、中国戦線へ送られている。年譜によると、画家と有田誠治氏は、美術学校時代がほぼ同じであることがわかった。どちらも油絵科だったが、画家は戦後油絵と色彩を捨て、白黒の銅版画に切り替えたのだという。戦争を境に思い切った転換がなされたのである。

彼は昭和三十年代なかばまで、銅版画によって自身の戦争体験を描きつづけた。その時期の代表作「初年兵哀歌（歩哨）」は、ひとりの兵士がトーチカの底に立ち、みずからの喉元に長い銃を当てがい、左足の指を引き金に掛けている図である。トーチカの暗闇のなかの初年兵は、おそらく画家自身の姿にちがいない。白い骸骨のような横顔の大きな目の黒い穴から、涙がひとしずく垂れている。歩哨に出てひとり闇夜の底に目を見ひらいている初年兵の、絶望と狂気の瞬間が見る者に迫ってくる絵である。

画家の入隊は昭和十四年、有田氏が召集されたのは昭和十九年である。画家は中国の戦場で過酷な体験をし、有田氏は広島の宇品で被爆している。画家が一連の初年兵ものを発表するのは、高校生の敬一がはじめて常磐湯本の有田家を訪ねたころに当たる。

茅ヶ崎で敬一は、七十点ほどの作品を見てまわりながら、画家と有田氏を比べて考えていた。画家がわざわざ「初年兵」という言葉で語ろうとしたのは、おそらく美術学校出の青年にとっての、軍隊組織の不条理とその過酷さだったにちがいない。有田氏のほうも、召集されて出発するとき、悄然として、まるで屠殺場へ引かれていくような姿だったと奈津子さんが語っていた。が、戦後彼は不条理な戦争体験について何ひとつ公言することがなかった。それを具象画にすることもないまま、やがて抽象画に切り替えていった。

戦後十年のあいだ戦争を描きつづけた画家の作品は、批評精神の強さを思わせ、諷刺と奇想とアイロニーに満ちている。一方、有田氏の重厚多彩な抽象画は、温和で寡黙な作者の存在そのもののようである。他人を刺すような冷たさは少しも感じられない。

敬一は会場を歩きまわるうち、藤本弘さんが近くに住んでいるのを思い出し、彼と話したいと思った。藤本さんは高専時代から有田家でひそかに美術を学んだと言っている人である。敬一は絵をすべて見たあと電話をしてみた。さいわい彼は在宅していて、すぐにそこまで行けますよと言った。

美術館二階のガラス張りのカフェで、公園の松林を眺めながら待つうち彼は現われた。客の少ない店へ飛び込んできながら、驚いたような顔をしていた。

「意外や意外。こんなところで会えるなんて。会うのはいつも東京で、コンサートのときばかりだったのに。じつは僕も、地元の美術館へ来ることはあんまりないもんで」

「展覧会は僕も久しぶりだよ。すっかり出不精になってしまった。こちらの海で奈津子さんの散骨をしてからもう三年だね。きょうはここで絵を見ながら、急にあなたと話したくなったんだ」

敬一は展覧会の画家とその絵について、パンフレットを見せながら簡単に話した。画家と有田誠治氏が同窓だったこと、生年が三年違いなこと、その画風が対照的だったことなどを言い、きょうの画家について彼が何か知っていないか聞いてみた。

　彼は名前も知らなかったと言った。

「有田先生の絵ばかりずっと見てきて、それとは対照的な画風には気がつかなかったってことかなあ。いわきの家でそんな名前が出ることもなかった。全然知らなかったですよ。美校も軍隊も戦後の活躍も、すべて同じ時期だったなんて。それが全然違う正反対の絵になったのだとしたら面白いことですね」

「同じ油絵科を出て、一方は油絵を捨てて銅版画家になり、もう一方はやはり油絵を捨てて和紙のコラージュの抽象画家になった。どちらも戦後変わっていったのは同じなんだけど」

「先生は戦後いわきに腰を据えて動かなかったから、たぶんその点も違っていたんでしょう。有田先生にはそれが自然で、それ以外ないというふうで、自信もあったようですね。絵を描くためにいわきの外へ出ていく必要は全然ないというふうだった」

　有田氏は戦後しばらく、炭坑や漁港で働く人たちを描いていた。東京から先輩や仲間たちがやってきて、一緒に描いてまわった時期があった。いわきには戦後の社会派リアリズムの絵の材料が豊富だったのかもしれない。だが有田氏は、そのころの自分の仕事に必ずしも満足していなかったのではないか。あるとき、漁港の廃船を見て、風化した木造の船体の色合いがこの上なく美しいと思ったという話がある。そこから、具象がおのずから抽象に転じて、氏の後半生の画業につながったといわれている。

　当時敬一は湯本の家で、北洋へ出航する漁船の絵が出来ていくのを見たのを憶えている。

「ああ、その絵は有名ですね。具象時代の最後の絵だという大きな立派な絵だ。画集で見たことがあります。先生は伸びやかな描写力がすばらしかったのに、それを思い切りよく捨てて、抽象画に切り替えてしまった。いまから思えば何だかドラマチックな転換だった。あの静かな先生がガラガラと変わってしまったというような」

「隠れていたもうひとつの本領が解き放たれたというか、奔放に現われ出たものがあった。絵が一段と色彩豊かに大きくなった。ためらいのない境地がひらけたというふうに見えた」

「それにしても、先生は体の心配があったわけですよね。広島で被爆していたし、結核を患って、戦後ずっと安心できなかったはずです。その不安のなかで大きな転換ができた。僕が知ったのはそのあとだいぶたってからだったけれど」

　召集された有田氏は広島の宇品へ配属され、島の兵舎にいて原爆の閃光を見ている。その後被爆地の後片づけに出て、何日も働いている。放射能を十分浴びたことは疑いない。彼は人に聞かれると、ただ「街も生きている人間も同じ灰色に見えた」と言うだけだったという。宇品の部隊は俗にいう暁部隊だった。日清戦争以来、広島の宇品港は、陸軍の部隊を外地へ送り出すための基地で、有田氏はそこの船舶司令部という大組織のなかへ送り込まれたのである。

「先生はその経験をほとんど話そうとしなかったですね。思い出したくないと言って。森本さんだって何も聞いていないでしょう。でも、先生はあきらかに被爆者だった。有田家の元気な人たちのなかで、先生ひとり静かだったのは、被爆者の体調のせいもあったんじゃないのか。いつも奈津子先生に負けているような夫婦だったけれど」

「奈津子さんは十分それをわかっていたと思うよ。被爆者の体調のことは、年を経ていっそう気がかりが増していたんじゃないだろうか」

そこまで話したところで、カフェの若い女性がつくるリゾットがうまそうだったので、それを食べて帰ることにした。暮れ方で、窓の外の松の枝が揺れだした。藤本さんは最近いわきを訪ねたと言い、矢島さん夫妻の様子を話してくれた。古びてモダニズムの寺のようになった城山の家を買いたいという人が現われ、夫妻は家を出て、「アートスペース・アテナ」で暮らしていた。コンサートや展覧会の仕事は、ほぼ震災前に戻っているということだった。東京で商業デザインの仕事をしている長男の謙《けん》君が帰ってきていて会ったとも言った。

二人で茅ヶ崎駅へ向かいかけたとき、藤本さんはふと思い直したように立ち止まった。そして引返しかけ、

「僕もやっぱり銅版画家の絵を見ていこうと思う。ざっとひとまわりしてきますよ」

と言い、小走りに美術館の切符売場へ向かっていった。

矢島夫妻の長男謙《けん》君が、転居先の最初の訪問客となって現われた。有田誠治氏の孫がはや四十代だという。十年前、敬一が埼玉から引越したとき、謙君は東京の新居を整えるのを手伝ってくれたことがあった。彼は自分の引越しのように熱心に働いてくれた。今度は引越しの手伝いは頼まなかったが、落着いてから声をかけるとすぐにやってきた。

運転してきた車からおりると、彼はまずマンションのまわりをしばらく歩きまわった。それ

から、あたりを見まわしながら、そっと忍び込むように部屋へ入ってきた。

「ウワ、いいなあ、ここは」と、大きな声を出した。「こんなところがあったなんて。ここまで登ってきながら、どこへ行くんだろうと思いましたよ。天井が抜けたようで、何て明るいんだ、ここは。森本さんがこんなところに住んでたなんて、いわきでは全然想像できないだろうと思う。森本さんはいったいどこへ行っちゃったんだろうと思うばかりで」

「君が帰ったとき、よく伝えておいてよ。山の上で仙人みたいに暮らしているって。仙人になるのはまだこれからだけどね。いわきへ何年も行けないでいたあいだに、こんなところへ来てしまった。最近藤本さんはいわきへ行ったそうだね。君にも会ったって言っていたよ」

「いわきも、城山の家のころはあんなに人が来てくれていたのに、もう静かなもんですよ。たまに藤本さんが来てくれると、ちょっと昔みたいになる。じつは僕もあんまり帰っていないんです。震災後街は変わっていくようだけど、どうなるんだろうなあ」

謙君は現在、大手の建築会社で建築模型をつくる仕事をしている。ずっとデザイン畑で生きてきて、祖父の有田氏のようにアトリエを構えるでもなく、身軽に動いていろんな仕事をしてきたようだ。画家有田誠治のモダニズムは、いまなお現代建築の世界につながっている。謙君はそこで日々建築模型づくりに励んでいるのだ。敬一は彼の仕事を見たことはないが、彼がていねいに、精細に、熱中して手を動かしつづける姿は容易に目に浮かぶのである。

「僕の仕事だって、いまはこういうところでひとりでやれるはずなんです」と、謙君は少しくわしく話していった。「いちいち東京の会社へ出ていく必要はなくなっているんですよ。いまそういう働き方になりつつある。ここはそんな時代にぴったりの住まいかもしれない」

「つまり、このがらんとした部屋にパソコン一台置いて、君が坐っているところを想像すればいいんだね。たしかにそれは似合っている。君はいつも、引越しのときの空っぽの部屋へ来てくれるからね。ここへもさっそく来てくれた。君がはじめてのお客さんなんだよ」

「この前のときは、森本さんがキッシュをつくってくれましたね。あれはおいしかったなあ。何もない部屋で食べた。それでいっそうおいしくて」

「あんなものしかつくれなかったけど、たくさん食べてくれてうれしかった。でも、きょうは車だからワインが飲めないね。それが残念だ」

　新居はリビングルームのほか、ひと部屋を寝室にし、もうひと部屋は物を運び込んで納戸代わりにしてあった。謙君はその日、乱雑に納戸をいっぱいにしていた物を整理し、積み直してくれた。敬一の著書を見つけると、ちょっと読んだりした。自分の部屋を片づけるように、少しずつ熱中していった。納戸は見る見る広くなった。

　リビングルームへ戻るとき、謙君はふと親しげな目を敬一に向けて言った。

「この前のときは、ほんと言うと、あの広いところへ女性が入るのかなって思ったんですよ。森本さんもとうとうその気になったのかなって。あそこはここよりだいぶ広かったから。ここは物があまり置けないから、女性が引越してくるのはちょっと無理かなあ。あのとき、僕もそろそろ考えなくちゃってはじめて思った。それが十年前ですよ。いわきにいれば違ってたんだろうけど、またあまり考えなくなって、そのうち十年たってしまった」

その日はそれから家を出て、謙君の車で海辺へおり、岬の一帯を走りまわった。灯台のずっと先まで行き、大きなトンネルを通って帰ってきた。車中敬一は、地図を見ながら海辺の道筋を頭に入れ直していた。

小さな漁港の前の店で地魚料理を食べた。ビールもワインも飲まずにいると、食事は簡単に終わった。敬一は丘の上まで謙君に送ってもらい、来たときより彼がずっと馴れた様子で車を走らせていくのを見送った。

第三章　邂逅

翌年早々、再び相模湾のほうへ出る機会があった。菅原あけみが鎌倉から電話をくれ、会いたいと言ってきた。敬一が出した年賀状を見て、転居先を知ったからだった。あけみとは何十年も会っていなかった。

引越し以来人間関係が減っていたが、長く年賀状をやりとりしてきた相手とはつきあいが残ることになった。形式的な賀状が積み重なるうちに、思わぬ結果が生まれるということがある。それでも、敬一がなぜ三浦半島の先で暮らすことになったか、わざわざ聞いてくる人は少なかった。

五十年以上も前のことだ。菅原あけみを知ったとき、彼女はまだ中学生だった。敬一は二十代のころ、たびたび東北地方を旅していた。その旅先の温泉町で、あけみの一家と知りあったのだった。宿からひとりで散歩に出、渓流のほうへ下るとき、三人家族と一緒になった。仙台から来た人たちだとわかった。

ひとり娘のあけみはすぐに敬一に馴染んだ。素直な男の子のように人なつっこかった。彼女の両親もあけみを男の子のように扱い、明けっぴろげでさばさばしていた。それが愉快だったので、敬一はその温泉町にもう一泊して、家族と親しむことになった。その夏、敬一は青森まで行った帰りに、仙台の菅原家を訪ねていった。父親は会社勤めで、家は地方ではまだ珍しい核家族の明るさがあった。以後も敬一は東北旅行のたびに、仙台に寄ることを何度かくり返して家族と会っていた。

鎌倉で再会したあけみは、中年期を過ぎて少し太って見えた。色白の長身が大きかった。毎年の賀状から想像していた姿を上まわる大きさで、敬一はそれをあらたに受け止め直す思いになった。敬一が知らずにきた長い中年期を経た姿があった。

まだ正月気分が抜けないような街で昼食をともにした。あけみは二年前に離婚し、ひとりになって鎌倉へ越してきたのだと言った。

「離婚のことは、年賀状に書いてなかったから知らなかったよ」

敬一は一瞬、間をおいてからそう言った。

あけみは仙台で銀行マンと結婚していた。ごく堅実な暮らしのはずだった。男の子が二人生まれ、その成長がわかる写真の入った年賀状が毎年送られてきた。近年写真はなくなり、賀状のスタイルも変わっていたが、敬一は一家の写真の印象にとらわれ、離婚は思いのほかで、言葉がつづかなかった。

「仙台から東京へ出てきたのが十年くらい前よ。何とかショックというのがあって、銀行が破綻したりしたでしょ？　あれ以後わたしのうちもおかしくなっていったのよ」

あけみは敬一が事情を知らないのを面白がるようにすらすらと話した。

あけみの夫は銀行をやめると夫婦で東京へ出て、経済業界紙の記者になった。収入は減ったが、息子たちはすでに大学を卒えて働いていた。夫は上京して思いがけず自由になった。仙台からも銀行からも解放され、やがて家庭からも勝手に抜け出したようになって、東京生活を楽しみ始めた。

はじめのうち、あけみは特にそれを気にするというのでもなかった。むしろそれはそれでいいだろうと思った。そして、自分も外へ出て働くことにした。以後、二、三仕事を変えながら働いた。

「いま思えば、彼はそのころからぐずぐずとおかしくなっていったのよ。業界紙の仕事も銀行とは大違いだったし、東京は広いし、彼はすっかりゆるんじゃったのね。だんだんいい加減な人になっていった。わたしもそんな彼を構わなくなっていた。そうして最後は女よ。歳をとってからの女あそびよ。結局そんなところへ行き着いちゃったのよ」

あけみはそのあと、はじめて感情を顔にあらわす言い方をした。

「いろんなことがあったけど、もう思い出したくもない。ここへ逃げてきて、いやなことは全部東京に置いてきちゃったの。ひとりでこっちへ来てからは、もう何も考えなくてもよくなったわ。いまわたし、お寺さん関係の仕事なの。お坊さんに会ったりすることが多いのよ。ここは全然違う世界で、これまでのことはみんな忘れてしまえるのよ」

あけみは葬祭会社で働いているのだと言った。いまは葬儀の仕事のほか、会社のＰＲ誌のため、取材して歩いたりもしているのだという。

「それは驚いたな。僕が引越してきたら、その目と鼻のところで、あなたがそんな仕事をしていたなんて。僕はじつは鎌倉のことは何も知らないんだけど」

「わたしも全然知らない世界へ偶然飛び込んだのよ。それが何だか面白くなってきたところなの。お坊さんにしてもいろんな人がいる。お葬式をする家の事情もさまざま。ひとつひとつわかってくると面白いの。鎌倉は若い人が減っているって話もある。わたしが会うのはお年寄りが多いわね。鎌倉のことがよくわかる仕事なのよ。そのうえ、ここで森本さんにもばったり出会えたなんて」

あけみは仙台のころの話もした。亡くなった両親の晩年の様子を話してくれた。仙台の家はすでになかった。その家の話から、敬一が何度か訪ねたころの話にもなった。あけみの中学から高校にかけてで、彼女の変化が目覚ましかったが、あけみも若い敬一の姿をよく憶えていた。


敗戦直後の窮乏時代、敬一の家に間借りしていた岩手県出身の若い女性がいた。当時まだ少なかった女子大出の人で、小学生の敬一の目に笑顔の明るさがまぶしかった。彼女は盛岡近くの旧家からひとり東京へ出てきて、女子大の寄宿舎を出てから住む家を失っていたのである。

敬一は子供心に、彼女の田舎の大きな家を思い描いた。その古くて裕福な暗い家と、戦時中比較的自由な教育を受けた女性の明るさとを並べて思い浮かべていた。敬一は父親の姫路の家の不思議な暗がりを忘れていなかった。

あけみのお母さんが、その女性とどこか似ていると思った。大柄で、北の人の肌の白さが明るくて、笑顔がぱっと華やぐところがなつかしい気がした。実際にそのお母さんと話すと楽しかった。その楽しさに誘われるように、敬一は東北旅行のたびに仙台の家を訪ねていた。

あけみは高校生になると、見違えるほど背が伸びた。人なつっこさは変わっていなかった。セーラー服姿で学校から帰ってくると、母親と同じ肌色の明るさが、制服の暗い色からはみ出すように目立ってきていた。

敬一は仙台の家で食事をもてなされながら、どんな旅をしてきたかを話した。じつは東北の女性に惹かれる思いがあるのだ、と正直に言った。東北地方という土地に何か夢を誘う力があって、それを女性が体現しているように思う、というふうに説明した。すると、あけみの横でお母さんがけらけらと笑いだした。

「夢なんて言われてもわからないわ」と、とつぜん高飛車に、からかうような調子になった。

「そんなこと言う人ってはじめてよ。どこかにすてきな人がいたんじゃない？　正直に言いなさいよ。そりゃあ美人はいるけど、だからって魅力的な土地なんてものじゃないわ。どうしてそう思うのかしら。旧弊で、平凡で、面白くも何ともないところですよ、このへんは」

あけみは高校を卒業すると、東京の大学へ出てきた。それからは敬一と二人で会うようになった。東京までついてきた母親が帰ってしまうと、あけみは敬一と二人でいることに馴れていった。大学生活に不安はないようだった。アパートのひとり暮らしも、むしろ楽しいくらいだと言った。

仙台のころ学校の制服に隠れていたものが表われ始めた。ほとんど別のあけみになることもあった。敬一は東京ではじめて知りあった相手とつきあうようなつもりになれた。

敬一はそのあけみと一緒に、なるべく街なかですごすようにしていた。二人は大ぜいの若いカップルのなかに紛れていった。会うたびに違う街を歩いた。いろんなものを探して食べた。それはまわりの大ぜいと同じ、ありふれた楽しみ方にちがいなかった。

それでもあけみのほうは、大学の友人関係から抜け出て、自分をはっきり切り替えているようだった。彼女がやってくるときの様子からそれがわかった。同年の仲間たちとは別の場所へまっすぐ飛び込んできたという勢いが伝わった。

あけみの大学時代をつうじて、敬一は彼女を引っぱりまわすのを楽しんでいたのかもしれない。だが、あけみもそれを嫌うところがなかった。どこへでもついてきた。敬一自身、年下の若者たち同様にふるまい、街へ向かって解き放たれていった。が、いくら歩いても街は尽きず、街がある限り二人の関係も変わらなかった。二人で東京の外へ出たことはなかった。

彼女の大学最後の年になった。夏休みに入るころ、二人ははじめて街を離れることにし、信州の山地へ入り込んでいった。あけみは学生の仲間づきあいの外へ、行けるところまで行くつもりになっていた。二人は避暑地のホテルで数日をすごした。

湖畔の古いホテルは、湖面の光を窓いっぱいに受けていた。その光がやがてうつろい、消えていく時間のなかで、あけみは目に見えて落着き、静かになった。はじめて知る不思議な静けさだった。彼女の体のうえに夜の気配が広がった。

窓の外は漆黒の闇になった。鳥が飛び、木々のざわめく音がした。遠い空に稲光が走るのが見えた。あけみはゆっくり身がほどけるように動き、やわらいだ。小さな笑い声さえ立てた。敬一は彼女の母親の、もっと大きな、からかうような声を思い出していた。

夜が明けると、避暑客たちの賑わいに誘い出されるような過ごし方になった。湖水へおりて泳ぎ、日光浴をし、船で向う岸へ渡った。それから、水辺の道を長々と歩いて帰ってきた。昔外国人の別荘村だったあたりも見てまわった。

ホテルへ帰り着き、三階の展望室へ行くと、そこにいた男が声をかけてきた。敬一より少し年上らしい、新潟から来たという人だった。

「さっき別荘村のほうでお見かけしました」と、男はなぜか親しげな口ぶりだった。「あちらにお住まいかと思ったら、ここに泊まっていらしたんですね。ちょっと驚きました」

「そうですか。あのへんまで行ってみただけですよ。戦前の村の感じはもうわからなかったけれど」

「ここでは意外な方とお知りあいになります。新潟から山を登ってきて、よくそういうことがある。わたしはもう何度も来ています。でも、小説家というのははじめてでした」

彼は出版したばかりの敬一の小説のことを言いだした。まだやっと二冊目の本だった。そんなものを読んでいる文学趣味の人とは思えず、敬一は驚いた。しかも、作者のグラビア写真を新潟の人が見ているなどとは想像もしていなかった。虚を突かれたように、しばらくものが言えなくなった。

その男は、敬一の隣りにいるあけみから目を離さずにいた。敬一の小説は、だいぶ歳の離れた男女の話だった。少女愛の物語だといってもよかった。彼はあきらかに、小説の少女をあけみにつなげるような目で見ていた。なかなか執拗な目だった。が、たまたまあけみは近くにいた家族連れの幼い女の子をかまっていて、そんな目には気づいていなかった。

その夏が終わり、秋が足早やに進むころ、敬一は仙台まで行き、あけみの両親と向きあっていた。あけみと結婚するつもりだった。あけみが一緒に仙台へ帰りたがらなかったので、少し言い争った末、敬一ひとりで菅原家を訪ねることにしたのだった。あけみの両親とは十分親しくしてきたのだし、ひとりで行って話すのが不自然だとは思わなかった。むしろそのほうが話しやすいだろうとも思った。

だが、会ってみると、あけみの両親はどちらも表情が固かった。親しい空気がまるでなかった。敬一が話し始めるや否や、結婚を認めるわけにはいかないとはっきり言われた。両親は敬一とあけみの歳の差を問題にしていた。父親はひとまわり以上も歳が違うことだけを理由にしたが、ほんとうは敬一がその歳で定職についていないことが問題なのだった。母親は、困ります、困りますと言いつづけた。

あけみが東京へ出てからの敬一とのつきあいを、両親はずっと気にしていたのにちがいなかった。その心配を直接あけみに伝えることもあったようだ。が、あけみはそれをずっと無視していたらしい。ときに親子のいさかいがあっても、あけみはそのことを敬一に言わなかった。

敬一のほうは、仙台の両親が考えていることに思い及ばずにいた。長く会わずにいて、彼らの変化を思ってみることがなかった。

敬一は、ばたばたと戸をたてられたような思いで東京へ帰ってきた。学生時代から好んでかよった東北地方の戸がたてられていくように思った。帰京の車中、敬一はその戸のむこうにあけみが失われていくことを思いつづけた。

鎌倉の菅原あけみは、その後敬一の丘の上の新居へやってくるようになった。最初は敬一が鎌倉へ迎えにいき、半島のこちら側まで連れてきた。タクシーが丘へ登るにつれ、あけみはだんだん無口になった。頂上の光のなかへ降りてはじめて声が出た。そして、物をほとんど置いていない空っぽのリビングルームで、再び二人が向きあうことになった。

「たくさん物を捨ててきたんでしょ?」と、あけみは廊下のほうまで見まわしながら言った。

「こんなに捨てるのって大変よ。わたしもずいぶん捨てて鎌倉へ逃げてきた。きれいさっぱり何も持たずに暮らそうと思ったの。でも、やっぱり女はそうもいかなくて」

「逃げてきた勢いで、思いがけない仕事に飛びついたんだね。それで離婚後の世界がいっぺんに出来てしまった。まあ、それがよかったんだね」

「そうね。全然知らない街がただ面白かったのよ。そこで走りまわっていたら、そのすぐ先に森本さんがいたってわけ。何だか狭いところで鉢合わせしちゃったみたいね。とっても不思議。そのうえ、こんな山の上まで来て、またびっくりして」

あけみは立って、ほかの部屋も見にいった。矢島謙君が片づけてくれた納戸代わりの部屋を見ていた。それから寝室を見た。ベッドのわきに本棚があった。本もできるだけ処分したが、残したものがまだかなりあった。あけみはしばらくそれを見てから、リビングルームへ引返してきた。

「あんまり久しぶりで、森本さんのことまだよくわからないのよ」と、あらためて向きあいながら言った。「ここを見ても、そう簡単にわかるわけないわね。よく知っていたと思ってなつかしいのに、また何だかわからない気がしてくる。わたしはすぐにぼんやりしてしまう」

「僕も同じだよ。妙な気持ちになっている。別れたあと何十年も生きて、自分がそのあいだ何をしていたのかあやしくなってくる。長すぎたのかもしれない。あなたが僕と同じだけ歳をとったなんて信じられないようだ。そんなはずはないという気がしてね」

敬一は台所へ入り、簡単に料理をして出すことにした。イワシ五、六匹にトマトやピーマンなどの野菜を重ね、その上に御飯をのせて、スペインふうのおじやのようなものをつくった。三十分ほど弱火にかけて煮た。

「昔は料理なんかしなかったよね。長いあいだにはこんなことも覚えた」

「ここで何もかもひとりでやっているのね。いまのわたしとおんなじ。前はわたし、ひとりになったことって一度もなかったのに」

「仙台から東京へ出てきたとき、彼のほうは東京ははじめてでも、あなたはそうではなかった。二人は全然違っていたんだよね」

「わたしたちそこから変わっていったわけよ。わたしは森本さんのこと思い出していたわ。昔ずいぶん歩いた東京だし、森本さんその後どうなっちゃったかしらと思って。そのうちわたしも仕事を始めて外を歩くと、ちょっとあのころに帰ったようでもあって」

「四年間歩きまわったからね。僕も時どき思い出していた。埼玉暮らしが長かったんだけど、埼玉のことはいまではもう忘れかけている。物と違って捨てようとは思わないのに、まるで捨ててきたみたいだ。僕は何やかや書いてきたからね、書いてしまえばあとは空っぽになる。それがなかなかいい気持ちなんだ。あとは何もなくても平気でいられる」

敬一は納戸まで行き、ヨーロッパの旅日記を一冊、段ボール箱から抜き取ってきてあけみに渡した。あけみはページをめくり始めた。写真が入っているので、彼女は途中から写真のページだけ見ていった。

「ああ、森本さんこんなことしてたのねえ。わたしと東京を歩きまわったあとは、ヨーロッパだったのね。こんなにいろんなとこへ行って。わたしなんか聞いたこともない街ばっかり。やっぱりこれが森本さんなんだわね。気ままにどこへでも行って、何でも出たとこ勝負みたいで。ふつうこんなことってできないのに」

「ともかく何にも縛られずに動きたかっただけだよ。自然体の放浪だよ。特に冒険をしたわけでもない。冒険好きならもっと違っていただろう。アジアの国へ行くことも多かったけれど、どこでも同じような歩き方だった。特別なことは何もない。あなたと東京を歩いたのと同じさ。ヨーロッパ旅日記のあとは、アジアの旅日記をまとめるつもりだ。ここへ来て、やっとそれを始めたところなんだ」

それから二人で寝室へ行った。あけみは先に立ち、自分の部屋のようにカーテンを引き始めた。そして大きな体をぶつけてきた。遠い昔の二人の関係がたちまち戻った。二人の体の昔と同じ向きあい方だった。過去に信州の湖畔の数日があり、現在がある。それがまっすぐつながった。不思議に同じあけみがいた。

彼女の体のちょっとした癖が変わっていなかった。むしろ衣服がないのがよかった。衣服をとり除いてしまうと、長い年月がどこかへ消えていた。一足飛びに過去につながるものだけが見え、鎌倉で再会したいまのあけみが見えなくなった。

この空っぽの家で、時間をただまっすぐさかのぼれたのがよかった、と思った。お互い裸になって、うまく過去に突き当たったように感じた。あけみが言うように、過去と思わぬ鉢合わせをしたのかもしれなかった。

時間の底のほうに過去のあけみの顔があった。敬一はその顔をいつまでも覗き込んでいた。仙台のころの高校生の顔や、中学生の顔まで見えた。敬一は時間の底へ沈み込み、そこで動かなくなって、顔と顔を突きあわせているというふうに感じていた。

あけみはとつぜん耳もとで声をあげた。彼女は泣いていた。いったん声が漏れると大きくなった。どこか明けっぱなしの泣き声だった。敬一はあらためてその声に聞き入る思いになった。声がなくなってもしばらく耳を傾けていた。

ふと気づくと、あけみは眠りかけていた。彼女の寝顔がこちらを向いていた。敬一が知らない何十年かを経たいまのあけみの顔が目の前にあった。

　その後あけみは週末ごとに鎌倉からやってきた。一週間分の彼女の仕事に押し出されるように、バスに乗って現われた。寺や焼き場をまわる一日の話をすることもあった。が、ある日、敬一の古い小説類が段ボール箱のなかにあるのを見つけ、何冊か持ち帰った。そして次々に読んできて、小説の話ばかりするようになった。

　あけみは敬一の過去を知ろうとして、もっぱら小説の女性人物を話題にした。敬一を半分からかうようにしながら、何やかや聞き出そうとした。

　短篇集のなかの一篇、美和子という女性が出てくる小説の話になった。男性人物啓介は二十代なかばのサラリーマンで、いつも会社が退けてから美和子と会っている。会社の関係を離れた夜のつきあいが一年つづく。二歳年上の美和子は、すでに十年、下町の会社に勤めている。

「美和子さんって、小さな会社の平凡な事務員なのにすごい人ね。啓介さんとつきあう前は、五十のおやじさんと何年も関係をもっていた。男は町工場の経営者ね。そんな男がそこらにたくさんいる下町世界の話なのね。美和子さんは啓介さんをその世界へ引張り込む。過去の男のことを何でも明かしてしまいながら、年下の青年の心をからめとっていく。一方、青年のほうも何だか冷静に相手を受け入れているのね。そんな若者ってちょっと不思議。きっと森本さんがそうだったのね」

「僕は啓介ではないよ」

「でも、やっぱり森本さんがいる感じなんだけどなあ。わたしなんかが知るよりずっと前の森本さんが。五十男の夫婦がすったもんだした話をじっと聞いている若い森本さんが」

「女房に知られて騒ぎになったっていうありふれた話だよ。下町だからちょっと派手なことになるけど。美和子にしてみればまわりにたくさんあった話なんだ」

「男と女って、歳をとってからのほうがすごいことになるみたいね。美和子さんと別れるとき、五十のおやじさんがなりふり構わず別人のようになるのね。何を始めるかわからない。だから美和子さんは逃げだして、トンカツ屋の三階に隠れ住むのよね。森本さんと知りあうのはそれからで」

「僕は啓介ではないよ」

「美和子さんの部屋が面白いわ。下のトンカツ屋のお客の男たちの騒ぎが聞こえる小さな明るい部屋。そこに華奢な子供っぽいベッドが一台。町工場経営者の男を振りまわしていた美和子さんが、男と別れてからそんなベッドにひとりで寝てる。でも、啓介さんはそこで美和子さんを抱く気にはなれないのね。いつも旅館へ連れていってから抱くのね。なるほど、そんなもんかなあって思った。面白かったわよ」

次の週末、あけみはもうひとつ短篇小説を読んできて、作中人物啓介のその後についていろいろと問いただすようにした。

「会社に九年勤めて辞めたっていうのは森本さんと同じでしょ？　赤坂のマンションの塔屋のなかに住んだのも同じじゃない？　人があまり上ってこない屋上の暮らしね。塔屋には鴉が巣をつくっていて、鴉と一緒のひとり暮らし。下の階には芸者さんが何人も住んでいて、夜中にお座敷から帰ってくるのが上から見える」

「マンションというものがまだ珍しかったころの話だよ。八階建てだけど、ずいぶん高いところだと思った。まだビルも少なくて、眺めが広かった。八階から下は家賃が高かったけど、塔屋は全然別でね、八階分の裕福な暮らしのてっぺんに突き出た格安の暮らしだったんだ」

「高度成長のまっただなかって時代ね。地上の活動がごうごうと音をたてている。公害もひどい。その活動に背を向けて屋上まで上ってしまった啓介さんなのね。それはそのまま森本さんでしょ？　ところがそんな塔屋の部屋へ、若い女性が次々にやってくる。これはまたどういうこと？　夜はまっ暗になる屋上へ、みんな怖がりもせずに登ってくるなんて。八階から屋上へ出る階段は、暗い穴のようだっていうのに。でも、そこの狭苦しい部屋で、香港人のシェフを呼んでパーティーをやったりするのね。女性たちは全然警戒しない。いくらマンションが珍しいからって、ちょっと信じられない話だわね」

「別に信じなくてもいいんだよ、そんなこと」

「それから光子さんのこと。彼女ははるばる函館から何度もやってくる。東京へ遊びにきて、昼間は街を遊び歩いて、夜遅くなってから塔屋へ登ってくる。いつも必ず夜遅くよ。泊まりにくるわけでもないのに。すれっからしの道楽娘みたいでもほんとはうぶで、まだ男を知らないのね。啓介さんの塔屋は、女がたくさんいても、不思議に性の関係にならない。そういう世界よ。それはどうしてなの？」

「啓介がまだうまく動きだせないでいるからだよ。地上の活動からやっと抜け出したばかりなんだよ」

「あのね、最後に出てくる中学三年生の香津ちゃん。彼女だけは夜じゃなくて昼間やってくるのね。学校帰りだからね。でも、その子はもううぶじゃなくてちょっと不良っぽい。しかも大人みたいに利口であなどれない。そのくせ体はほんとに小さくて、大人のミニアチュアって感じ。それが塔屋ではじめての危険人物になるのね。そんな子を前にして、啓介さんはだんだん動きだしそうになる。はじめてそれまでの彼とは違ってくる。でも、ほんとに動いたら大変。啓介さんが必死に自分を抑えても、塔屋の狭い部屋は危険そのものになってしまう。そこで、彼は香津ちゃんが来ると、一緒に地上へおりて、なかなか塔屋へ帰ろうとしなくなる。葛藤を隠して二人で遊んで歩くのね。そのうち、空中の小箱のような塔屋の部屋は、香津ちゃんの学校カバンと着替えが置いてある彼女の部屋になってしまう。啓介さんの住まいは、彼が簡単に立ち入れないものに変わってしまう。……そんな小説よく書いたわね。話はとんでもないことになりそうなところで終わってるわね。森本さんは二年くらいで塔屋を引きあげたんでしょ？ そうやって香津ちゃんを追い払ったってわけ？」

「うまく説明してくれたけど、昔書いた話だ。僕はもうよく憶えていないんだ。昔のことはすべて本のなかに収まってしまった。いまのここの暮らしにはきれいさっぱり何も残っていないんだよ」

次に来たとき、あけみは長篇小説を半分ほど読んだところで、さっそくその話を始めた。赤坂の塔屋のあと一転して、今度は東京西郊の多摩川に近い住宅地の話だった。古い地主の屋敷があちこちに残る地域で、その一軒の地主の家の裏にある三軒長屋アパートの住人たちの話である。

「アパートの慶子さん姉妹と家主の家の妙子さん。その三人はいとこ同士なのね。いちばん活発な慶子さんは、有名企業に勤めて、男を次々に変えながら遊びまわっている。森本さんみたいな主人公は、サラリーマンなのにひとり暮らし。時どき妙子さんとつきあってるみたい。赤坂の塔屋からおりてきてからの話ね。そこにも女たちがたくさんいて、主人公は適当につきあいながら彼女らをいちいち見てるって感じ」

「自由が丘から丘を越えてだいぶ歩いたあたりだよ。僕が育った土地だ。でも、三軒長屋のアパートなんかはなかった。僕がそこに住んだわけでもない」

「森本さんはたぶん慶子さんがあんまり好きじゃない。それがわかるわ。妙子さんのほうが好きだったんでしょ？　妙子さんと一緒になって、格好よく男遊びをする慶子さんをからかいに鎌倉まで行ったりする。妙子さんは慶子さんのことではなかなか辛辣なのね。妙子さんはまだ女子大生で、卒論を書いている。でもそんなことより、森本さんは三軒長屋の外でるり子さんという人とつきあっている。会うのはいつも渋谷で、だんだんそっちのほうが本筋みたいになってきて」

「僕がつきあっていたわけじゃないよ」

「あの渋谷の話って面白い。急な坂道沿いに大きなラブホテルが並んでいるのね。街からどんどん登っていく崖の上のホテルに、るり子さんの部屋がある。女子学生の勉強部屋みたいな狭い洋室。赤いカーテンが垂れていて、造りつけのベッドがある。二人はデートのたびにそこを使うのね。るり子さんってごく未熟な娘なのに、セックスは激しい。吐き出す熱風の熱さがすごい。造りつけの高いベッドの上で女子学生みたいな体が爆発する。赤いカーテンに囲まれたそんな場面が、そのまま渋谷の街のてっぺんに突き出ている。まるで渋谷の街の塔屋のようじゃない？」

「なるほど、赤坂の塔屋と同じというわけか」

「でも、渋谷でつきあっているあいだはまだよかったのね。るり子さんはだんだんこの小説の危険人物になっていく。彼女はそのうち勝手に三軒長屋のアパートまでやってくる。それからが大変。ある晩彼女はアパートの戸口にうずくまっていた。その次のときは、ドアのなかまで入ってじっと立っていた。まっ暗な家へ森本さんが帰ってきて、ドアをあけて玄関のスイッチに手を伸ばすと、そこにるり子さんがいた。一歩一歩家へ入り込まれちゃうのよね。森本さんさぞ驚いたことでしょう。でもまだどこか甘いのよ。るり子さんがもっと怖くなるとは思っていない」

「何を言ってるの。僕の話じゃないんだからね」

「電車のなかでそこまで読んだのよ。そしたらもうるり子さんのことばかり考えちゃって。電車のなかなんかで読むもんじゃないわねえ。あれは絶対つくり話なんかじゃない。そんな女の子がほんとにいたんじゃないの？」

　次の週末、あけみは小説の後半を読んでまたやってきた。

「森本さんの小説って、女が危険人物のようになる話ばっかりね。るり子さんのセックスってすごいったらない。まるで爆弾だわね。家のなかに爆弾を投げ込まれたみたいになる。彼女が服を脱ぎ始めたらもう大変。主人公滋彦さんもたじたじね。ある晩帰ると、るり子さんがベッドに寝ていた。服がすべて脱いであった。闇のなかでひとり待っていた体が爆発するのね。もうほんとの危険人物。滋彦さんはどんなに疲れていても放してもらえない。ところがそのとき、とつぜん電話がかかってくる。るり子さんのパパからだった。それがわかって驚くのは、滋彦さんよりるり子さんのほうなのね。滋彦さんが話しているあいだ、るり子さんは毛布をかぶってふるえている。そんな場面よく思いついたわね。電話はパパからだったけど、彼女はママを怖がっていて、ママがかけてきたと思ったのね。もしママだったら、るり子がそこにいるでしょ、出してくださいって言ったでしょう。パパはやさしくて、そこまでは言わなかった。でも、滋彦さんは彼女とのつきあい方を今後変えると約束せざるを得なくなる。すると電話が切れたあと、ひと騒ぎもふた騒ぎもあって、るり子さんは朝まで帰ろうとしないのね。滋彦さんがへとへとになっていくところがとってもリアル」

「るり子の話ばかりだね。人物の数が多いし、ずいぶんいろんなことを書いたのに、さしずめるり子物語ってわけだね」

「ほんと、複雑な話だから、電車のなかで読んでるとついていけなくなっちゃう。でも読みやすいわよ。るり子さんの話が少し落着くと、今度は妙子さんの話になるわね。じつは滋彦さんは妙子さんとも関係をもっていた。そんな、と思って驚いちゃうのよ。でも、妙子さんは父親に反対されて悩んでいて、ひとりでイギリスへ行っちゃったりする。短期留学ね。滋彦さんともロンドンで会い、西のはてのペンザンスまで一緒に旅をしている。そのへん、滋彦さんがいっぺんに森本さんくさくなってくるわね」

「ロンドンもペンザンスも僕のひとり旅だ。それを使っている」

「またるり子さんに戻るけど、彼女はそのうち自由が丘近くへ引越してくるのね。ほんとに大胆。しかもそれだけではすまないのよね。滋彦さんは妙子さんの父親の怒りを買って、アパートから追い出されるんだけど、そのあとへるり子さんが入り込んでしまう。妙子さんの父親は駅前で不動産屋をやってるので、るり子さんはそのお客になって、滋彦さんがいた部屋にまんまと住みつくことになる。そして母屋の妙子さんと知りあい、過去のことなどみんな話してしまうんだから面白い。危険人物の真骨頂よ。結局滋彦という人は、可哀そうに、自分を人に侵食されつくしたようになって、もとのサラリーマン世界へ戻り、はるばる九州の博多へ転勤していく。そして博多から、異世界のような過去の東京へ思いをはせるというわけね。どんどん読めちゃうので楽しかった。るり子さんにはらはらし、妙子さんのことでは驚きあきれて、すっかり乗せられちゃったわ。わたしには結局るり子さんと妙子さんの話だったわね。あれはバブルのころの東京でしょ？　わたしは仙台で子育てのまっ最中でしたよ。森本さんがあの話を書いていたころ、わたしは森本さんのこと一所懸命忘れようとしていたわ。よく知っていた東京のこともね。東京の友達からもしばらく離れていた。だからバブルの時代といっても、特別な記憶はなんにもないの」

「うん、わかるよ。でも、いまはもう次の人生が始まっている。今度はそこであなたが次の危険人物にならないとも限らない。もしそうなったら、僕はもうどこへ行く当てもありはしない。こんな狭いところでそんなことになったら、たぶんもう生きてもいられなくなるだろうよ」

第四章　茅ヶ崎

岬の家で暮らすようになり、茅ヶ崎が近くなってから、敬一は三歳のころの記憶をしばしば思い浮かべるようになった。それは敬一にとって、この世のほぼ最初の記憶にちがいなかった。茅ヶ崎の海辺の小山の一軒家が、時に不思議にはっきりよみがえった。八十年たっても一向に変わらずに浮かび出る記憶であった。

小山へ登るまっすぐな石段が高かった。その高みに住んでいるのは、当時ひたすらジェイムズ・ジョイスを読んでいた若い学徒の一家だった。がらんとした家に家族が四人いるだけだった。門前の石段をおりると一面の西瓜畑で、夏のあいだは一帯が暗いような緑に敷きつめられていた。

ところが、西瓜畑の道へおりたあとは、敬一の記憶から方向というものが失われてしまう。どちらへ向かって歩いたのか、記憶がまるでない。あるとき母親と一緒に西瓜畑を見ていて、畑にいた農婦が西瓜を一つもいで近づき、下から手を伸ばして幼い敬一にくれたことがある。

その記憶が一つだけはっきりしている。母親が驚いて礼を言う声も聞こえる。だが、ふだん畑中の道をどちらへ歩いていたのか、特に駅はどの方向だったのか、もはや思い出しようもない。ただ、海への道だけはぼんやり憶えている。たしか門前の石段をおりてすぐのところに小川があった。海は西瓜畑が尽きた先に、小川の行く手にひらけていた。だが、おだやかな海の記憶というものはない。海の波はいつも激しくくだけていた。妹の和子が怖がって泣いた。彼女が大声で泣けば、敬一も彼女の怖れが気になり、ひとり浜辺を駆けまわることもできなかった。

この秋敬一は、この世の最初の記憶を何度か思い返すうち、岬の家から相模湾側へ出て、あらためていまの茅ヶ崎を見にいく気になった。方向というもののないところにぽつんと浮かぶ丘の上の家を探すつもりだった。もちろんそれがいまそのまま残っているとは思えない。が、あの丘と石段は、どこかにその名残りがあるかもしれない。西瓜畑がすべて宅地に変わっていても、広い家並みに埋もれがちに残っているものがあるのではないか。

秋日和の一日、敬一は茅ヶ崎駅で降り、バスや車が埋めている南口駅前の広場へ出た。タクシーを待ったが一向に来ない。バスのルートを調べることにした。市の東半分をまわるバスと西の半分をまわるバスがあった。西のほうのバスは昔の南湖院のほうまで行くらしかった。

もともと砂丘が広がっているだけの土地が、いまの茅ヶ崎市になったきっかけは、クリスチャンの医師高田畊安《こうあん》が、本格的な結核療養施設南湖院をつくったことだという。広大な土地に広がるサナトリウムだったらしい。明治の末年に国木田独歩がそこで亡くなってよく知られるようになる。東京から大ぜいの文壇人が、広漠たる土地の葬儀に駆けつけた。高田畊安は南湖院へ通じる道路をひらき、砂丘に松を植え、駅近くの商店が並ぶ通りを整えたりしたといわれている。

敬一の父親はサナトリウムに入っていたわけではない。が、一家が住んだ丘の上の家は、南湖院に近い西のほうだったのではないか、と敬一はまず思った。方角の記憶がまるでないのに、そう思っていた。小さな丘があるのはそちらのはずだ。丘陵地でも海のほうは平らで、そこが一面の西瓜畑だったのではないか。

混雑した駅前広場で、バス停のそばに出ている市街図をくり返し眺めた。が、それで何かがわかるというものでもなかった。いま茅ヶ崎市が隅々まで住宅に埋めつくされているなかで、昔の小山がちょっとした小公園にでもなっていないかと思ったのだ。が、小さな市街図にそんなものは探しようがなかった。ともかくバスに乗ってひとまわりしてみるしかない。

青い小さなバスに乗り込み、まっすぐ海へ向かう。前に来たことのある美術館が見えた。松の茂る小山の上の美術館で、一帯は公園化されている。が、この前よく見たので、そこは昔住んだ砂地の丘ではないことがわかっている。そもそも海までが遠すぎ、海の気配はまったく感じられない。

商店がすぐになくなってから、住宅地の道が長かった。そして、小さな高みひとつ見ることなく海辺へ出た。野球場など大きな施設が出来ている。立派な自動車道路が海の際を貫いている。ドライブ客向けの店が大きい。海水浴場が見えてくる。この海だったにちがいない。だが、海へ出る小川沿いの道がそこらにあったとはとても思えない。眺めの規模が違いすぎ、小さな和子の泣き声が響いた場所が、その眺めのどの一角にあったともなかったとも言いようがない。

　こんな海辺にあの小山があり、門に至る高い石段があったのだとしたら、それはもはや幻と言うしかないにちがいない。三歳の子供に方向感覚がまだなく、高さの感覚もあやふやで、石段の高さも長さも実際にはないものだったということだろうか。この先バスの座席に坐ったま ま、その幻をむなしく追いつづけることになるのか。

　南湖という地名の場所へ出た。バスは昔の南湖院のほうへ曲がった。現在の地名はなんこではなく、なんごのようだ。広大な丘陵地に開かれたサナトリウムはすでに消え失せ、いまその土地は小さな現代住宅に埋められている。ただひとつ、南湖院の跡地らしいところに養護老人ホームの新しい大きな建物を見かけた。が、そこはまだ平地で、南湖の地名は次々に出てきても、丘陵地に登るという感じにはなかなかならない。

　そのうち道は狭くなり、バスは住宅のあいだを小まめに曲がりながら行くようになる。土地は幾分高くなってきたようだ。起伏も感じられるが、それもわずかで、明治時代にうねるように広がっていたという砂丘の姿はもう想像できない。

　そこからなお駅のほうへ向かった。小さなバスしか通れない狭い道の紆余曲折が激しくなる。バスはスピードを落とさずに住宅の軒先をかすめるように進む。だがどこへ曲がっても、小山のようなものが見えてくることはない。石段の名残りはないかと目をこらしても、住宅の小さな石積みの一つ二つを見るばかりだ。すでに海からは遠いのに、幻を追う気持ちは変わらない。それがむしろ募ってきている。

とつぜん広い場所へ出た。坂道の途中のようで、その先を見ると、登りのだらだら坂の道沿いに商店が並んでいる。その道の出口は茅ヶ崎駅南口の広場のようだ。商店街は戦前からあったというが、そここそ駅の南の最初の道であり、高田畊安が開いたサナトリウムへの道の入口だったのにちがいない。

いつしか幻を追うことのできない場所へたどり着いていた。広大な幻視の海を渡ってきたという思いがあった。車がたくさん走っている現実世界へようやく浮上するところだと思った。


その秋、敬一はもう一度茅ヶ崎まで出かけていった。

現在の茅ヶ崎市の西半分に昔の小山らしきものがないならば、今度は東半分を調べてみなければならない。そのつもりで出かけることにした。が、じつのところ、東のほうは西半分以上に平らな土地であることがわかっていた。前に美術館へ行ったとき、そこから東へ少し歩いてみて、高みの気配などどこにもないと思ったことがあった。

それでも出かけたのは、東の平地に二ヵ所、疑わしい高みがあるらしいと知ったからだった。今度は駅前の広場からタクシーに乗った。三十分近く待たされ、ようやく乗り込んだ。

車のなかで、この街は渋滞がひどいという話になった。三十分待たされたと言うと、運転手はさっそく話に乗ってきた。

「きょうはまたひどいんです。朝からずっとですよ。それに駅まで行くっていうお客さんもいなくて」

「だからだね。タクシーが一向に広場へ入ってこない。ほんとにじりじりさせられた」

「どの道を通っても車が詰まっていましてね。通れる道がないんです。だから、まだろくに走っていないんですよ」

「ここはどこも道が狭いんだよね。街なかへ入り込んだら動けなくなる。街が急拡大して、改造する間もなかったんだろうか」

そんな話をしながら、「茅ヶ崎館」という古い旅館へまず行ってもらった。明治のころは海水浴客向けの旅館だったらしい。国木田独歩が南湖院で療養し、そして亡くなったときは、東京から文壇人たちが次々に来て泊まった。療養中から田山花袋らが何度も見舞いに来ていたという。当時宿から海辺の道を三十分も歩くと、南湖院の裏へ出ることができた。

「茅ヶ崎館」が海辺の高みにあるのではないかと思ったのは、たまたま一枚の写真を見たからだった。戦後、映画監督小津安二郎が、シナリオ作家野田高梧と二人で「茅ヶ崎館」を仕事場にしていたが、二人が住んだ和室の写真に正面の窓のむこうの木々が写っていた。その庭木が一様に低く、空が広く見えた。庭が少し低くなっているようで、これはちょっとした高台の旅館にちがいないと思った。

タクシーが平地を進んで着いた先は、行き止まりのようになっていた。行く手の幾分高いところに旅館の玄関があった。が、そこは高台などというものではなかった。土地がほんのわずか高くなっているだけだった。玄関わきのイチョウの木の黄葉が高々と揺れて明るかった。

その木をまわって裏手のほうへ行ってみた。が、その先も一向に高くなってはいない。これは昔の小山がどこか近くにありそうな土地ではない。写真にあった庭を確かめることもできない。旅館の人が外に出ていたので少し話してみた。彼はいまの当主で、母親は昭和十三年生まれだと言った。「茅ヶ崎館」の土地はもともと何千坪もあったが、戦後も千坪ほどは残っていたということだ。ほぼ平らな土地が広かったのである。

待たせておいたタクシーに戻り、もうひとつの目当ての地へ向かった。そこはあきらかな高台の、三百坪ほどの土地であることがわかっていた。戦後、作家と詩人が住んだ家だった。土地建物は茅ヶ崎市に寄贈され、作家の記念館になっているはずだった。「茅ヶ崎館」のへんに昔の小山がなければ、あとはその記念館が最後の目当てである。ほかにはもはや探しようもない。もうこれ以上この街で右往左往したくはない。だが、いまひそかに思っていることがある。いまさらほかを探すことを考えるまでもあるまい。その記念館の土地こそ、ひょっとして三歳のころの砂地の丘ではあるまいか。

作家が昭和四十九年に買い、亡くなるまで十五年住んだ家である。どんな事情で買いとったのか、そこの前の持ち主がどんな人だったのかはわからない。が、古い家はともかく、昔の小山がすっかり姿を現わすということが、もしかしてあるのではないか。歳をとるまであまり考えなかったこと、特に期待もしていなかったことが、とつぜん現実になるという瞬間があってもいいのではないか。

タクシーは東へ、広めのまっすぐな道を走っていく。戦後整えられた道らしい。行く手はどこまでも起伏がない。そこにいまにも現われ出るはずのものがある。ただそれに向かっていけばよいのだ。そう思いつづけ、行く手にあるはずのものに目をこらすようにしていると、平らな道はやがて見えなくなる。目の前の小ぎれいな戦後の広い道は消えてしまう。

おそらくそれは実際より大きな丘である。正面の石段が見あげる高さにまで達している。子供が石段を登りきると、砂地のむこうに揺れている松林が遠い。その庭をひとまわり走っても、ひとり遊びが面白いわけではない。家のほうへ戻ってくると、書斎の父親が文机から顔をあげて窓の外を見ている。が、三歳の息子のほうを見ているのではない。目の先の宙を見据えている表情のない目である。その父親の顔が大きい。家のなかからは和子の泣き声が聞こえてくる。

タクシーは直角に右折し、細い道を海のほうへ向かった。しばらく行くと、遠くに海への出口が見えてくる。まだちょっと遠いなと思っているうち、車は右手の木立のほうへぐいと曲がって入り込んだ。小さな山のふもとだった。「開高健記念館」という表示が目に入った。

それまで頭にあった小山の眺めはいっぺんに崩れ去っていた。まず第一に、高いまっすぐな石段がなかった。記念館へ登る道は短く折れ曲がり、それがなかば草木に隠れがちになっていた。全体に多様な木々や灌木が植え込まれた緑の小山が、何といっても小さすぎた。

敬一は折れ曲がった道を登りながら、これは違う、と自分に言い聞かせるように思った。古い石段がつけ替えられているのかとも思ったが、そんな形跡はまったくなかった。建物は開高夫妻が新築した白壁が目立つ現代建築で、戦前とつながるものがないことはひと目で知れた。

館内に入ると、先客が二人いるだけだった。玄関からすぐ来客用のホールになる。そこが現在、展示室になっている。開高健の年譜を中心に、遺品が所狭しと並べてある。

大阪生まれの開高は、就職した洋酒会社宣伝部でコピーライターの仕事をしたあと二十五歳で上京、芥川賞を得て作家になってからは、目まぐるしく活動的な人生に突入する。彼は当時急拡大していたマスコミの世界で活躍することになる。文学的政治的な運動にも加わり、それが海外にも及んで、三十四歳の年には新聞社の臨時海外特派員としてヴェトナム戦争に参加、九死に一生を得て帰還する。その後も新聞社、出版社に特派され、世界中を旅してまわる人生になる。茅ヶ崎へ移り住んでからの十五年は、大物釣りの冒険に深入りし、南北アメリカへくり返し出かけてたくさんの釣魚紀行を書いた。

展示室には、大きな一枚のポスターのなかに記念館開館以来二十年の企画展のポスターを集め、並べてデザインしたものがあった。過去の企画展は、あらゆる角度から開高の活動をとりあげていて、それがひと目でわかるというものだった。その一枚のポスターが、まるで光を乱反射させているかのように、いかにも多彩に、賑やかに目立っていた。

敬一はそれを見ながら、何の関係もないはずの浩司叔父のことをふと思った。浩司さんは昭和九年に広島から上京し、モダニズム詩の世界へまっすぐ飛び込んでいった。風俗的にも、戦争前のモダン都市東京の最盛期だったが、彼は街なかの歓楽を求めるということもなかったようだ。萩原朔太郎のように、大都会の「群集の中を求めて歩く」ということも、また一匹の青い猫の影を帯びた東京を歌うということもなかった。すぐに西の郊外へ引越してしまったからかもしれない。彼は仲間と何か活動したりするより、独り静かにしていることを好んだ。遠い郊外の暮らしのなかで、上機嫌に孤独を楽しみながら、昭和十九年の死に向かって徐々に近づきつつあった。

開高健の生涯はもちろんそれとはまったく違う。開高の文学的出発は戦後十年を経てからである。そのころ、新世代の若者たちが多方面で活躍し始め、衆目を集めていた。長い戦争から解放された若い世代が、浩司さんらの戦争世代のあとから、いっせいに才能を開花させる時が来ていた。

戦時中の若者にとっては、当然社会的活動の機会は限られていた。だから浩司さんのように、兵士になるつもりも資格もなければ、ひとりで詩作にふけるだけの暮らしになっても不思議はない。多彩な活動など望むべくもないまま、敗戦のころには彼の青春は終わっていたのである。

浩司さんと開高の青春は対照的かもしれない。目の前の展示物をとおして、その事実を突きつけられるようだ。それはあまりに歴然としている。だが、戦争をはさんではいるが、開高は浩司さんの世代のすぐあとから世に出ている。文学的には当然つながっているはずだ。浩司さんが生きたのが戦前のモダニズムなら、ここにあるのは戦後のモダニズムというべきものではないか。

マスコミの世界が広がりつづけ、文学青年の活動がどんなものにもなり得たことが、古いモダニズムをこんなふうに変えたのだ。マスコミの力の違いが大きかったのだ。この賑やかさが戦後のモダニズムというものだ。同時に、欧米社会の近代性がそれだけ身近になったということでもあったのだろう。祖父が早くも大正時代に、文学と一緒に捨てることになった近代性である。

敬一はそんなふうに思い、来客用のホールの先の家族の住まいのほうへ入っていった。急に狭くなる先に作家の書斎があった。が、そこへ直接入るのではなく、いったん庭へ出て、広いガラス窓越しに中を見るようになっている。ガラスの内側には大きな文机があり、開高はガラス越しに庭木と向きあいながら書いたり読んだりしていたらしい。文机の上の窓際には、晩年の開高が使っていた本が五、六十冊、一列に立て並べたままにしてある。書斎の奥には万年床のコーナーがある。

開高健は生涯あらゆる本を読みつづけたが、文芸書は欧米文学の翻訳ものが多かった。戦後次々に世に出た翻訳書を読みまくって作家になった人である。彼の記念館はその読書体験についてもくわしく語っている。それを見ていくうちに、それまでどこか落着けず、居心地が悪い気がしていたが、その思いがはっきりしてきた。開高が愛読した翻訳書は、敬一もだいたい読んでいた。十代の経験は開高の世代とほぼ同じだった。あの時代のモダニズムに自分も養われていたのだと思った。

開高のヴェトナム体験でさえ、彼の読書体験から直接生まれたもののように見えてくる。E・ヘミングウェイの第一次大戦の体験と、その五十年後の開高健の体験が重なってくる。どちらも自国では経験できなかった他国での体験である。敵軍に包囲され九死に一生を得たヴェトナムで開高がかぶっていた鉄かぶとが、彼のモダニズムの遺物のように見えてくる。

記念館の内外に、開高が残した言葉が標語のように掲げてあった。なかには西洋起源の有名な文句もある。それらの言葉を撒き散らしたモダニストの旺んな精力が、直接触れてくるようである。そんな片言隻句《へんげんせっく》に出会うごとに、あらたに気恥ずかしい思いが動きだす。

記念館を出て、同じ敷地内の「茅ヶ崎ゆかりの人物館」へも行ってみた。そちらは土地が少し高くなっていて、ふり返ると小ぢんまりとした記念館が見おろせる。三百坪ほどの敷地全体に高低差があるというのも、敬一の記憶にはないことである。

だが、それだけ記念館と段差が出来、離れてみて、ひと息つける気がした。敬一は父親に始まり浩司叔父や佳代子叔母をへて、自身につながるものを思わざるを得なかった。あの記念館のなかで、開高の大阪人らしい賑やかさに誘い出されて、目に見えてくるものがあった。いまそれをこちらの高みから見おろしているのだった。

ひと息ついて思うことがあった。もしあそこが昔の家の跡で、あの一帯が記憶のとおりで、ほんとうにそこへたどり着いていたのだとしたら、いまどう感じていただろう。まるで敬一自身の過去から現われたモダニスト開高に待ち伏せされていたように思ったのではないか。言葉をなくして立ちすくんでいたかもしれない。あそこが記憶とは無関係だったことがよかったのだ、とはじめて思った。

かつて大学で自分が学生に言った言葉が、いままた思い出された。開高健のヴェトナム体験に興味をもつ男子学生が何人かいた。彼らは旧サイゴンへ行きたがっていた。なかに開高文学をテーマに大学院の博士論文を書きたいという学生がいた。敬一はその指導を断わることにした。自分は開高健の文学を十分評価できないから責任がもてないと言ったのである。学生はひどく驚き、唖然とした顔になった。それから顔に怒りが浮かんできた。

敬一は授業でも同じことを言い、開高ファンの学生たちは一様に口惜しそうな顔をした。敬一はエッセイストあるいはジャーナリストとしての仕事とは別に彼の文学を考え、その真価を認めることがむずかしい作家だと言い、彼の代表作「夏の闇」の読解へと進めていった。そのとき、自身の感じる気恥ずかしさを、世代の違う学生たちにうまく伝えることができなかったのをいままた思い出していた。

「茅ヶ崎ゆかりの人物館」では、二つの建物で「高田畊安と南湖院展」と「小津安二郎・野田高梧展」をやっていた。それぞれ明治時代と戦後の茅ヶ崎が回顧されていた。敬一は子供のころの茅ヶ崎とは無関係な時代の展示を、落着いて楽しむことができた。三歳時の家も小山もあとかたなく消え、開高健と同じ時代の自分の過去もいつしか消えて、何を思うでもなく見知らぬ土地の事績と向きあっていられた。

終章　残日

　多摩川のはるか先まで、京王線や小田急線が西へ西へと伸びている。が、敬一は長いあいだ、その方面の地理に疎いままで来てしまった。八王子に近い広大な土地があるはずだが、そこがあやふやなままだった。いわきの有田家の長女涼子さんが、いまそのへんで夫と二人で暮らしている。

　彼女は結婚以来長く生田に住んだが、相模湾の海で母親の散骨をすますと、生田よりもっと奥のほうへ引越していった。そこまで行かれると、敬一にとって距離というものの消え失せた先の地のようになってしまう。ところがその春、涼子さんが藤本弘さんと敬一を家へ呼んでくれることになった。敬一は西へ向かう電車に乗り、いちいち距離をよみがえらせながら、小田急多摩線に乗り換え、五つ目の駅で降りて藤本さんと落ちあった。涼子さんが車で迎えにきてくれた。

　駅前からすぐ分譲住宅の町になっていた。まだ新しい清潔な家並みが広がっていた。車の少ない道が町の起伏を貫いていた。涼子さんは二階の広いテラスに植木の緑が見える坂上の家にゆっくり車をつけた。

涼子さんの夫の宮田さんは、喉頭癌の手術で声が出なくなっていた。補聴器を使っている耳も不自由だった。家へあがってひと休みしてから、藤本さんと敬一は、ほとんど無言の宮田さんに連れられて散歩に出た。

まず家のすぐ裏の山へ登った。尾根道のようなところを歩いた。それから、大きな団地との境界をなす森へ入っていった。少し下った先に、江戸彼岸桜の大木があった。宮田さんはそちらへ大きく手を振ってみせた。見あげる大木に、自生種らしい山地の桜が満開だった。宮田さんは満足げに藤本さんと敬一の顔を見た。ふだん彼はよくその山道を歩くようだった。声は出せず、耳は不自由でも、彼の体は喜んでその森をもっと先まで歩ききろうとしていた。

高みへ登り、そこを越えると下りになった。下方に眺めがひらけ、あちこちにコブシの花が咲いていた。その花の白が、遠くのものまではっきり見えた。下るにつれ急坂になり、山道に落葉が積もっていた。敬一は思わず勢いをつけた。とたんに落葉の上をずるりと滑った。尻が落ち、足が伸びてあおむけになった。なかば落葉に埋もれながら、敬一は宮田さんの散歩道に埋もれるのを喜ぶような気持ちになった。そこへ宮田さんの大きな顔がぬっと出た。彼はわずかに声を発しながら、驚いたような、からかうような笑顔を近づけてきた。

涼子さんは、二階のテラスや家のまわりに草花や果樹のたぐいをたくさん植えて、毎日水やりをしながら暮らしていた。近くに小さな農園を借りていたこともあるらしかった。母親の遺骸を焼いた多摩丘陵の緑の世界の、もうひとつ奥へ入り込んだ彼女の暮らしが見えてきた。

涼子さんは酒の肴をたくさんつくってくれ、男三人明るいうちからお酒を飲んだ。生田のころ子育てを終えてから、彼女は宮田さんとの毎日を残して、あとはおのずからけりがついてしまったというふうだった。彼女はこの広い新開の地を、毎日のように車で走りまわっていた。もっと大きな町まで行っては、宮田さんに必要なものはすべて買い揃えて帰るという暮らしをしていた。

涼子さんは若いころのいわきを遠く見るというふうに話しだした。

「わたしは早くからいわきを出てしまったから、知らないことも多かったの。高校の途中から東京暮らしになって。でもそれが楽しくて、東京の高校にすっかり馴染んで、あんまり平へ帰らなかったのよ。そのまま大学へ進んだから、結局六年も平の家から離れていたことになる。それで、たまに帰ると、家の空気が変わっていて驚いたことがあった。高専の人たちが来ていて、家じゅうがちょっとざわざわして、お母さんもあのころから何だか変わってしまったようで」

藤本さんがすぐに応えて言った。

「ああ、それは当然僕らの責任だったんだ。ずいぶん勝手に出入りさせてもらいましたからね。何しろ僕らは高専が出来たばかりの第一回生だったんだから。みんな勢いがよすぎたんです。教えるほうの奈津子先生も勢いがよかった。それは同じだったのかもしれない」

敬一はその話を聞きながら、そのころ姉と同様に家を離れていた弟の和彦さんのことを思った。彼は高専第一回生たちとはもともと関係がなかった。その点、彼もおそらく涼子さんと同じだったのだ。奈津子さんは家でピアノを教えたりするより、男ばかりの高専生に音楽を教えるほうが性に合っているように見えた。たしかに中年の奈津子さんにあらたな勢いが生まれ出たようだった。敬一は涼子さんの話に和彦さんのことをつけ加える気になった。

「彼もお母さんに置き去りにされるようだったんじゃないのかな。お母さんのほうが動きが速くて、どう合わせたらいいのかわからない。家へ帰るといつも同じ母親が待っているというんじゃない。むしろいつも母親が先に変わってしまう。和彦さんはつきあい方のむずかしい母親だと思っていたんじゃないだろうか」

藤本さんは、その後高専は違う学校のようになってしまったと言った。

「われわれは高度成長期の日本で、フルに働けるように教育されたわけです。それから四十年、われわれの勢いは衰えて、学校もすっかり変わってしまった。高専はいつの間にか男女共学になっていて驚いたものですよ」

涼子さんはキッチンから料理を運びながら、敬一の旅日記のことを言ったりした。彼女は日ごろ園芸のかたわら本を読み、それが習慣になっていた。読書の仲間も出来ているらしかった。敬一の旅の記録は何冊も読んでいると言った。

「お母さんと二人で鉄道旅行をしたりしたのね。その様子がいちいちわかって面白いわ。ヨーロッパなんか行ったことがないのに、森本さんの本を読むと、わたしも一緒に歩いているようで楽しいのよ。お母さんと三人で旅してるようでもあって」

宮田さんが、配達されたばかりの夕刊を持ってきた。彼が長く勤めた新聞社のものとライバル紙のものとがあった。敬一はそのライバル紙の夕刊が、最近紙面が変わってつまらなくなったという話をした。宮田さんは耳が不自由でも、そんな話はすぐにわかるらしく、親しげな光が目に浮かぶのが見えた。彼はいったん広げた新聞をていねいに畳んで片づけ、すぐさま晩酌のテーブルに戻った。

ほどなく敬一はいわきへも出かけることになった。五年ぶりだった。次女の理恵さんから「アートスペース・アテナ」二十周年の催しを知らせてきたからだった。

行ってみると、夫の矢島さんは腎臓を悪くして、別人のようにやせ細っていた。理恵さんは左目の涙腺炎とかで、眼帯とマスク姿になっていた。有田家の末っ子夫婦の見かけの変化が大きかった。それでも、二十周年の演奏会と有田誠治展のために、二人が昔と変わらず動きまわったことがわかった。長男の謙君が、パンフレット類をつくったりして助けていた。

会場はきれいに整えられていた。奈津子さんが残した大きな建物は古くなっていなかった。内部の色彩も二十年前のまま生きていた。いまは理恵さん夫婦の生活の場にもなっているが、残された建物を二人が大事に守ってきているのが見てとれた。

ピアニストの谷洋一さんがすでに来ていて、会場のステージで本番前の練習をしていた。イタリア人のフランチェスカ夫人も会場にいた。敬一は夫人と久しぶりに会って日本語で話をした。彼女のお母さんが、今年も桜の季節に日本へ来て、ひと月ほど一緒に過ごしたということだった。

谷さんは若いころ、テノールの石田勉さんのピアノ伴奏のためいわきへ来て以来有田家と親しかった。「アートスペース・アテナ」でも何度か演奏してきた。二十周年の催事も、彼のコンサートが中心になっていた。二時半に開場すると、お客がどっと入ってきた。

これまで谷さんは、日本で知られていないイタリアのピアノ音楽の紹介に力を尽くしてきた。その日もイタリアの曲が多かった。が、それ以外にモーツァルトとショパンの少年時代の曲をいくつか弾いた。どれも聴いたことのない曲だった。谷さんは二人の天才少年の話をした。

終演後お客がほぼいなくなり、最後の一人が出ていくまで、矢島さんは自分が並べたギャラリーの絵を横目で見て歩きながら見送っていた。やせ細った姿が揺らぐように動いた。左目に大きな眼帯をした理恵さんは、会場の入口に据えた机の前に立ち、ひとりひとりの接客をようやく終えて、チケット代のお札を数えたり、ノートに何か書きつけたりしていた。

日が暮れた。「アートスペース・アテナ」の戸を閉めきり、車で居酒屋へ行き、二十周年の祝盃をあげることになった。三人の家族のほかは、谷夫妻と敬一が加わるだけのお祝いの席だった。

理恵さんは末っ子として家を離れることなく生きてきて、震災のさなかに奈津子さんの体が崩折れるのを見、残された「アートスペース・アテナ」を守ってきたのだ。二十年のあいだ変わらずに母子を支えつづけた矢島さんは、いまでは昔のテニスのコーチの健康体をすっかり失っている。奈津子さんがシニア・テニスの最高齢選手だったころでさえ、とっくにひと昔も前のことになってしまった。

人がいわきへ集まることも少なくなった。矢島夫妻の催しに理恵さんの姉も兄も来てはいない。震災後彼らの故郷は遠くなり、奈津子さんが残したものも、その二十周年も、遠のいてしまっている。ここではただ谷夫妻と敬一が祝宴の席にいて、メヒカリのからあげや天ぷらなどを注文して食べている。イタリア人のフランチェスカが、大きな声の日本語で店の人に注文を伝えたりしている。

その晩、谷夫妻と敬一は同じホテルに泊まった。翌日の朝食も、ビュッフェの食堂で一緒にとった。夫人の北イタリアの実家の四人きょうだいの話になった。あとの三人は、兄も妹も弟も、結婚はしても結局皆離婚して、暮らしがばらばらになってしまった、離婚しなかったのは私たちだけよ、とフランチェスカは隣りの夫を見ながら笑った。いまお母さんがゆっくり遊びに来られるところといえば、二人の日本の家しかないのだということだった。

三十五年前の夏、谷さんとフランチェスカは、北イタリアのブドウ園のレストランで結婚披露のパーティーをした。敬一はその日のフランチェスカの衣裳をいまも憶えている。彼女は伝統的な白いウェディング・ドレスを嫌い、特製のピンクのイヴニング・ドレス姿だった。そのドレスの上に、大きくふくらんだ七分袖の同色の上着を重ねていた。上着にはタキシードを思わせる黒い衿がついていて、その華やかなデザインがよく似合った。

花婿は花嫁衣裳を教会の結婚式まで見ない習慣だということで、フランチェスカが家で着つけをするあいだ、谷さんは隣りの家にいさせてもらい、そこから一人で教会へ行ったらしかった。彼は教会ではじめて花嫁の晴れ姿を見、敬一も一緒にそのとき見て驚いたのだった。

三十五年後の夫婦は東京から車で来ていた。かつて夫がヨーロッパで演奏の旅をしていたころは、距離が長いので、いつも妻が運転して夫を休ませていた。が、いまいわきへ来るだけなら、夫が運転すればそれでよかった。帰りの運転も気分がいいはずだった。

緊張を強いられる音楽家の仕事を、妻の運転が支えていた時代があった。七十代に入った谷さんは、いまその仕事から解放されつつあるのかもしれない。彼が自分で車を運転するとき、それを実感するのではあるまいか。いわきへ来るたびに、そのことを思うのではないだろうか。

敬一は東京へ帰る二人と駅前の駐車場で別れた。海のほうを見てまわるつもりでバスを探しにいった。謙君がバスの経路と時刻を調べてくれていた。

いわきの海辺が震災後どうなっているのか、見ておきたかった。バスはすぐやってきた。三十分ほど走ると、昔よく来た新舞子の海岸へ出た。が、海辺を走っても、地名があるだけで海は見えない。豊間をへて江名港まで、新しい護岸がつづいている。海辺はどこも同じ眺めである。津波の被害はもっと北が大きかったというが、こちらに並ぶ海岸も津波にやられて、その後長い防壁に守られたようになっている。

小名浜の街へ入ったが、巨大なショッピング・モールが海の眺めを遮っていた。昔の漁港らしさがまるでない。モールの手前に、作り直された見馴れぬ街が大きく広がっている。

モールを抜けて海へ出てみる。大きな埠頭が三つ出来ている。それぞれに新しい建造物が見える。第一埠頭のガラス張りの建物に人が大ぜい入っていく。なかに海鮮料理の店が並んでいる。が、どこを覗いても席が埋まっている。

二階で「東日本大震災展」をやっていた。見てまわったが、地元の被災についてていねいに説明したものではなかった。簡略に過ぎるという気がした。モールへ戻ると、そちらにも大きな食堂街があり、混雑していた。ビールが飲みたかったが、なぜかビールを出す店がなかった。

まっすぐ平の街へ出るバスに乗って帰った。バスに乗る前に小名浜の新市街を歩いてみたが、ばかに広い。それが遠い平の市街へそのままつながってしまったように見える。二つの街のあいだをあらゆる種類の卸売り店や量販店が埋めている。再開発された地方都市の、どこも同じような眺めが途切れずにつづく。

いわきの駅から特急に乗って帰った。何度も見てきた古い眺めが変わっていなかった。それを見ながら上野までの二時間半を過ごした。自然も町もいちいち憶えていて、それを確かめ直すように見ていった。午後の日を浴びた眺めがやわらかかった。ほとんど津波にもあわずにすんだ静かな海辺だった。再開発の地にはない色彩があふれていた。

いわきの北には原発事故の被災地がある。再開発を進めるのもむずかしい土地が広がっている。そちらは自分にとって、いまなお穴のようになったままだと思った。それは秋田の友人と車でまわった仙台以北といわきとのあいだの大きな空白だった。列車の進行方向の背後にその空白が見えていた。何十年も好んで旅をしてきて、いまなお足を踏み入れることのない土地がそちらに残っていた。

中学以来の友人有田武夫は、近年信州蓼科の山で暮らしている。夫婦二人の毎日になってからである。秋になり、敬一ははじめて彼の山荘を訪ねることにした。

武夫は若いころアメリカで経営学の修士号を得て、長く経営コンサルタントの仕事に忙殺されていた。働き盛りのころ、敬一が武夫に会うことはまずなかった。それほど道が違っていた。武夫が五十代半ばに仕事をやめてからも、めったに会っていなかった。時を経てようやく会いにいくところまで来たのだと思った。

高校へ入ったばかりのころ、彼と常磐湯本の有田家を訪ねてからだと七十年にもなる。何度か一緒に山を歩いたりもしたが、その後何年かはあわただしく過ぎて、二人の道は別々になった。ほとんど気づかぬうちにつきあいがなくなっていた。

久しぶりに中央線の特急に乗り込んだ。甲府を過ぎると、青空に浮かぶ野山の黄葉が一段と明るくなった。八ヶ岳が見え、茅野の駅で降りた。武夫は軽トラックを運転して迎えに来、広い駅前広場をぶらぶらしながら待っていた。

彼は仕事をやめてから蓼科の山荘を買い、在米時代に覚えた椅子づくりの木工作業を二十年以上も楽しんできた。が、それも今年で終わりにするのだと言った。この何年か、武夫と妻の恵子さんは四月のはじめに東京から来て、十二月に入るころ引きあげるという暮らしをしていた。

町を抜け、すでに落葉松《からまつ》が裸になりかけている山を登った。まずリゾート開発会社のホテルで敬一のチェック・インをすませ、武夫の山荘へ行って恵子さんに迎えられた。

しっかりした木組みの二階家である。リビングルームの広い窓から、八ヶ岳の連山が高々と居並んでいるのが見える。すでに半分白くなった山々の横一列の眺めと向きあう家である。武夫は企業経営の情報と数値の世界から抜け出て、いつしか高山のふもとの森のなかへ誘い込まれ、年を重ねてきたのだ。いまでは自分の過去に背を向けるように自然のほうを向いて、毎日そちらばかり見ている。毎日のように彼は手近の木を刈っては薪をつくり、門のわきに積みあげている。そして、その太い薪を、リビングルームのストーブに一本一本くべている。彼は言葉少なく背を丸くして、ストーブの番に専念し始めている。

恵子さんは、ひとりで彼女の車を運転して東京へ出ることが多いらしかった。オーケストラを聴きに行き、その日のうちに帰ってくることもある。日ごろのそんな動きを話してくれた。四月から十一月までこちらにいるようになると、彼女の側に夫とは別の動きが日々重なってくるらしかった。彼女はそのことをむしろ楽しげに話した。

恵子さんはいわきの出身で、東京の女子大を出てから武夫と知りあったが、それは偶然だったようだ。若いころ有田家へあまり出入りしなかった武夫は、親戚を頼るまでもなく、東京で偶然いわきの人と親しくなったのだ。実際彼はその後東京の経済界で忙殺され、平の芸術家夫妻とはいよいよ道が交わらなくなっていったのである。

恵子さんは平の女子高のころ、東京へ転校してたまに帰ってくる有田涼子さんをよく知らなかった。が、近年ずいぶん親しくなった。離れて暮らしながら、二人で同じ本を読みあったりしている。彼女はそう言うと、その場で涼子さんに連絡し、スマホを敬一に渡してよこした。

敬一は目をあげて窓の外の八ヶ岳を見ながら涼子さんと話した。この春そちらでは江戸彼岸桜が満開だったけれど、いまここは裸木のあいだに燃えるようなカエデの赤が残っている。でもそちらの春よりずっと寒い。その寒さにここの夫婦は仲よく耐えている。もうじき東京へ逃げていくらしい。雪が来たら大変だから。そんなふうに話した。

恵子さんはスマホを使っていろいろと調べ始めた。明日敬一が行けそうなところを調べてくれた。小津安二郎と野田高梧が茅ヶ崎のあと、蓼科へ移って仕事場にした「無藝荘」のことなど、あちこちへ問い合わせてくれていた。

日が暮れかけるころ、武夫が軽トラックでホテルまで送ってくれた。長く木材や椅子を運んだトラックだった。彼は運転するうち幾分活気づいてくるのがわかった。黙ってストーブの番をしていたときとは違ってきていた。

翌朝は十時にホテルへ迎えにきてくれた。その日は午後まで蓼科の山地を走りまわった。敬一はずっと助手席で山道を眺めつづけたが、そのうち右も左もわからなくなった。山荘やホテルの位置も、入り組んだ山道のあいだへ紛れていった。武夫は馴れた道を気持ちよさそうに飛ばしつづけた。森蔭の道には、最近降った雪が両わきに積もっていた。そこはもうすぐ通れなくなるということだった。

何ヵ所か寄り道をし、急坂を車山へ登ると、左手に波うつ黄褐色の草原が見えてきた。そちらは広大な霧ヶ峰である。草原も青空も、蓼科の山地とははっきり別の広さである。車山の「肩」に車を停め、その上のヒュッテまで登った。昭和三十六年創業の山小屋がほぼそのまま残っている。敬一が大学を出た年の創業である。敬一は当時の若者の登山熱と自分が歩いた山々を思った。が、そのころすでに武夫と山へ登ったりはしなくなっていた。

古い山小屋は人でいっぱいだった。客はだれもがものを食べている。狭い調理場からランチの皿が次々に運ばれている。メニューが豊富で女性客が多い。六十年前の登山者の小屋が、いつからか別荘地の最高所のレストランに変わっているのである。武夫の軽トラックもそこまで昼食のために登ってきていた。敬一は武夫にならい、あわただしく注文して、名物だというボルシチを食べることにした。テラスに出ている人たちは、サイフォンで淹れたコーヒーを飲み、サンドウィッチを食べている。窓の外の女性たちは、室内よりよほどゆっくり話しているように見える。

食後、同じ道を下って白樺湖へ出た。が、その先の道が敬一にはまたわからなくなった。武夫が椅子づくりの工房にしてきた家へ向かっていたが、山裾の道はたちまち迷路になった。武夫は下りの急カーブを何度も曲がったあげく、とつぜん目の前の疎林の高みへ乗りあげるようにして車を止めた。

思ったよりずっと大きな家である。二十年くらい前に新築したのだという。が、二つの大部屋は、すでにどちらもがらんどうになっていた。工作器具や木材などがすべて運び出されたあとだった。この広さからすると大量の椅子が生まれたはずで、二十年前の武夫のそんな精力が信じられない気がした。木工製作を習った米国の恩師の個展ポスターが一枚、壁のまん中に残してあった。

斜面を見おろすテラスに出、日だまりの椅子に腰をおろして武夫の話を聞いた。この家を売ってしまえばすべてが終わる、と彼は言った。仕事はとっくに終わるべくして終わったし、椅子づくりにもけりがついた。ようやく何もかも片づくのだ。いまでは惜しくも何ともないよ。そのあと何か残るとすれば何だろう。大学の学生との関係かなあ。武夫は退職後母校の大学で教えることがあった。あの経験は何だか残りそうな気がするよ。経営学はもうどうでもいいが、あそこの若者たちがよかった。ずいぶん慕ってくれた。思いがけなかった。いい経験だった、と彼は珍しくはにかんだような笑顔を見せた。

武夫が昔親しかった景山康夫の話になった。景山は石油化学の建設会社に勤め、長く中東の国のプラント建設に携わっていた。ずっと働きづめで、国内にいるのかいないのかもわからず、武夫もめったに会っていなかった。武夫は景山の働き盛りのころをよく知らなかった。彼は自分の過去の活動を忘れたがるように、景山の同じ時期のことも特に知ろうとはしていなかった。

敬一はつい数年前のことを思い出して話した。

「じつは僕は一度、景山に会ったことがあるんだ。彼は僕の以前の家に近いあたりを歩いていて、ばったり出会って驚いたんだ。あそこはいまリニア中央新幹線の工事をしていてね、そのトンネルの非常口と変電施設を作っているけど、大工事なんだよ。景山はそれを見にきたというんだ」

「彼の家は町田の先だろう？　そんな遠いところから品川へんまで、わざわざ工事現場を見にきたのか」

「現場は広くて近づけやしないんだよ。板囲いの出口からちょっと覗くだけなんだ。それでも彼は、工事現場が好きなんだと言っていた。大工事だと血が騒ぐんだろうね。都心へ出ると、知らず知らず工事現場を探して歩いているらしいんだ。すでに現場から離れて何十年にもなるのに」

敬一は自身をふり返って、学校時代の友人たちとは別の道から、いまようやく彼らの近くへ流れ着いたというふうに感じていた。経済成長さなかの五十年前に定職を捨てて以来、国じゅうの工事現場から遠く離れたところをたどる道が出来ていった。その旅の終わりに、いま彼らの近くまで来ているのだと思った。景山のほかにも古い友人たちの老後を次々に思い浮かべる気持ちになっていた。こんなふうにして旅が終わるのだと思った。蓼科の山地の迷路のなかで動きが止まったような気がしていた。

工房の家を締め切り、再び軽トラックに乗り込んだ。恵子さんの山荘へ向かった。大きくひと曲がりし、登りおりしたあげく、門前に薪を積んだ家にとつぜん着いていた。隣り近所というもののない林のなかの家だった。あたり一面枯葉が深々として、午後の陽光がまだらに射し込んでいた。恵子さんが玄関を大きく開けて飛び出してきた。

リビングルームに落着くと、まず天気予報の話になった。明後日から気温が急降下するという予報が出ていた。この明るい秋がすぐにも終わりそうだという。山は雪になるのかもしれない。現在まだ青空に一点の雲もない。が、恵子さんは怖れるように窓の外を見あげ、それから武夫を見て、ここを引きあげることにしたいと言いだした。武夫もちょっと早いがそうしようかと言い、反対する気もないようだった。

恵子さんは室内に目を戻して、震災後のいわきの知人たちの話を始めた。敬一も自分が見てきたことを話した。そのあいだ武夫は無言でストーブの番をつづけていた。薪を一本一本くべながら、やがてうとうとし始めた。その日半日運転したあと、急に目をあけていられなくなったらしかった。恵子さんは、東京へ帰る車はだいたい私が運転するけれど、交代して彼が運転するときは、ふだんの軽トラックじゃないから気をつけている、私がいないと東京まで帰れないのよ、と彼を見ながら笑った。

武夫は目を覚ましてから、恵子さんとしばらく話していた。それからおもむろに、二日後に東京へ帰ることにする、そう決めた、と言った。敬一も応じて、それなら僕は明日早めに帰るよ、君たちはここを片づけなければならないだろうから、と考えていたことを伝えた。八ヶ岳を照らしていた夕日が消えかけていた。

武夫は敬一をホテルへ送ってくれ、ホテルのフロントで茅野駅までのシャトル・バスの時間を確かめてくれた。外気は冷えきっていて、ホテルのなかも暖かいとはいえなかった。長い廊下を歩いて温泉に入りにいく気にもなれなかった。それでも、翌朝になって外を歩くと道が濡れていて、雨が降ったことがわかった。さいわいまだ雪にはなっていなかった。

三時間後に帰り着いた東京は、さんさんと日を浴びていた。山からおりてきたという思いが強くなった。見馴れた平地のほっとする暖かさだと思った。そこのホテルで二、三泊してから岬へ帰る気になった。

その冬、敬一は少年時代に読んだ小説を読み返すことがあった。はじめて日本の近代文学に触れたころを思い出し、ひとつひとつ再読していった。志賀直哉の短篇小説を二つ探して読んだ。「流行感冒」と「雪の遠足」である。百年余り前にはやった流行感冒の騒ぎが記録されている。

百年後の現在また、新型コロナ・ウイルスが流行している。感染症を怖れることをほぼ忘れていたところにパンデミックが広がった。人々はいまの時代の大規模な感染を怖れて神経質になった。医療現場の混乱もあった。現代人の移動は激しいから、感染の危険は百年前とは比較にならないにちがいない。

「流行感冒」も「雪の遠足」も、志賀直哉の安孫子《あびこ》時代の話である。当時の安孫子で感冒がどれだけ怖れられていたか、じつは疑問かもしれない。田舎町の騒ぎがほんとうに大きかったとも思えない。ふつうの風邪との違いもはっきりしていなかったのではないか。

それでも、作者自身のような主人公は、未知の感染症をひどく怖れている。神経質すぎるほどの用心ぶりである。特に赤ん坊の女の子にうつされるのを怖れ、世話をする女中二人に、村の芝居を見にいったりしないよう厳しく言い聞かせる。にもかかわらず、女中の一人が嘘を言って見にいってしまう。主人公は腹をたて、若い女中相手にひとり暴君めいてくる自分を抑えられない。

東京から移り住んだ主人公とその妻は、当時の開明的「近代人」である。その「神経」の世界は、のん気な田舎の「前近代」世界と時に対立的になる。若い女中たちの動きには、母親をはじめとする村人の動きがからんでいる。女中たちにやさしい妻でさえ、単純素朴な田舎の人の言うことなすことが「何だか、ちっとも解りやしない」と嘆くことがある。

ところが、家の内外の騒ぎがようやく一段落したころ、今度は主人公自身が感冒にかかってしまう。それが妻にうつり、東京から呼んだ看護婦にうつり、そして芝居に行かなかったほうの女中にもうつる。いったんそんな事態になると、芝居を見にいって主人公を怒らせた女中が、人が変わったように献身的に働き始め、主人の一家を助けることになる。真心のこもった大働きが始まるのである。

「雪の遠足」はその後日譚だが、雪のあしたの一日を数人で楽しむ「遠足」の話である。感冒騒ぎのあと、都会人の遊びが戻っている。田舎の雪道をたどって「布施の弁天」に参りにいくが、その帰りに近くの植木屋を訪ねると、最近亡くなったと言われる。植木屋は少し前まで主人公の家で仕事をしていて、前作では主人公が植木屋に感冒をうつされたとされていた。が、「雪の遠足」では「先づ私が流感にかかり、私が直ると間もなく今度は植木屋がかかり、半月程仕事を休んだ」とされる。植木屋の妻も息子も肺を悪くしてすでに亡く、丈夫そうな植木屋も肺が弱かったのか、一家三人が死に絶えていた。家のそばの苗木畑は旺盛に茂っているが、人が消えた家が夕闇の雪景色のなかに佇んでいるのがいかにも淋しい眺めである。………

以上の二作の発表は十年を隔てている。植木屋の話は、十年後に書き改められたのかもしれない。作者の実際の経験は三十代の半ばである。敬一は二作を読んで、主人公の若さに胸をうたれる思いがあった。まだ若い作者の体と感情の激しい動きに驚きながらついていった。自分の体と感情の衰えをあらためて見せつけられるようでもあった。

年譜を見ると、志賀直哉三十一歳の結婚前後、彼はひとりで、あるいは新妻を伴い、しばしば旅をしている。感冒騒ぎのほかにも、長女と長男を出産直後に亡くすということがあったのに、何度も飛び立つように長距離の旅に出ている。京都奈良のほか福井や加賀へも行き、九州までも足を伸ばしている。折りあらば旅に出ずにいられない若さが躍如としている。

その旅の経験が次々に作品になっていくのだが、敬一は少年時代にそれらを愛読していた。作者の旅先の印象が強く残った。いま再読すると、日本の近代文学の若さに直面させられるというふうに感じる。それが老いの身に射し込む光のようにも感じられてくる。

明治期に成立したばかりの近代文学の放つ光である。志賀直哉ばかりではない。明治から大正にかけて、作家たちはいっせいに旅に出て、じつにさまざまな土地を作品の舞台にしている。日本全国から無数の旅先を発見しているのである。少年読者の目の前に、それらの土地が次々にばらまかれるように現われ出、敬一は作家の旅先をひとつひとつ追って読むのに夢中になった。

その後自分も旅を始めて、二十年ほど国内を歩きまわることになる。北から南まで、ひとりで歩きとおそうとした。鉄道が尽きるところまで汽車に乗っていった。蒸気機関車の煤を浴びて坐りつづけ、途中好きなところで降りては歩いた。気に入って毎年のように出かけるところも出来た。山へ入り込むことも多くなった。

過去の文学を読み返すと、その時期のことがそっくり思い返された。戦後の日本を飛び歩く自分の身軽な若さが書物のなかから戻ってきた。戦争から解放された広い日本がひらけていた。その焼け跡をいちいち見て歩く旅にもなっていった。

そのうち、簡単に国外へ出られるようになった。敬一は以後海外の旅を重ね、三十何年かのあいだ、主にヨーロッパを歩きまわった。戦後の国内のあと、今度はヨーロッパの戦後を見て歩く旅になった。いちいち日本と重ねるようにして見て歩いた。もうひとつの戦後世界は、何度でも歩きたくなる面白さがあった。国内の旅と同様、鉄道さえあれば鉄道を使い、ほとんど予定もたてずに、その日その日に現われる新しい眺めを楽しもうとした。

現在、敬一はもはや旅に出るための体力を失っている。志賀直哉を読んでその若さに驚くことしかできずにいる。すでにあちこち歩きまわれないだけでなく、長時間列車に乗るのも面倒になっている。だから、もう両親の故郷を訪ねることもないにちがいない。が、茅ヶ崎の三歳のころの記憶に始まる旅の喜びは、以後八十年、ずっと途切れずにつづいてきたのである。

いま敬一は、列車がゆるゆると止まりかけるような減速の気分に身をまかせている。志賀直哉の感冒騒ぎの百年後である。思いがけずコロナ禍が現われ、敬一はウイルスを怖れるでもなく、ただ家にこもっている。もはや何を怖れる気もないが、動かずにいることを求められてもいる。そんなパンデミックの世は、みずから旅を終わらせるのにちょうどよいだろうと思うことがあった。八十年の動きが止まりかけている、さしずめ旅じまいだ、と思った。ひとり旅の長い道が疫病の騒ぎに突っ込んで終わるのなら、なるほどそれはそれでよいではないか。

コロナ禍はまだ終わっていない。が、人々はそろそろ動きだしたように見える。敬一もこの一年、いわきや蓼科へ行き、また有田家の長女涼子さんの暮らしを訪ねている。弟の和彦さんの家も訪ねるつもりだった。が、冬が来て寒くなると、身動きがとれなくなった。経験したことのない寒さだと思った。

五月になってようやく動く気になれた。敬一は所沢市へ有田和彦、孝子夫妻を訪ねていった。所沢は敬一が埼玉ではじめて住んだ土地でもあった。大学のキャンパスが一部所沢へ移り、そこへかよう日が増えて引越したのだった。市のはずれの田舎にアパートを探して五年ほど暮らした。

その日、西武新宿線所沢駅のひとつ先、航空公園駅に着くと、時間がまだ早かった。敬一は昔住んでいたあたりを見にいく気になった。駅の裏手へおりてみた。広い畑に沿った一本道に出るはずだった。が、道には出たが畑がない。公園になってしまっている。眺めがすっかりつくり直されている。よく整った公園の緑が葉をそよがせている。思わず目のやり場に困るような新しい眺めである。

公園沿いに歩いてみた。昔は道との境に小さな茶の木が植えてあった。そのむこうに黒い土が広がり、ネギがつんつん立って列をつくっていた。道の行く手で開発中の新開町はまだ隙間だらけだった。一本道の先が明るくあいて見えた。その心もとなく明るいところに敬一のひとり暮らしの住まいがあった。

いま公園を過ぎると、急に家が建て込んでくる。道の両側に新しい家々が建ち並び、大きな内科病院なども出来、一帯がまとまった町になりかけている。どこへ迷い込んだかと思う眺めである。

敬一はあわてだし、見当をつけて脇道へ入ったりし始めた。こんな見馴れぬ町をどう歩いたらいいのかわからない。不思議に手がかりが見つからない。かつて敬一が住んだのは建ったばかりのアパートで、当時はよく目立っていた。それがいまやどこにも見当たらない。脇道があればいちいち曲がってみる。が、当然現われるはずの二階角部屋とそのバルコニーは現われない。記憶がとつぜんむこうからそっくり現われ出るということがない。

敬一はあきらめて駅へ引返した。ただ不可解というしかなかった。大きな駅舎は変わっていなかった。引越してきたときはまだ開業一年という新駅で、すべてが最新式に大きくつくられていた。

敬一はあらためてそこを歩いてみた。人の流れについて歩いた。改札階のホールから表口の二階へおりると、昔カフェと本屋があったが、本屋はなくなっていた。同じ広さの鍼灸接骨院に変わり、大きな看板が出ていた。地上へおりたところは、半分がスーパーマーケットになっていた。

駅前広場に立っていると、広場を大きくまわって向かってきた白い車が、目の前でぴたりと停まった。孝子さんが迎えにきてくれていた。車中、何年ぶりかの話をするうち、敬一はふとあることに気づいた。昔の住まいはあの道のもっと先だったかもしれないということである。

建て込んだ町に驚き、十分先まで行かずにあわてて引返してしまったのではないか。あの一本道はじつはかなり長かったのだ。そのことが次第にはっきりしてきた。

たぶん距離の感覚というものが、いまおかしくなっているのだ。昔の土地へ行かずにいると、やがてその場所の距離は消えてしまう。あるいは半分くらいになってしまうのかもしれない。老いてそれが当然なら、立ち往生し迷子になるのは不思議でも何でもない。最近、方向感覚もあやしくなりかけていて驚くことがある。乗っている電車の進む方向が逆だという気がしてきて驚くのだ。そんなことが増えてしまった。いまやこの世のただなかで迷子になりかけているということだろうか。

車中、孝子さんに駅の裏側の迷子の経験について話した。思わず話していた。彼女は和彦さんが最近動きたがらず、車の運転もしなくなっていると言った。ここ何年かで髪が真白になってしまった、とも言った。

駅の表側は街路が立派な新市街である。飛行場の跡地の大公園を中心に、市役所やコンサート・ホールや大学病院や霊園が、都市計画によりゆったりと配されている。そこを過ぎると、戸建て住宅の「ニュータウン」が広がる。そちらも一からつくられ、住宅地の中心施設として、三十数年前、敬一が勤めた大学があらたに誘致されてきた。

昔学校バスで学生たちとかよった道だった。記憶より一段と高く伸びた並木が、目路《めじ》の限り新緑を輝かせていた。たいへんな勢いで緑が増えていると思った。単に増えたというより、行く手が緑に埋まりかけているというふうに見えた。

孝子さんは大学のほうもひとまわりしてくれた。大学の建物は緑の世界の奥に隠れていた。びっしりと植え込まれた木立が黄緑色の壁をなし、キャンパスはまるで見えなくなっていた。大学はすでに都心へ引きあげ、ここの校舎はもう使っていない。付属中学のバスが一台停めてある。いまは系列校の生徒たちの運動場になっているらしい。

「校舎が全然見えないとは驚いたな。どうしてあんな木の植え方をしたんだろう。わざわざ目隠しのようにするなんて」

「以前は正門も開けっぱなしで、中がみんな見えて、だれでも入れたのに」

「ほんとに素通しだった。そのうちここは森になってしまうのかもしれないな」

いずれその森に行手をふさがれるのだ、と思った。時が流れている。緑も増えつづける。やがてその変化に立ち往生させられることだろう。右も左もわからなくなり、迷子のようになって、また引返さなければならなくなるにちがいない。

孝子さんは車をまわした。戸建て住宅のあいだの狭い道へ入っていき、有田家のほうへ引返した。住宅はまだまばらだった。その一帯について彼女は説明してくれた。景気のせいなどで、分譲地を買ったあと、家はなかなか建たないのだということだった。家はまだなくても、庭木だけは茂っているという区画が多かった。庭木が高くなり、疎林のようになったところもあった。道に出ている人もいなかった。大学のキャンパスは消え、それを囲む住宅地はこれから出来ていくという「ニュータウン」の話を聞くうち、有田家の玄関前に着いていた。

家のなかの和彦さんは元気そうに見えた。昔から孝子さんとは仲がよかったが、それも変わっていないようだった。半分孝子さんに頼りながら、気持ちよさそうに笑顔を絶やさずにいた。彼は有田家の三人きょうだいのなかで、常磐湯本の町を自分の故郷だと思う気持ちがいちばん強かった。孝子さんも実家が湯本で、高校は平へかよったが、平より小さい古い町を忘れることがなかった。敬一はそんな二人の仲のよさを会うたびに感じていた。

湯本の有田家がなくなると、その敷地いっぱいに「さはこの湯」という温浴施設が建った。道をへだてた正面の高みには古い寺があり、有田誠治氏の墓がある。妻の奈津子さんの遺骨も、半分は散骨せずに同じ墓に収めてある。遺言のとおりにはせず、そう決めたのである。和彦さんがその墓を守っている。敬一がはじめて有田家の人たちを知ったとき、和彦さんはまだ小学校一年生だった。あれからすでに七十年が過ぎている。

敬一は東日本大震災のこともあらためて聞いてみた。古い湯本の町に被害はなかったようだ。彫刻家がデザインした誠治氏の大きな墓碑も、「さはこの湯」も、老舗旅館の数々も無事だったということだ。が、町から離れた「常磐ハワイアンセンター」は、舞台が壊れて使えなくなり、「フラガール」たちが全国キャラバンをしたりした。現在、施設は巨大な「スパリゾートハワイアンズ」に生まれ変わっているという。

常磐炭坑が閉山に向かったのは、一九五〇年代後半からである。閉山は進みつつあったが、湯本の奈津子さんのピアノ教室は賑わっていた。東京から赴任してきた炭坑の社員の子たちもかよってきた。が、和彦さんは自分もピアノをやろうとは思わず、その後も音楽に興味をもつことがなかった。だから、音楽をつうじた親子の関係は出来ないままだった。一方、奈津子さんに教わっていた孝子さんは、いまもピアノを弾いている。リビングルームの隣りは、グランド・ピアノを中心にきれいに整えた孝子さんの部屋になっていた。

和彦さんは自分で絵を描くこともなかったらしい。父親誠治氏の弟子たちが家に出入りしていたが、彼らと親しくなったりもしなかった。が、いま彼は誠治氏の絵を大事にして、家じゅうの壁に掛けている。平の「アートスペース・アテナ」には大きな作品がいくつもあるが、ここにあるのは小型のものばかりだ。彼はそのコラージュの画面と毎日顔を突きあわせながら、ひとつひとつ、これはいい、と思うようになっているのにちがいない。

有田家のきょうだい三人は、長く別々に生きてきた。親子の関係もそれぞれ別だった。嫁と姑のあいだも特に近くはならなかった。孝子さんはある意味でそれがよかったと言った。が、夫が音楽に興味をもたなかったため近くならなかったのを、残念に思うところもあるようだった。

奈津子さんはヨーロッパの音楽祭を聴きにいくことがあり、よく教え子たちを連れていった。敬一が一緒のこともあった。そういうとき、彼女は息子の和彦さんに声をかけたりはしなかった。奈津子さんの休暇の旅は家族とは関係がなかった。結局、嫁の孝子さんが同行するということもないまま終わっていた。

その日、敬一はたまたま胃の具合が悪く、ほとんど食べられないことを伝えていた。しばらく酒も控えて、飲んでいなかった。ケーキ類を出され、コーヒーを飲みながら話した。

それでも孝子さんは、何か料理をつくりたがっていた。キッチンにいて、何やかや声をかけてきた。彼女は料理の腕がよくて、いつもいろいろと食べさせてくれた。和彦さんも料理のうまい妻が自慢で、家に客を呼ぶのが好きだった。その日敬一は、いつもこの家で楽しんでいたようにはやれていなかった。そしてそのまま帰る時が来た。

「申しわけない。きょうは食べられないけれど、近いうちにもう一度出直してきます。お酒も飲めるようになってから、また」

と、敬一は謝らなければならなかった。

「やっぱり少し飲んで、食べないとね。だからぜひもう一度」

と、和彦さんも応じて立ちあがった。孝子さんが車を出し、駅まで送ってくれた。

敬一はそのあと電車に乗りつづけて、岬の家へ帰った。東京で泊まったりはしなかった。品川で京浜急行に乗り換えるころ日が暮れた。帰る道が遠かった。その距離を、明りの多い車窓の眺めとは別に、あらたに生まれた闇が満たしてくるようだった。行く手の闇は次第に濃くなった。少しずつそこへ呑まれていくような思いがあった。

きょうの昼間の自分がそこへ没していく。立ち往生や迷子の経験も、行き止まりの感覚も、すべて一緒に消えていく。きょうのこちら側の自分は終わりに来ている。

闇のむこうには、これから帰り着くはずのもうひとりの自分が、人影になって浮かんで見える。長い過去とは別につくった小さな暮らしがそこにある。それがずいぶん遠い。昼間はそんなもののことは何も考えていなかった。たしかに忘れてしまっていた。

いまそれがむこうに見えている。敬一は、闇のなかをそちらへ渡っていくところだと思った。

電車が驀進していく闇はなかなか尽きなかった。ふと目が覚めたようになって、その闇の距離を思った。行く手の影も、いま見たばかりの夢のようだという気がした。敬一はそのあと、実際に眠りに落ちていた。短い夢も見ないでよく眠った。

あとがき

人生の旅じまいということがある。老齢にさしかかり、まだ身心ともに元気でも、だからこそそれを意識するということがあるにちがいない。

だが、いったん旅じまいを考え始めても、すぐにはどうすべきかがわからない。人生が旅だとすれば、それをいつまでも引き延ばすわけにはいかない。それでは実際にどういう終わり方があるのか。自分らしい終わり方とはどういうものか。人によってその問いは案外むずかしいものになるのではないか。

私はずっとひとりで生きてきたが、まず気づいたのは、そんな私の旅が、はっきりした一本の流れだとは言えないことである。自分をつくるいくつもの流れがあり、それらが平行してからみあってきた。流れの数は増えつづけてきたかもしれない。それらをひとつひとつ見ていく必要があった。書きながらていねいに考えていくしかなかった。

それがこんなかたちの小説になった。流れの行く末を見届けるようなつもりで書いた。流れはどこかで合流して一つになり、次第に水量を減らしながらどこかへゆるゆると流れ着く。風変わりなひとり旅がゆっくりと終わりかけている。その眺めを描くところまで来て、ここ数年の仕事をようやく終えることができた。

今回も作品社の髙木有氏にしっかりと支えてもらえた。髙木氏は長くつづいた文芸編集者の仕事を、今年で終えるつもりだという。作品社からはこの二十年足らずのあいだに、七冊出してもらったことになる。そのうち六冊の装丁を司修氏にお願いしている。どの一冊をとっても、著者への共感のこもったずっしりと重い装本で、今度はどんな本になるのかいつも楽しみにしてきた。

いま司氏も生涯の締めくくりの時を迎えているという。本書は氏の最後の仕事のひとつになるのかもしれない。髙木氏、司氏、私と、歳の近い三人が、それぞれたくさんの人々との関係の末に、人生の旅じまいにたどり着いたことになる。三者三様のその道がよく見えてきて、私はそのことを喜んでいる。

二〇二四年九月

尾高修也

著者略歴

尾高修也（おだか・しゅうや）
1937年東京生まれ。早稲田大学政経学部卒業。72年、「危うい歳月」で文藝賞受賞。
2008年、日本大学芸術学部文芸学科教授を定年退任。
著書に、『恋人の樹』『塔の子』（ともに河出書房新社）、『青年期　谷崎潤一郎論』
『壮年期　谷崎潤一郎論』『谷崎潤一郎　没後五十年』『近代文学以後　「内向の世代」
から見た村上春樹』『「西遊」の近代　作家たちの西洋』
『「内向の世代」とともに　回想半世紀』（ともに作品社）、
『新人を読む　10年の小説1990〜2000』（国書刊行会）、『小説　書くために読む』
『現代西遊日乗Ⅰ〜Ⅳ』（ともに美巧社）、『必携　小説の作法』『書くために読む
短篇小説』『尾高修也初期作品Ⅰ〜Ⅴ』『中期短篇集　信濃へ』
（ともにファーストワン）などがある。

旅《たび》じまい

二〇二四年一二月　五日第一刷印刷
二〇二四年一二月一〇日第一刷発行

著　者　尾　高　修　也
装　幀　司　　　　　修
発行者　青　木　誠　也
発行所　株式会社　作　品　社

〒一〇二-〇〇七二
東京都千代田区飯田橋二ノ七ノ四
電話　　（〇三）三二六二-九七五三
FAX　（〇三）三二六二-九七五七
https://www.sakuhinsha.com
振替　〇〇一六〇-三-二七一八三

印刷・製本　中央精版印刷㈱
本文組版　㈲マーリンクレイン
落・乱丁本はお取り替え致します
定価はカバーに表示してあります

ISBN978-4-86793-059-5 C0093

尾高修也の本

青年期 谷崎潤一郎論

初期作品から「痴人の愛」「蓼喰ふ虫」まで。男性性と女性性、江戸文化とモダニズムなど、長い内的葛藤の「青年期」を通じて自己形成を遂げた谷崎文学創造の秘術を、その生活と作品に即して解明する画期的考察。

壮年期 谷崎潤一郎論

「卍」から「鍵」「瘋癲老人日記」まで。関西との関係を意識的に深めた豊饒な壮年期、〈老いのモダニズム〉により老年の性を見据えた独創の晩年。終生不断に変成しつつ壮大な成果を究めた巨匠の全貌を描く畢生の労作。

谷崎潤一郎 没後五十年

変態性欲、悪魔主義、女性崇拝、伝統回帰、老人文学……多様な貌を持つ耽美派文学の巨匠の実像を、近親者の証言、書簡、恋文など新資料を踏まえて究明する。

近代文学以後

「内向の世代」から見た村上春樹

文章の緩み、文学精神の甘え、「心せよ、ハルキ!」「内向の世代」の70代が10年かけて読んでみた村上春樹。文学愛みなぎる、真摯な辛口村上論。川村湊氏推薦!

「西遊」の近代

作家たちの西洋

日本の近代は、日本人が欧米を旅する「西遊」の歴史でもあった。日本が開国を決め、欧米へ向かった日本人は膨大な数にのぼる。漱石、鴎外、藤村、荷風など、作家たちの西遊は日本文学に何をもたらしたか。

「内向の世代」とともに 回想半世紀

文学は生き残れるか?IT社会の到来と激化するグローバリゼーション。急激な社会変動の中で加速される活字文化の衰退と反教養主義の蔓延。無識と混沌の支配する現在に、先達たちの鏤骨の営為で継承されてきた文学が直面する現状と未来。